lembre-se de nós

lembre-se de nós

ALYSON DERRICK

Tradução

Raquel Nakasone

Publicado mediante acordo com Simon & Schuster Books For Young Readers,
um selo da Simon & Schuster Children's Publishing Division.

Título original: ***Forget Me Not***

Editora responsável **Paula Drummond**
Editora assistente **Agatha Machado**
Assistentes editoriais **Giselle Brito e Mariana Gonçalves**
Preparação de texto **Isabel Rodrigues**
Diagramação e adaptação de capa **Gisele Baptista de Oliveira**
Projeto gráfico original **Laboratório Secreto**
Revisão **Paula Prata**
Ilustração de capa **© 2023 by Eugenia Zoloto**
Design de capa original **Lizzy Bromley © 2023 by Simon & Schuster, Inc.**

Texto fixado conforme as regras do Acordo Ortográfico da Língua Portuguesa (Decreto Legislativo nº 54, de 1995).

CIP-BRASIL. CATALOGAÇÃO NA PUBLICAÇÃO
SINDICATO NACIONAL DOS EDITORES DE LIVROS, RJ

D48L
Derrick, Alyson
Lembre-se de nós / Alyson Derrick ; tradução Raquel Nakasone. - 1. ed. - Rio de Janeiro : Globo Alt, 2023.

Tradução de: Forget me not
ISBN 978-65-85348-05-8

1. Romance americano. I. Nakasone, Raquel. II. Título.

23-83809 CDD: 813
CDU: 82-31(73)

Meri Gleice Rodrigues de Souza - Bibliotecária - CRB-7/6439

1ª edição, 2023 — 2ª reimpressão, 2023

Direitos de edição em língua portuguesa para o Brasil
adquiridos por Editora Globo S.A.
R. Marquês de Pombal, 25
20.230-240 – Rio de Janeiro – RJ – Brasil
www.globolivros.com.br

Para os jovens queer que moram em lugares como Wyatt.
Aguentem firme. As coisas vão melhorar bastante.

Capítulo 1

Estou deitada de barriga para cima há mais horas do que consigo contar, tentando encontrar figuras escondidas nos desenhos aleatórios do teto texturizado.

Uma série de galhadas assimétricas que crescem para baixo. Dedos finos segurando um buquê de tulipas.

A maioria dessas figuras eu já tinha visto antes, até porque não tem muita coisa para se ver em um teto de dez por doze. Mas de vez em quando encontro algo novo. Tipo os óculos de aros grossos da amiga de infância da minha mãe, a sra. Lassam, que estou encarando há uma hora. Não consigo parar de pensar nela desde que a vi hoje de manhã, na missa de domingo.

A pergunta que ela me fez foi bem simples: *quais são seus planos, agora que se formou?* A resposta devia ter vindo fácil, aquela mesma besteira que eu sempre digo para todo mundo, mas ultimamente tenho passado tanto tempo pensando nos meus planos *reais* que quase acabei contando a ela a verdade. Dei um jeito, é lógico, só que podia ter estragado tudo. Quanto mais perto estamos, mais cuidadosa preciso ser.

Basta dizer uma palavra errada para a pessoa errada no lugar erado e nosso plano vai por água abaixo.

O problema é que odeio guardar segredo. Sempre odiei. Segredos só servem para separar as pessoas.

Mas isso...

É diferente.

Porque este segredo, especificamente, é a única coisa me mantendo de pé.

Ela é a única coisa que me mantém de pé.

Sei que pode soar meio exagerado, mas às vezes parece que ela é a única pessoa com quem posso ser eu mesma, a única coisa segurando meus pés no chão. Sem ela, corro o risco de acabar esquecendo quem sou e sair flutuando para longe.

Ela, porém, é muito mais que *só* um segredo. Ela é tudo para mim.

Pelo bem da minha saúde ocular, me obrigo a desviar a atenção dos óculos da sra. Lassam e viro de barriga para baixo para pegar o celular no canto da cama. *3h17 da madrugada*. A proteção de tela é uma foto minha, o que, olhando de fora, com certeza deve parecer meio egocêntrico da minha parte, ou pelo menos algo superesquisito. Mas, quando encaro essa foto, não é a mim que vejo. Vejo o motivo do meu sorriso: a fotógrafa.

Vejo Nora.

Em vez do meu cabelo comprido e castanho-escuro, o que vejo é o cabelo loiro-escuro dela na altura do queixo, quase sempre preso num rabinho de cavalo na nuca. Em vez da minha mandíbula quadrada e dos meus ombros ossudos, vejo as covinhas nas bochechas cheias de sardas em seu rosto redondo e seus braços fortes.

Apesar de cada parte dela estar gravada para sempre na minha memória, depois do que quase aconteceu hoje na saída da missa, esta noite só imaginá-la não é o suficiente. Preciso de mais.

Saio de baixo do edredom de listras azuis e brancas e vou na ponta dos pés até a escrivaninha. Em algum lugar da prateleira de cima tem uma pedra fina de granito laranja, escondida entre duas tábuas de madeira. Pego-a, me agacho no chão e enfio a pontinha da pedra em um dos parafusos que prendem a tampa de metal que cobre o duto de ar. Estou demorando mais que o normal para desaparafusar essa coisa. Depois de terem sido retirados cerca de um milhão de vezes, os parafusos estão praticamente lisos, as cruzinhas quase círculos perfeitos. Provavelmente seria melhor substituí-los em breve, para não acabarem chamando atenção.

Sem fazer barulho, coloco a tampa do duto ao meu lado no chão e, com bastante cuidado, estico o braço lá dentro para pegar uma caixa de sapato laranja. Como eu já imaginava, os cantos gastos e familiares e a fita adesiva descascada fazem meu coração acelerar. Olho para a porta fechada do quarto e só então acendo a lanterna e abro a caixa: dentro dela, um amontoado de fotos e cartas escritas à mão, além de outras coisas que não teriam o menor significado para ninguém além de nós duas.

O pendente azul e amarelo do capelo da formatura de Nora no Colégio Wyatt, a escola pública do bairro que fica a uns dez minutos da escola católica onde estudei. Uma embalagem vazia de pipoca de quando a gente dirigiu até a cidade para o nosso primeiro encontro *real oficial*. O elástico de cabelo amarelo, todo frouxo, que ela tirou do pulso na primeira vez que transamos, numa confusão de braços e pernas no banco de trás do meu Volvo, que estacionei por entre as árvores na fazenda da família dela. Um bilhete de loteria premiado que encontramos uma noite num estacionamento vazio e cujo prêmio prometemos resgatar assim que finalmente dermos o fora daqui no fim do verão, quando finalmente poderemos ficar juntas.

Esta caixa... Ela é a única evidência física que tenho do nosso relacionamento de dois anos, então tudo aqui dentro é precioso para mim. Se alguém a encontrasse, ficaria sabendo de *tudo*, e é exatamente por isso que ela precisa ficar escondida pelos próximos dois meses.

Encontro bem lá no fundo o que estava procurando: minha foto favorita de Nora. É uma pequena Polaroid retangular em preto e branco, que parece ter cinquenta anos a mais do que realmente tem. Dois anos atrás, quando começamos a namorar, decidimos que seria mais seguro se a gente só tirasse Polaroids. Assim, não haveria nenhum rastro digital caso alguém mexesse em nossos celulares.

Na foto, Nora está com água até os ombros no riacho, que acabou enchendo durante a primavera. Seu cabelo está todo bagunçado em volta do rosto e sua boca está aberta o suficiente para que eu consiga ver o espacinho entre seus dentes da frente. Ela está sexy. Ninguém pensaria em dizer que sua boca está aberta porque ela está prestes a falar que seu biquíni está enfiado na bunda.

Ouço um rangido vindo da cama dos meus pais e desvio o olhar em direção à parede que dividimos. Fico imóvel por um segundo, prestando atenção, mas não escuto mais nada do quarto deles, então deduzo que provavelmente é só um dos dois se mexendo. Mesmo assim, está na hora de guardar tudo. Ponho a foto depressa na caixa, que coloco de volta no duto, fecho a tampa da ventilação e posiciono a pedra novamente na escrivaninha, como se não tivesse nada ali dentro. Como se nada tivesse acontecido.

Volto logo para a cama, com o coração latejando nos ouvidos. E se não for um deles se revirando no colchão? E se alguém entrou aqui e me viu? Fico repassando diferentes cenários na cabeça. Quanto mais tempo fico deitada aqui, piores são as reações que imagino.

Não posso mais fazer isso. Preciso dormir para conseguir enfrentar mais um longo dia. Sei que só existe uma coisa capaz de me acalmar, e espero que ela não se importe. Vai ser a segunda vez só nessa semana que ligo e acabo a acordando.

Digito o número de Nora; meus dedos deslizam automaticamente pela tela, como se eu estivesse digitando minha senha. Me enfio debaixo do edredom, posicionando o celular entre o ouvido e o colchão.

— Oi, amor. — Ela atende depois de alguns toques, ultrarrouca por ter sido acordada, mas também ultrafofa. — Não tá conseguindo dormir, né? — pergunta, mesmo sabendo que não tenho como responder, não com meus pais do outro lado dessas paredes finas igual papel.

Por sorte, ela não precisa se preocupar com isso, porque seu quarto fica no sótão de uma casa de fazenda enorme. Não que eu já tenha ido lá.

— Você sabe que estou obcecada por documentários com uma pegada de questões ambientais, né? — pergunta retoricamente.

Faço que sim com a cabeça, me sentindo meio culpada por não ter assistido aos dois que ela me mandou, mas não o suficiente para realmente assistir.

— Então, bem, acabei de assistir um sobre consumo de carne e achei *tão* assustador... — continua ela, me contando tudo o que aprendeu sobre a indústria da carne e seu efeito no meio ambiente. — Enfim, estou pensando em virar vegana — conclui, e não consigo deixar de soltar uma risadinha baixa.

— Eu sei. Eu sei. — Ela também ri. — Minha mãe administra a maior fazenda de carne bovina da região. Provavelmente isso seria mais chocante pra ela do que... — Ela dá uma risada de novo, mas essa já sai diferente, meio forçada.

Ela volta a falar sobre o documentário, descrevendo em detalhes tudo o que aprendeu. Ela fala e eu só fico escutando.

Uma das características que mais amo em Nora é que ela exala paixão. Uma paixão genuína e sem filtro por *todo* tipo de assunto. É fácil se empolgar ao lado dela, mesmo com tópicos para os quais você nunca deu a mínima antes.

Às vezes, se não consigo mesmo pegar no sono, ela fica falando comigo desse jeito por horas. De alguma forma, ela sempre encontra coisas interessantes para dizer.

Mesmo gostando muito de ouvi-la, minhas pálpebras começam a pesar depois de mais ou menos meia hora, enquanto sua voz suave vai derretendo a tensão que passei a noite toda segurando nos músculos. Nora jamais admitiria, mas tenho certeza de que ela gostaria de voltar a dormir.

— E não vamos nem começar a falar de desmatamento. Aí já é outro... — Ela se interrompe no meio da frase quando pigarreio de leve.

— Certo. Boa noite, Stevie. Até amanhã. — Ela faz uma pausa e sussurra bem baixinho: — Eu *amo* você. — Como se estivesse falando no meu ouvido, e não como quem não quer nada, como já fez várias vezes. Dessa vez, ela enfatiza cada palavra, pronunciando-as com todo o coração.

Quero responder que também a amo. Quero tanto dizer isso que minha garganta até dói, mas sei que não posso.

Nem sussurrando.

Não aqui.

Capítulo 2

A primeira coisa que faço quando acordo pela manhã é dar uma olhada nas minhas solicitações de mensagens no Instagram. Como já imaginava, tem uma mensagem nova de uma conta com nenhum seguidor, nenhum post e sem foto de perfil. GarotaDoCampo8217, ou melhor, Nora. Talvez não seja a ideia mais brilhante do mundo, mas ela mal tinha dezesseis anos quando pensou nisso, e sou a única que sabe.

Pode me encontrar mais cedo hoje? Tenho novidades!

Meu coração dá um salto, mas logo depois murcho quando lembro que já tinha prometido a Savannah e Rory que as encontraria para o café da manhã. Apesar de poder desmarcar, apesar de *querer* desmarcar, preciso manter a fachada de normalidade com as outras pessoas que fazem parte da minha vida, senão posso acabar levantando suspeita. E considerando que eu já as deixei no vácuo na sexta...

O mais cedo que consigo hoje é meio-dia :/
Que novidades?! Me conta!

Te conto pessoalmente.

Nora! Me conta agora! É sobre o apartamento, né?
Conseguimos???

Acabamos perdendo nossa primeira opção, mas a segunda não era *tão* ruim.

Te vejo meio-dia ;)

Ela responde depois de um minuto.

Reviro os olhos e solto um resmungo enquanto deleto a conversa. Nora *ama* surpresas, mas eu... não suporto.

Assim que saio do quarto, meu humor é instantaneamente assassinado pelas vozes vindas de um monte de âncoras da Fox News. Pensei que a essa hora meu pai já estivesse no trabalho. Geralmente espero uns minutos depois que desligam a TV para poder descer, mas preciso sair logo, senão vou me atrasar para o café da manhã, o que vai me fazer atrasar para ver Nora. Então respiro fundo, cerro os dentes e enfrento as escadas, seguindo em direção à sala de estar.

— Esse cara... — O sofá de couro marrom faz barulho enquanto meu pai se vira para mim, vestido com um macacão não tão limpo com as palavras MECÂNICA GREEN impressas nas costas, as letras já descascando. — Esse cara não é trouxa. Não igual àqueles idiotas da CNN — termina, com o polegar apontado para trás, sobre seu ombro largo.

Tensiono a mandíbula, engolindo um comentário sarcástico. Ultimamente, tenho a sensação de que preciso fazer isso com cada vez mais frequência: não sei se é ele que está ficando mais intolerante ou se eu que estou ficando menos tolerante a ele.

— Bom dia — me obrigo a dizer, mas ele já está se voltando para a TV, presa na parede entre duas cabeças de veado. Nem está me escutando.

Que conversa ótima.

Não era assim quando eu era pequena. Antes, a gente realmente gostava da companhia um do outro. Ele me deixava ficar o dia inteiro tomando conta do elevador de carros da oficina ou então alugava um barco e me levava para pescar na represa, só nós dois. Ele me escutava. Mas isso tudo foi antes de Nora, antes de eu entender quão tóxicas são algumas de suas crenças. E antes de ele se tornar tão obcecado por essas cabeças falantes das telas que nada do que eu dissesse o faria mudar de opinião.

Quando coloquei nosso plano em ação, não imaginei que fosse ter dificuldade em deixar meu pai para trás, considerando que hoje em dia mal consigo suportar a presença dele. Mas, de alguma maneira, isso ainda me deixa triste.

Balanço a cabeça para afastar os pensamentos enquanto pego a chave do carro no gancho da parede e vou até a porta da frente.

Bem na hora que a porta se abre. *Opa.*

Quase trombo com minha mãe na varanda. Ela está segurando um regador verde de plástico em uma das mãos e, na outra, a caneca de melhor mãe do mundo que eu lhe dei há um milhão de anos.

— Presta atenção, querida. — Seus olhos castanho-escuros se arregalam acima de suas bochechas vermelhas bronzeadas pelo sol enquanto ela segura a caneca com força para não derrubar o café.

— Desculpa. Eu, hum... pensei que você não estivesse em casa — digo, surpresa em vê-la. Normalmente, só uma infestação de insetos poderia impedir aquela senhora de comparecer ao grupo de oração numa segunda-feira de manhã.

— Decidi matar a missa hoje. Estava pensando em tomarmos café da manhã juntas.

— Na verdade, eu tenho que ir — respondo, sem nem pensar duas vezes. Passo por ela com os olhos fixos no carro preto estacionado na garagem.

— Achei que você só fosse trabalhar meio-dia. Aonde está indo? — pergunta ela atrás de mim.

— Vou encontrar Savannah e Rory no Dinor — falo, sem parar de andar. Chamar uma lanchonete, *diner*, de *dinor* é tão comum nestes lados da Pensilvânia que só fui me dar conta do nome no segundo ano.

— Ah, espera aí. Que horas você sai? — questiona, me fazendo virar. Mantenho os olhos na caneca suja em sua mão, me concentrando numa manchinha branca na tinta verde. — A feira dos produtores começa hoje, pensei que... talvez você pudesse me ajudar a escolher umas flores pra escada da varanda. — Ela aponta a caneca em direção à escada de concreto vazia pela qual acabei de descer. Uma parte enorme de mim gostaria de *poder* fazer isso. Antes que eu perceba, nossos olhares se encontram, o rosto dela se iluminando assim que ela entende que isso pode ser uma abertura. — E depois, quem sabe, a gente pode ir naquele bistrô que a gente sempre ia! Ou no Dairy Qu...

— Hum, acho que não vai dar — interrompo-a, tentando não pensar naquele sanduíche de frango maravilhoso e em nós duas morrendo de rir naquela mesa em que ficávamos, no cantinho. Sua expressão murcha visivelmente antes de eu desviar o olhar. *Merda*. Por que ela dificulta tanto as coisas?

— Vou ter que ficar até mais tarde hoje, estamos treinando uma nova barista — minto... de novo.

— Ah. Claro. — Ela balança a cabeça como se não fosse nada, como se acreditasse em mim. — Você está ocupada.

— De qualquer forma, você já tem um montão de flores. — Tento mudar de assunto, olhando para os vários vasos alinhados na beirada da varanda.

Suas bochechas se curvam enquanto seus lábios formam um sorrisinho, mas tudo o que ela diz é:

— Divirta-se com suas amigas. — E me dá as costas.

Hesito por um segundo, sentindo os pés pesados feito blocos de cimento. Seria tão mais fácil voltar ao passado, ir à feira dos produtores, ao Lola's Bistrô e ao Dairy Queen, fingindo que ainda sou a garota que ela quer que eu seja, alguém de quem ela se orgulha.

Mas agora as coisas mudaram. Foi *ela* que quis assim, digo a mim mesma. Passei o ano passado inteiro erguendo um muro entre nós, mas foi ela quem começou. Só estou preparando o terreno para quando for a hora... facilitando as coisas para ela *e* para mim. Porque, em agosto, não faremos mais parte da vida uma da outra. Então obrigo meus pés a se mexerem e sigo para o meu carro.

Mesmo assim, a cada passo que dou, a culpa vai crescendo dentro de mim, então tento imaginar Nora e eu na Califórnia. E quando essa imagem toma forma, me lembro de que tudo vai valer a pena. De que minha vida verdadeira só vai começar quando formos embora daqui. Juntas.

* * *

No instante em que abro a pesada porta de metal do Dinor, sou atingida por uma avalanche de vozes, cada uma tentando desesperadamente ser ouvida sobre as outras. A luz quente ilumina as mesas brancas e os sofás vermelhos, todos abarrotados de clientes. Adoro tomar café da manhã aqui porque está sempre lotado, o que me faz lembrar que essa cidadezinha ainda tem um pouco de vida. É um contraste gritante com as lojas vizinhas, cobertas de páginas desbotadas do *Wyatt Argus*, um jornal que nem existe mais.

Paro na frente da máquina de chicletes pré-histórica, que oferece uma xícara de café como prêmio se você conseguir pegar a cor da semana, mas decido seguir em frente. Da última vez, o chiclete estava tão velho e duro que podia ter deslocado meu maxilar. Sei lá. Além do mais, tecnicamente trabalho numa cafeteria, então café grátis não é exatamente um prêmio para mim.

Vasculho o salão abarrotado até finalmente ver em um dos sofás o cabelo ruivo-fogo de Savannah, que está sentada próxima a uma das janelas grandes. Era mais fácil quando ela tinha aqueles cachos volumosos incríveis, mas, pouco antes do último ano, ela decidiu que cachos não eram *descolados*. Desde então, faz chapinha todos os dias, o que deve levar um século.

— Não lembro, sério, foi tudo um borrão — fala Rory quando me aproximo. Ela se joga para trás no sofá, rindo, seu coque bagunçado se mexendo na cabeça. — Stevie! — diz ela enquanto me sento em frente às duas. — Ai, meu Deus. Você perdeu a melhor festa de todas.

— O que aconteceu? — pergunto, apesar de ter sérias dúvidas sobre ter perdido alguma coisa da festa de formatura que Jake Mackey deu na sexta-feira. Não entendo mesmo por que Savannah está com ele.

Rory suspira, balançando a cabeça.

— Você não tem nem... — Ela ri para Savannah, que agarra seu braço, também rindo e assentindo com tanta força que fico com medo de sua cabeça acabar caindo. — *Né?* — Rory fala para ela.

— Você meio que tinha que estar lá — conclui Savannah, tentando se controlar, limpando as lágrimas com um guardanapo que pegou no suporte da mesa. — Falando nisso, não acredito que te fizeram trabalhar até tão tarde que você não conseguiu nem comemorar sua própria formatura com suas melhores amigas. Esse seu emprego é praticamente trabalho escravo — diz.

Savannah. Mordo as bochechas até sentir o gosto de ferro. Parece que ela nem pensa no significado das coisas antes de dizê-las.

— Não é tão ruim assim — falo, me lembrando daquela noite.

Nora e eu deitadas no meu carro com o banco reclinado, observando as estrelas pontilharem o céu sobre o teto solar e escutando a voz fantasmagórica de Phoebe Bridgers nas caixas de som enquanto planejávamos nosso futuro...

— Bem, só estou dizendo que a gente está com saudade de você. Tipo, fico me lembrando de quando a gente passava todos os fins de semana juntas.

É verdade. A gente era tão novinha naquela época que tudo que queríamos fazer era construir fortalezas no mato atrás da casa de Rory. Isso antes de Savannah começar a namorar o adorável Jake Mackey, que um dia sacudiu um punhado de moedas na minha cara e me disse que é assim que se escolhe o nome das crianças na China, e tudo o que as duas fizeram foi *dar risada*.

Savannah continua, como se nada tivesse mudado.

— Nós três estamos juntas desde a pré-escola, e este é nosso último verão antes da universidade. Já estamos em junho, e sei que *você* não vai sair de Wyatt, mas em agosto eu vou estar do outro lado do estado, na Filadélfia, e Rory vai pra algum lugar na Carolina do Norte — diz, colocando o cabelo atrás da orelha e deixando à mostra um enorme brinco de argola.

— Universidade da Carolina do Norte. — Rory batuca na mesa a cada palavra. — Eles têm um curso maravilhoso de pesquisa biomédica. Quantas vezes tenho que repetir isso?

Savannah sabe que Rory vai para a UCN; ela só gosta de ficar pegando no pé da amiga. E apesar de ser inteligente o suficiente para tirar notas altíssimas no vestibular, Rory ainda não conseguiu perceber isso. Sempre foi assim, mesmo quando a gente era criança.

Savannah ignora a fúria de Rory e fala diretamente comigo.

— O que estou querendo dizer é que mesmo que *você* não vá embora, nós vamos, e as coisas não vão mais ser as mesmas. Só queria que a gente conseguisse passar um tempo juntas.

Talvez um ano atrás isso me fizesse sentir alguma pontada de culpa ou remorso, mas agora não.

Você nem imagina, sinto vontade de responder. Quero dizer a ela que *nada* vai ser capaz de me manter nessa cidade. Que em alguns meses vou estar mais longe que elas duas, tão longe de Wyatt que elas nunca mais vão me ver de novo. Quero dizer a elas que nenhuma das duas me conhece de verdade. Não mais.

Mas eu nunca faria nada para estragar nossos planos. Quase consigo ouvir Nora me falando: *Aguenta firme. Tudo isso é temporário*. Só preciso esperar mais dois meses.

— Olha, vou tentar arranjar mais tempo. É minha culpa — digo, olhando para elas e me esforçando para parecer arrependida.

O garçom chega por trás e interrompe nossa conversa, colocando uma pequena pilha de panquecas na frente de cada uma.

— Espero que você não se importe de a gente já ter pedido, estávamos *morrendo de fome* — explica Rory enquanto as duas cobrem suas panquecas de xarope de bordo.

— O que vai querer? — pergunta o garçom para mim.

Ryan. Reconheço sua voz imediatamente, bem diferente daquela voz rouca-de-quem-fuma-dez-maços-por-dia de Pat. Levanto a cabeça e o vejo sorrindo para mim, com o cabelo preto e brilhante caindo na testa, acima de seus olhos castanho-claros.

Abro a boca para fazer meu pedido, mas ele me interrompe.

— Peraí, peraí. — Ele vasculha a memória, batendo a caneta na têmpora algumas vezes. — Dois ovos com gema mole, bacon, batata rosti e... pão de centeio, sem manteiga? — pergunta, franzindo o rosto.

— Quase. Pão integral — corrijo-o, sorrindo.

— Ah! Da próxima vez eu acerto — fala ele, anotando meu pedido com abreviações bagunçadas. — Já vou providenciar sua comida, pra você não ficar pra trás. — Ele faz um gesto sutil para o prato das minhas amigas e desaparece na cozinha.

Quando olho para Savannah e Rory, elas estão dando risadinhas.

— O que foi? — pergunto, encarando-as.

— Queria não me meter, mas *garota*. — Savannah revira os olhos, enfiando um pedaço de panqueca na boca. — Eu não te aguento.

— *O que foi?* — repito, dessa vez um pouco irritada.

— Ele tá totalmente a fim de você! — diz Rory, quase gritando para o restaurante inteiro.

— Ah, cala a boca — desdenho, abanando a mão e sentindo meu rosto ficar vermelho.

— Ué, por quê? Você não tá a fim dele? Ele é gatinho, para um... — Savannah dá de ombros antes de concluir a frase. Mas como eu não respondo nada, ela se inclina sobre as panquecas, quase arrastando o cabelo na manteiga e no xarope de bordo, e completa: — É porque ele é... *asiático*? É por isso que você não está interessada? — sussurra. Olho para trás para ter certeza de que ele não está ouvindo, mas graças a Deus tantos talheres estão tilintando e ecoando neste lugar que acabam abafando a voz dela.

— Savannah, *eu* sou asiática.

Olho para Rory, buscando seu apoio, mas tudo o que consigo é um dar de ombros indiferente.

— Sim, mas, tipo... não muito. Ele é asiático *mesmo* — diz Savannah, olhando para além do meu ombro.

Acho que elas só me consideram meio coreana quando há alguma oportunidade de rirem de alguma piada racista. Talvez seja por isso que eu me sinta tão confortável com Ryan desde que ele começou a trabalhar aqui, um ano atrás. Ele não estudava na nossa escola, então eu não o conheço muito... tipo, nem um pouco. Mas ele é o único outro adolescente asiático em toda a cidade, e já trocamos uns olhares diante de coisas sem noção que os clientes daqui soltam, o que dá a entender que ele me entende.

O negócio é que ele é *mesmo* bem gatinho. Se Wyatt não fosse o tipo de lugar que faz distinção entre "gatinho" e "gatinho para um asiático", provavelmente teria uma fila de garotas batendo na porta dele e o chamando para sair.

Só que eu não teria como ser uma dessas garotas... obviamente.

As duas finalmente entendem que não quero continuar falando sobre isso e voltam ao último assunto da conversa: a festa, o namorado de Savannah e... algumas outras coisas que nem ouço porque paro de prestar atenção.

Quando minha comida chega, vou engolindo tudo de uma vez só. Quanto mais cedo terminar, mais cedo vou sair daqui para ver Nora e ficar sabendo das novidades. Me obrigo a respirar um pouco entre as mordidas para não ficar tão na cara que estou com pressa.

— Stevie? Sim ou não? — pergunta Rory.

— Hã? — Olho para ela, confusa.

— Quer comprar roupas com a gente hoje? — repete, nitidamente irritada.

Balanço a cabeça, tirando doze dólares da carteira.

— Não, gente. Desculpa, eu tenho...

— ... que trabalhar — diz Savannah ao mesmo tempo que eu.

É lógico que eu não tenho que trabalhar hoje, mas é por isso que arranjei um emprego em uma cafeteria na cidade vizinha. Sabia que ninguém iria se dar ao trabalho de ir até lá para descobrir que só trabalho umas dez horas das vinte que digo que trabalho.

— Stevie... trabalho *de novo*? Está falando sério? — pergunta Rory, deixando os ombros penderem.

— Amanhã. Vamos fazer alguma coisa amanhã, tá bem? Eu mando mensagem — falo.

— É melhor mesmo! Senão vou acabar indo até essa cafeteria pra dizer pro seu chefe que você está roubando... sei lá, adoçante, ou alguma merda dessas. Daí a gente vai te ter todinha pra gente — diz Savannah, apontando o garfo em um gesto ameaçador na minha direção.

— Prometo. — Ergo as mãos, cedendo e ficando de pé para ir embora, já pensando em como me livrar de mais essa.

Capítulo 3

Dez minutos depois, meu Volvo está sacolejando pelas estradas de terra cobertas de mato que saem da extremidade mais distante da fazenda Martin, onde as centenas de hectares de campos enormes começam a dar lugar a um denso bosque verde. Dá para saber que ninguém nunca vem aqui além de mim porque as ervas daninhas estão tão espalhadas pela estrada que chegam a roçar as laterais do meu carro, um lembrete constante de que estamos seguras nesta parte do terreno.

Paro num cantinho onde a Mãe Natureza finalmente se acostumou com as minhas visitas e parou de crescer. Assim que desço do carro e sinto o ar puro e a água correndo no riacho ao longe, me sinto mais leve.

O som vai ficando mais alto enquanto abro caminho por entre as árvores gigantescas, pelos galhos sinuosos e cipós torcidos acima da minha cabeça. Ando uns cem metros até o bosque se abrir para uma margem gramada. As flores silvestres que plantamos finalmente estão começando a brotar, e as folhas longas e os botões só estão esperando o momento certo para florescer.

E bem ali, no meio das plantas, está... Nora.

Quando a vejo, os músculos na minha nuca finalmente relaxam, e a camada de ansiedade que geralmente cobre cada um dos meus pensamentos parece sumir completamente.

Noto a alcinha fina do sutiã roxo dela aparecendo por baixo de sua regata branca enquanto caminho ao redor de um arvoredo de bétulas da mesma cor, as cascas finas descamando nos troncos como se fossem tinta velha. Me agacho atrás de Nora e corro o dedo pelo seu ombro, pressionando o polegar na parte funda de sua clavícula.

E finalmente, com um toque, consigo voltar a respirar.

Beijo seu pescoço.

Sua mandíbula delicada.

Sua bochecha.

E vou passando os lábios em sua pele até chegar à orelha.

— Também amo você — sussurro, finalmente pronunciando as palavras que eu queria dizer tão desesperadamente desde a ligação de ontem à noite, as palavras que acompanharam cada pensamento que tive desde então.

Os cantos de sua boca formam um sorrisinho enquanto ela se vira para mim, encontrando meus lábios.

— Você não devia estar preparando *macchiatos* desnatados de caramelo? — diz ela brincando e falando contra o meu sorriso.

Eu a envolvo com meus braços, enrolando os dedos em seu rabinho de cavalo.

— E você não devia estar empilhando feno? — rebato, entrando no nosso joguinho de provocações.

— A gente nem planta feno, gênia. E, pra sua informação, era pra eu estar arrumando as cercas — responde. Quando me aproximo, percebo que desta vez ela está falando sério.

— Peraí. É sério? — pergunto, sentindo os músculos do meu corpo tensionarem mais uma vez. — Nora, pensei que estivesse de folga hoje!

Ela balança a cabeça.

— Stevie, está *tudo bem*. Relaxa. Não queria esperar, então deixei as coisas combinadas com Albert. Ele ficou de arrumar as cercas — ela diz.

— Como assim? O que você falou pra ele? — pergunto, imaginando o garoto Amish de dezenove anos espalhando nossos segredos por aí enquanto estamos aqui dando bobeira.

— Só pedi pra ele trocar de turno comigo. Não é nada de mais. Confia em mim.

Ela dá risada, tentando aliviar o clima, e estica o braço para mim, mas afasto sua mão.

— Você me prometeu que não ia fazer isso. É arriscado demais. E se ele te seguiu? E se ele descobrir ou comentar alguma coisa com alguém? Meu Deus, Nora, e se sua *mãe* descobrir? E se ela o pegar fazendo o seu trabalho? Ela... ela... — me interrompo, com as mãos pendendo entre nós.

— Stevie, para com isso. Por favor. — Ela pega minhas mãos trêmulas entre as suas, firmes e sólidas. — Eu só estava com muita vontade de te ver, tá bem? Desculpa. Não vou mais fazer isso. Desculpa. Desculpa. Desculpa — diz ela, beijando minhas mãos a cada palavra.

Ela as coloca sobre seus ombros, e entrelaço os dedos em sua nuca.

— A gente está... *tão* perto. Não quero estragar tudo agora.

Olhamos uma nos olhos da outra, e fico desejando poder manter os braços ao redor dela para sempre. Mantê-la segura para sempre.

— Eu sei. Vou tomar mais cuidado, tá? Por favor, não chora. — Nora coloca algumas mechas do meu cabelo comprido atrás da minha orelha e aproxima meu rosto do dela. — Desculpa — volta a sussurrar, encostando a ponta do nariz no meu.

Então me beija com força, deslizando os dedos pelo meu cabelo.

Enquanto nos beijamos, fecho os olhos e respiro fundo, inalando aquele cheiro familiar de lama e grama e da sua pele no ar quente de verão. Seria eufemismo dizer que nos últimos dois anos não tenho morrido de amores por esta cidade, mas especificamente este lugar, este bosque, o sol brilhando desse jeito perfeito sobre a copa das árvores...

Adoro aqui.

— Acha que vai sentir falta daqui? — pergunto depois de um tempo, afastando meus lábios dos dela.

— Não sei. — Ela faz uma pausa, esfregando a testa na minha enquanto os grilos cantam ao nosso redor. — Sim, talvez um pouquinho. E você?

Sinto meu coração dividido. Mesmo eu detestando muitas coisas neste lugar, não conheço nada *além* de Wyatt. É verdade que Nora e eu não temos como ficar aqui, nos escondendo neste canto do bosque para sempre e fingindo que o resto da cidade não existe. Nós duas sabemos disso, mas mesmo assim a decisão de deixar tudo para trás não é menos assustadora. A maioria das pessoas sai de casa depois do ensino médio sabendo que sempre será bem-vinda de volta à cidade natal. Mas a verdade é que, daqui a alguns meses, Nora e eu vamos abandonar nossas famílias e o único lugar que já chamamos de lar. Para sempre.

— Talvez um pouquinho — repito sua resposta. Ficamos sentadas por um momento, com as cabeças juntinhas, até outro pensamento me ocorrer. — Lembra daquela noite em que nos conhecemos? A gente estava deitada no chão da quadra de basquete da minha escola, com todas as luzes apagadas. Você pegou minha mão e entrelaçou seus dedos nos meus.

— Lembro — diz ela, correndo o dedo pela minha palma.

— Antes disso, eu nunca tinha sentido nada por ninguém. Nadica de nada. Pensava até que devia ter alguma coisa de errado comigo ou algo assim. Achei que era a única explicação. E daí você, uma garota que eu tinha acabado de conhecer, pegou minha mão. Tão simples. Mas que fez alguma coisa dentro de mim acender, alguma coisa que eu nem sabia que *poderia* ser acendido, e aí tudo fez sentido. Quando penso nisso agora, acho que não era sobre eu gostar de garotas nem nada disso, era sobre *você*.

Nora abre um sorriso com a lembrança, mas arqueia uma sobrancelha.

— Por que está falando isso?

— O que eu acho que estou querendo dizer é o seguinte: mesmo que eu vá sentir falta de *algumas* coisas, não tenho medo de ir embora de Wyatt. Contanto que eu esteja com você. É meio piegas, mas estou começando a perceber que Wyatt não me faz mais sentir em casa. Você, sim.

— Minha *manteiguinha derretida*. — Ela dá um sorrisinho rápido e logo sua boca se comprime em uma linha séria, suas pupilas focando fixamente em mim. — Te amo — diz, me beijando de novo. — Vamos sentir saudade daqui juntas, que tal? — Ela se levanta com suas botas surradas e estende as mãos para mim, me fazendo levantar.

Começamos a caminhar pela trilha; a mesma trilha que sempre fazemos, a única aberta em meio a toda aquela vegetação densa. Sigo-a ao longo do riacho, das rochas e das áreas onde a terra já parece desgastada. Galhos estalam sob nossos passos e sombras deslizam sobre eles, com pássaros voando acima de nós.

— Nossa, ela não está nem aí para as minhas novidades bombásticas… — comenta Nora em um tom de voz inocente.

Solto um suspiro alto e ela olha para trás, rindo.

— Esqueci completamente! Conta! — grito, correndo até ela.

Ela para e me encara, sorrindo de orelha a orelha, o que me faz sorrir também, ainda que eu nem saiba ao certo o que ela quer me contar.

— Conseguimos a quitinete!

Ela dá um sorriso ainda maior enquanto me observa processar a informação.

— Peraí… quer dizer que conseguimos nossa primeira opção? Aquela que tinha as paredes verdes e um banheirinho minúsculo? — pergunto, contendo a empolgação enquanto ela assente. — Não acredito! Pensei que já tivesse sido alugada!

— Parece que não deu certo. — Ela dá de ombros. — Se a gente pagar o aluguel do primeiro mês e o caução até sexta, ela é nossa, amor.

— Ai, meu *Deus*, a gente vai ter nosso apartamento! — Abraço-a e ela me levanta como se eu não pesasse nada, apesar de eu ser cinco centímetros mais alta. É tudo o que a gente mais queria. A última coisa que precisávamos resolver.
— Então, quando a gente pode se mudar? — pergunto, me soltando e colocando os pés no chão.

— Dez de setembro.

— Caramba. Pertinho do início do semestre.

— Eu sei, mas pelo menos a gente vai poder trabalhar e economizar por mais tempo. De repente a gente consegue até ostentar e esbanjar naquele armário de cozinha de madeira da loja que você sempre…

— Ahhh! Podemos? Podemos comprar? — pergunto, agarrando sua blusa como se estivesse suplicando.

— Já até coloquei no meu carrinho de compras — fala ela.

Solto um gritinho animado, envolvendo sua cintura e caminhando ao seu lado na trilha.

— Amo essa sensação — diz Nora, enquanto pulamos um galho juntas.

— Que sensação? — pergunto, e ela sorri, erguendo o olhar para o céu.

— De que, tipo… minha vida está prestes a começar depois de um hiato de dezoito anos. Nunca pensei que um dia fosse estar tão empolgada em relação ao meu futuro. Acho que nunca nem pensei que teria um futuro. Mas, agora, vou me mudar pro outro lado do país. Vou ter um apartamento. Um dia, talvez, uma casa no campo. Um casamento. Filhos! Quer dizer… é *tão* incrível que isso seja não só possível, mas também o começo de tudo. E vou poder viver tudo isso com… — Ela balança a cabeça, sorrindo. — Vou poder viver tudo isso com *você*. Cacete, tá brincando? Parece um sonho, né?

Faço-a parar de caminhar e dou um beijo nela.

— Você é muito fofa. Quem é a manteiga derretida aqui mesmo?

— É sério!

— Eu sei. Adoro ouvir você falando sobre o nosso futuro. — Avanço até ela, forçando-a a recuar até Nora estar prensada contra uma árvore, e então mergulho os lábios nos dela para um beijo mais longo. Suas mãos envolvem minhas costas enquanto eu me afasto. — Acha mesmo que um dia vamos poder ter filhos?

— Bem, sim… — diz ela e tenho vontade de lhe dar mais um beijo, mas ela está com um sorrisinho travesso estampado no rosto. — Mas calma, porque não é assim que a gente vai fazer filhos.

Caio na risada, afastando-a da árvore e voltando para a trilha.

— Então posso transferir hoje o dinheiro do apartamento? — pergunto.

— Considerando que eu guardo todo o meu dinheiro numa caixa de charutos embaixo da cama…

— Beleza, transfiro hoje à noite. — Balanço a cabeça para ela. — Sabe, mais cedo ou mais tarde você vai ter que abrir uma conta, Nora — falo *mais uma vez*.

Nora não quer abrir uma conta porque já faz tanto tempo que sua mãe vem lhe pagando por baixo dos panos em dinheiro que ela acha que a receita federal vai pegá-la ou algo assim… sei lá.

— Então, andei pensando muito naquele último documentário que assisti — começa, ignorando o que falei e rodopiando, entusiasmada, ao redor de uma árvore fina até ficar de frente para mim. — Acho que vou tentar de verdade essa coisa do veganismo, amor. Sabia que é preciso mais de seiscentos galões de água pra produzir só *um* hambúrguer? O jeito como a gente se alimenta está destruindo o planeta, e provavelmente eu como mais carne do que a maioria das pessoas. Tipo, sei que bife é tipo água pra minha família e é basicamente a única coisa que me mantém de pé, mas logo a gente está indo embora daqui e fico com a impressão de

que seria um sacrifício tão pequeno e que faria tanto bem...
— Seguro seu rosto em minhas mãos antes que ela comece a duvidar de si mesma, e ela me encara com seus olhos cor de avelã.

— Eu acredito em você — digo, e é verdade. — Além disso, você vai fazer a gente parecer californianas de verdade. — Faço cosquinha na sua barriga e ela dá um salto para trás, quase tropeçando num galho podre.

A trilha vai ficando cada vez mais irregular à medida que avançamos, e a margem aos poucos se eleva da superfície do riacho. Quanto mais nos aproximamos da represa, mais profunda fica a água e mais larga sua extensão.

— Eita — diz Nora. — Isso aqui é novidade.

Rapidamente estamos a cerca de cinco metros acima do riacho, olhando para um carvalho caído que se estende por toda a ravina. Dou uma olhada no labirinto de raízes que acabou ficando exposto pela queda da árvore, deixando para trás uma cratera de quase dois metros de largura, mas Nora está com os olhos fixos no tronco.

— Vem. Nem pensa nisso. — Dou um puxão na barra do seu short, mas ela já saltou no tronco e deu alguns passos em direção à margem. Agora, está parada perto do barranco.

— É bem firme, olha. — Ela pula, mas suas botas fazem lascas se soltarem no ar e caírem na água lá embaixo de um jeito nada tranquilizador.

— Nora, por favor? — imploro, as mãos juntas, como se eu pudesse fazê-la voltar... como se isso já tivesse funcionado antes.

Fico observando em silêncio, com o estômago dando cambalhotas enquanto ela, toda confiante, dá mais dez passos, chegando até a metade do tronco. Ela age como se isso fosse tão simples quanto caminhar na calçada, mas prendo a respiração até ela chegar sã e salva ao outro lado da margem.

— Sua vez! — grita ela.

A voz ecoa pela corrente de água entre nós. Dou uma espiada por cima da borda e rapidamente dou um passo para trás, me mantendo a uma distância segura da margem. Nora coloca as mãos em concha em volta da boca e grita:

— Quer passar a vida tomando cuidado ou arriscando um pouquinho de vez em quando?

— Tomando cuidado! — grito de volta sem pensar duas vezes.

Ela sorri.

— Vem! A gente pode voltar por aqui, de repente até por uma trilha nova!

— Às vezes odeio esse seu lado aventureiro! — berro, me obrigando a pisar no tronco grosso. Tá na cara que ela não vai desistir dessa.

— Um dia você vai me agradecer.

Ela dá risada e fica me observando avançar um centímetro por vez. Quero responder que eu duvido, mas cada passo exige toda a minha atenção.

Tento me concentrar só no tronco sob meus pés, mas meus olhos ficam desviando para a água, que está pelo menos três metros abaixo de mim.

Árvore.

Água.

Árvore.

Água.

Minha respiração fica presa quando uma rajada de vento sopra no barranco. Me agacho, tentando me equilibrar, e cravo os dedos nos sulcos rasos da casca. Uma farpa acaba entrando debaixo da minha unha, mas quase nem sinto.

— Stevie! — chama Nora de algum lugar ao longe. — Está tudo bem.

Está tudo bem. Está tudo bem, fico repetindo na minha cabeça e depois em voz alta.

— Ei, Stevie, olha pra mim — diz ela. Levanto a cabeça devagar e a vejo agachada na outra ponta do tronco, a alguns metros de distância. — Isso aí. — Ela sorri. — Só mantenha os olhos em mim, amor. — Sua voz está estável, mas tensa.

— Certo — murmuro.

Fico de pé, sentindo como se minhas pernas fossem de gelatina. A cada passo que dou, me lembro de respirar. Por mais que meus olhos queiram olhar para baixo, obrigo-os a se fixarem em Nora.

Enquanto a observo, minhas pernas viram gelatina novamente, mas agora por um motivo diferente.

Pela maneira como o sol ilumina as mechas de cabelo que se soltaram de seu rabo de cavalo.

Pelas sardas de verão suaves que estão começando a aparecer.

Pelo jeito como ela sorri para mim, fazendo eu me sentir invencível. Como se eu fosse capaz de fazer qualquer coisa e ir a qualquer lugar enquanto ela estiver ao meu lado.

E então, antes que eu perceba, estou descendo do tronco.

— O que eu te falei? — Nora dá um sorrisinho. — Moleza.

Mas antes mesmo de eu conseguir comemorar minha vitória, o clima ao meu redor muda.

Tem algo de errado.

Vejo o rosto de Nora se transformar completamente.

Seus olhos se arregalam. As narinas se dilatam. Sua mandíbula se escancara.

O chão sob meus pés se mexe, então baixo o olhar e noto que estou em cima de uma rocha enorme, agora parcialmente presa à terra.

Assim que me dou conta, a rocha se inclina ainda mais e começa a deslizar pela encosta íngreme.

Meu centro de gravidade muda, e é como se todo o oxigênio tivesse sido sugado do ar entre nós duas. Tudo começa a se mover em câmera lenta.

Nora me estende a mão, e vejo as veias pulsando sob sua pele bronzeada de sol.

Tento desesperadamente alcançá-la, mas meus dedos mal tocam os dela.

Até que começo a cair de costas, meu corpo todo no ar rarefeito.

Fecho os olhos com força enquanto o céu azul vira um borrão misturado às árvores, uma parede de lama.

O último som que escuto sobre a água corrente é aquele que geralmente é o meu favorito: Nora dizendo meu nome. Só que, desta vez, ela está gritando, e o pavor preenche cada nota de sua voz, tornando tudo absurdamente errado.

18 de junho

Querida Stevie,

Não sei se esse diário vai conseguir me fazer sentir um pouco melhor, mas preciso falar com alguém, e a única pessoa com quem posso falar é você, mesmo que você não consiga me ouvir. Acabei de voltar do hospital. Já se passaram seis dias desde o acidente e você ainda está em coma induzido. Conheci seus pais. Foi estranho. É estranho. Que eles saibam que eu exista. Mas o mais estranho de tudo é que eles não saibam que você é tudo pra mim. Sua mãe parece bem legal. Dá pra entender por que seria difícil pensar em deixá-la. Apesar de tudo, dá pra ver que ela realmente te ama.

Às vezes, quando eles vão embora, entro escondido no seu quarto e fico uns minutos segurando sua mão. Sei que você provavelmente me daria uma bronca por correr esse risco, mas você não sabe como é estar aqui com você… e sem você.

Queria tanto que fosse eu naquela cama, porque é assim que devia ser. Tudo isso é culpa minha. Você não queria fazer aquilo. Você me disse que não queria. Eu sinto muito, muito mesmo. Me desculpa, Stevie. Por favor, acorda.

Eu amo você,
Nora

23 de junho

Querida Stevie,

Já se passaram onze dias. Ouvi a médica hoje e ela disse que estão esperando você acordar. Preciso muito que você acorde. Preciso que você fique bem. Não tenho como seguir em frente sem você, agora que já sei de tudo o que a vida pode oferecer. Estou com saudade da sua risada. Com saudade do jeitinho como você enrola o dedo no meu rabo de cavalo. Com saudade de ser acordada pelas suas ligações no meio da madrugada, quando você nem pode dizer nada.

Por favor, acorda. Por favor. Eu amo você. Quero te ouvir dizer que me ama também.

Nora

Capítulo 4

BIP. BIP. BIP. BIP. BIP. BIP.

O despertador estronda perto da minha cabeça. Estico a mão para jogá-lo longe, tentando fazer aquele barulho terrível parar, mas tudo o que minha mão acerta é o espaço onde a mesinha de cabeceira deveria estar.

— Querida. — Ouço a voz suave da minha mãe ao meu lado.

Só mais cinco minutos, tento dizer, mas a frase sai toda embolada, completamente sem sentido.

Ela passa os dedos com carinho pela lateral do meu rosto. Tento erguer a outra mão para afastá-la, mas meu braço acaba ficando todo emaranhado nos lençóis.

— Stevie, consegue me ouvir? — pergunta ela, a mão ainda no meu rosto.

— *Mãe, mais cinco minutos* — falo de novo. Desta vez a frase sai mais audível, mas parece que minha garganta está cheia de areia.

E, *nossa*, esse despertador. Começo a me livrar dos lençóis para desligá-lo, até que duas mãos fortes me seguram, prendendo meus braços firmemente na cama. Me esforço para abrir os olhos, só que eles não me *obedecem*.

— Me solta! — resmungo, me contorcendo e agitando o corpo todo na cama. — O que está fazendo? — Minha garganta está pegando fogo e não consigo respirar.

Preciso levantar.

Preciso me *livrar* dessas mãos.

— Stevie, para! — grita meu pai, ajeitando as mãos sobre os meus braços. E então percebo que é ele.

— Sr. Green, por favor — diz uma mulher que não reconheço. Sua voz é calma, controlada. — Stevie, você precisa parar de se debater. — Sinto-a pairando sobre mim agora. Bem na minha cara. — Você está no hospital. Está tudo bem.

Hospital?

Meu peito arqueja e tudo parece comprimir meus pulmões, me deixando mais angustiada ainda. O choro da minha mãe preenche o quarto.

Tento abrir os olhos mais uma vez e, agora, eles me obedecem. Mas tudo à minha frente é claro demais e preciso fechá-los novamente.

Quero libertar meus braços, mas não adianta. Não tenho força nenhuma, e logo a escuridão me engole.

Quando volto a mim, ouço a voz abafada do meu pai no telefone. Só consigo distinguir algumas palavras: *chateada... sedada... esperando...*

Meus olhos estão queimando por trás das pálpebras, e fico uns minutos obrigando-os a se abrirem um pouquinho de cada vez, até que a claridade parece ficar mais amena e tudo começa a entrar em foco.

Finalmente, percebo a mão macia de alguém, familiar e reconfortante sobre a minha. *É minha mãe.* Viro a palma para cima, segurando a mão dela com toda a força que consigo reunir.

De repente, ela aparece de onde devia estar descansando a cabeça na lateral da minha cama e me olha de um jeito que nunca a tinha visto me olhar antes, com lágrimas escorrendo pelas bochechas.

Mãe?, tento dizer, mas não sai nada. Abro a boca para falar de novo e ela me silencia.

— Fica quietinha, querida — sussurra com uma voz trêmula e depois se vira. — John. John! Chame a médica. — Ela se volta para mim, pega minha mão e a leva até sua boca. Vejo um tubo fino e transparente preso à minha pele. Acompanho-o com o olhar até descobrir um saco cheio de um líquido claro preso a um suporte de metal.

Começo a arfar novamente, a respiração fazendo meu peito se mover para cima e para baixo enquanto meus olhos vagueiam pelo quarto: vejo botões em paredes brancas, uma pia de aço inoxidável em uma bancada azul-petróleo, uma poltrona reclinável de vinil no canto.

Baixo o olhar e fico me observando o máximo que consigo, deitada de costas. Depois ergo a cabeça o suficiente para ver o avental verde-água cobrindo meu corpo e a meia felpuda e rosada nos meus pés.

Hospital, me lembro de ter escutado.

— Mãe? — chamo.

Mas minha voz não passa de um sussurro. *O que tem de errado comigo?*, quero perguntar, mas não consigo.

Um forte cheiro de ambiente estéril me atinge de uma vez só, como uma onda, assim que uma mulher de meia-idade vestida com um jaleco branco entra no quarto e vem até a cama. Tento afastar o corpo para o outro lado enquanto agarro a mão da minha mãe, querendo me livrar dessa.

A moça dá um passo para trás.

— Está tudo bem, Stevie — diz ela, erguendo as mãos. — Meu nome é Maggie. — Abaixo os olhos para as letras bordadas em seu bolso: DRA. MARGARET REICHER.

Minha mãe passa a mão pelo meu braço e a deixa no meu ombro, me mantendo onde estou.

— Stevie. — A médica chama minha atenção de volta para o seu rosto. — Você sofreu um acidente grave… — É tudo o que eu consigo ouvir antes de tudo ficar silencioso.

Um acidente?

Olho para minha mãe e vejo meu pai ao seu lado, com uma das mãos grandes em seu ombro e a outra cobrindo a boca. *Como é que fui sofrer um acidente de carro?* Dou uma olhada novamente nos meus pais. Eles parecem bem.

— Stevie, Stevie, consegue me ouvir? Se lembra do meu nome? — pergunta uma voz à minha direita.

Pisco com força, olhando para a moça de jaleco branco perto de mim.

— Mary. Margie… MarrrrrrRRRR — solto um grunhido, sentindo uma dor atordoante atravessar minha nuca.

— Ela está bem? — pergunta meu pai, a voz carregada de preocupação.

Mergulho a cabeça no travesseiro e fecho os olhos, esperando a onda de dor passar para abri-los novamente.

— Stevie, consegue me ouvir? — pergunta a mulher mais uma vez. Olho para ela, que continua: — Meu nome é Maggie — repete naquele mesmo tom calmo de antes.

Maggie. Certo.

— Você sofreu um acidente. Sabe o que aconteceu? — pergunta. Apenas pisco em resposta, sentindo as pálpebras pesadas. — Você caiu e bateu a cabeça. Passou duas semanas em coma induzindo, se recuperando.

Que merda é essa? Coma? Não. Não faz nenhum sentido. Eu estava com Savannah e Rory...

— Stevie, vou fazer alguns testes em você, tudo bem?

Ela pega do bolso um objeto parecido com uma caneta e me oferece. Como não reajo, ela se aproxima, inclinando-se sobre mim.

A médica passa o objeto pelos meus braços, barriga, pernas e sobre a sola dos meus pés, perguntando sem parar:

— Está sentindo isso?

Faço que sim, sentindo uma leve pressão para cima e para baixo pelo meu corpo.

— E isso?

Ela corre os dedos pelas minhas bochechas e testa. Assinto novamente, sentindo como se eu fosse um pedaço de carne numa tábua de corte, sendo cutucada e pressionada. Só queria que ela tirasse as mãos de mim.

Ela se senta ao meu lado na cama e aperta a ponta da caneta. Uma luz branca e brilhante se move diante dos meus olhos, me fazendo fechá-los.

— Pode me dizer seu nome? — pergunta ela.

É lógico que sei meu nome. Pigarreio, sentindo a garganta rouca, e mordo os lábios, tentando fazer as coisas funcionarem do jeito certo enquanto minha cabeça não para de latejar.

— Stevie — digo, finalmente. Passo a língua entre os lábios. — Stevie Green.

— Qual é seu endereço?

— Fairfield Road, 254.

Ela olha para os meus pais, e os dois assentem.

— Muito bem. Quantos anos você tem? — pergunta.

— Ahn... hum... — balbucio.

A dor de cabeça aumenta, e o que deveria ser uma resposta fácil acaba me fugindo.

— Stevie?

A médica olha para mim com expectativa, suas sobrancelhas estão arqueadas. Observo a armação dourada de seus óculos e a curva acentuada e caída de seu nariz, igualzinho ao da minha avó.

— Tenho... — Vasculho o cérebro atrás da resposta, mas tudo o que me vem são lembranças de tijolos amarelos e fileiras de armários marrons. *Escola Católica Central.* — Ensino médio... — murmuro para mim mesma, confusa.

— O quê? — Ela se inclina, aproximando-se de mim.

— Não sei — respondo. — Não estou conseguindo pensar agora.

Percebo pela sua expressão que ela ficou preocupada, mas em um segundo a aflição parece se esvair.

— Tudo bem. — Ela aperta a ponta da caneta e a coloca de volta no bolso.

— *Tudo bem?* — grita meu pai, incomodado. Tento virar a cabeça para olhar para ele, mas estou cansada demais para isso. — *Como assim tudo bem?*

— O cérebro dela passou por um trauma enorme. Isto não é incomum. Às vezes leva um tempo maior. Precisamos ter paciência.

Por que ele está agindo assim? O que ela quer dizer? Só preciso de um segundo...

Tento me esforçar e lembrar de mais coisas, mas cada fibra do meu corpo está sendo sugada pela sonolência, até que eu me rendo.

Capítulo 5

Ao acordar pela terceira vez, o quarto entra em foco muito mais rapidamente. A névoa que cobria as bordas da minha visão se dissipou, e a dor de cabeça virou um leve incômodo. Finalmente estou me sentindo eu mesma, ou pelo menos sinto que tenho controle do meu próprio corpo.

Minha mãe está dormindo, encolhida num sofazinho sob a janela. Do outro lado do vidro o céu está totalmente escuro. Meu pai está apagado na poltrona, com as botas de trabalho jogadas no chão.

Respiro fundo, me lembrando de onde estou e por que estou aqui.

Houve um acidente. Eu fiquei em coma... fiquei em coma por... duas semanas? DUAS semanas?

Ouço um barulho na porta e dou um pulo quando vejo uma garota no corredor, parada no batente. A metade de seu cabelo loiro-escuro está preso num rabo de cavalo e ela está usando chinelo roxo e short jeans, mas não daqueles que vendem nas lojas. Parece mais uma calça jeans velha cortada na altura das coxas.

Por que ela está aqui?

Ela não se mexe, não se aproxima nem se afasta. Só fica parada ali, me olhando. Observo seus olhos se iluminando e um sorriso se espalhando pelo seu rosto enquanto o peito dela se expande e se contrai sob as luzes fluorescentes do hospital.

— Ouvi... — Sua voz estremece, cortando o silêncio e o bipe aleatório do meu monitor de frequência cardíaca.

Na poltrona, meu pai acorda com um ronco alto quando ela passa pelo batente, arrastando os chinelos contra o piso de linóleo.

— Ah, oi — diz meu pai, olhando para mim e em seguida para ela, subitamente alerta. Seu sorriso vira uma linha reta. — Hum... agora talvez não seja o melhor momento. — Ele se senta, puxando o apoio de pés para perto dele.

Ela nem olha para ele e não entendo por que, mas também não olho. Ficamos nos encarando conforme ela se aproxima de mim.

— Oi, com licença. Pode voltar mais tarde? — tenta meu pai de novo, se acomodando na beirada do assento.

Mas ela continua o ignorando. Tem alguma coisa no jeito como ela me olha, se recusando a desviar a atenção, que me faz querer que ela fique aqui.

— Está tudo bem, pai — digo, e ela dá mais alguns passos até chegar na ponta da cama.

Olho para ele, que olha para minha mãe, que ainda está dormindo.

— Certo, bem, hum... meu Deus, por onde começo? — Ele faz uma pausa, gesticulando para a garota como se ela fosse algum tipo de cartaz numa feira de ciências. Observo as mãos dela, agarrando a grade da cama. — Stevie, esta jovem aqui, ela... — Ele pigarreia. — Bem, ela salvou sua vida.

Puta merda.

Ele continua:

— Sei que você não se lembra de muita coisa, mas você caiu. Caiu do alto de um barranco, numa ravina, e ela te ouviu gritar.

Eu *caí* numa *ravina*? Como assim?

Ele segue explicando o que aconteceu, e a menina não tira os olhos de mim. Nem uma vez. Nem pisca — na verdade, acho que nem está ouvindo. Pelo contrário, parece que ela quer me contar uma versão completamente diferente do que aconteceu.

— Não sei como ela conseguiu... — Ele balança a cabeça para ela, sem acreditar. — Mas ela deu um jeito de te tirar dali. Te carregou por mais de um *quilômetro* pelo bosque até a via principal.

Bosque? Que bosque? Por que diabos eu estaria num bosque? E como essa garota de um metro e meio de altura conseguiu me carregar por tanto tempo? Fico uns segundos tentando dizer algo inteligível e só então entendo a magnitude do que ele está dizendo. Aquela garota é a responsável por eu estar viva. Como não sei o que falar, fico só encarando-a. Mas seus olhos cor de avelã me encaram de volta, e me dou conta de que preciso dizer alguma coisa.

— Obrigada — digo, com toda a sinceridade.

Ela assente e se inclina para mim apenas um centímetro, tão pouquinho que mal dá para notar. Seus olhos percorrem meu rosto, como se ela não conseguisse acreditar que estou aqui, mas também como se... como se estivesse procurando alguma coisa.

Pigarreio e procuro meu pai, que baixou o olhar para suas mãos cerradas.

— Não sei... não sei mais o que dizer — falo, levemente desconfortável. — Desculpe. Qual... Qual é o seu nome?

Ela dá um suspiro breve e expressivo, as sobrancelhas se unindo sobre os olhos arregalados.

— Nora. Você não...

Ela coloca as mãos sobre a boca, e soluços abafados escapam por entre seus dedos. Sua respiração fica tão pesada e ofegante que o corpo inteiro dela começa a sacudir.

Não sei o que fazer. Abro a boca para falar alguma coisa, *qualquer coisa*, mas, antes que eu consiga decidir o que, ela vira as costas e desaparece no corredor.

Ficamos ali sentados, meu pai e eu, encarando a porta.

— Isso foi meio... estranho. — Dou de ombros.

— Tenho certeza de que ela ficou traumatizada por ter te encontrado daquele jeito. Olha, ela tem vindo aqui todos os dias desde que você chegou.

— *Sério*? — Olho para ele.

— Stevie. — Ele se aproxima e se senta na cama. O colchão afunda sob seu peso enquanto ele coça o rosto com barba por fazer, o tipo de coisa que eu raramente vejo. — Por que diabos você estava fazendo na fazenda dos Martin?

— Martin da... Carnes Martin?

Me lembro dos armazéns enormes e dos rebanhos de gado da Rota 58, por onde passo no ônibus indo para a escola todo dia de manhã. Mas nunca os vi de perto. Né?

Encolho os ombros.

— Não faço ideia.

— Era pra você estar na cafeteria naquele dia.

— O quê? Que cafeteria? — pergunto, estreitando os olhos.

Ele inclina a cabeça e franze as sobrancelhas.

— A cafeteria na qual você trabalha há dois anos, em Endover.

Sinto um calafrio na coluna enquanto deixo escapar uma risada confusa.

— Pai, nunca trabalhei em cafeteria nenhuma. E nunca fui à fazenda dos Martin. E não faço ideia de quem seja aquela garota.

Capítulo 6

— **Stevie, você sofreu uma fratura craniana** e teve contusões significativas no cérebro — diz a dra. Reicher, me mostrando seu tablet na manhã seguinte. Ela aponta para uma rachadura no lado inferior esquerdo da imagem 3D do meu crânio. — Esse tipo de fratura, apesar de séria, vai se recuperando no tempo dela. Mas realizamos uma ventriculostomia, uma palavra complicada para dizer que inserimos um cateter temporário em seu crânio para drenar parte do fluido acumulado e aliviar um pouco da pressão cerebral. Você vai achar uma incisão bem pequena no seu couro cabeludo, mas os pontos devem se dissolver em cerca de duas semanas.

Meu estômago revira enquanto imagino um buraco aberto na minha cabeça. Resisto à urgência de tocar meu couro cabeludo, assustada com o que posso encontrar.

Ela continua:

— Infelizmente, com esse tipo de lesão, às vezes observamos como efeito cognitivo uma amnésia retrógrada, que é a perda da capacidade de se lembrar de eventos ocorridos antes do momento do ferimento, como você parece estar experimentando agora. Às vezes, essas memórias podem voltar dias ou semanas após o trauma, mas quero que você saiba que também é possível que a perda de memória seja permanente.

O quarto começa a girar. Fecho os olhos por uns segundos e me obrigo a focar em sua voz.

— *Geralmente* notamos uma perda das memórias recentes, das semanas e até alguns meses que antecedem a lesão. No seu caso, Stevie... é bem raro, mas baseado no que seus pais conseguiram avaliar, você parece ter se esquecido de algo em torno de... dois anos.

Dois anos.

É tudo o que ouço a dra. Reicher dizer antes que sua voz seja abafada por um zumbido nos meus ouvidos. Tudo o que faço é ficar ali encarando-a, observando sua boca formar palavras que não consigo compreender. A mão da minha mãe está sobre a minha, mas não consigo sentir, não de verdade, porque meu corpo inteiro fica dormente.

Não é possível.

A dra. Reicher se agacha na minha frente. Tento me forçar a voltar ao quarto. Acho que ela está me perguntando se entendi.

Movo a cabeça para cima e para baixo.

Se entendi? Não, não entendi porra nenhuma, e sou capaz de fazer qualquer coisa para ela parar de falar coisas que não quero ouvir.

Minha mãe aperta tanto minha mão que meus dedos ficam roxos, e meu pai agradece à doutora antes de ela nos deixar sozinhos no quarto.

Ninguém se mexe. Ninguém diz nada.

Sinto uma pressão aumentando dentro do meu rosto e a sensação que eu tenho é de que minha cabeça está prestes a explodir, o que provavelmente é a última coisa de que preciso para conseguir me recuperar.

Preciso sair daqui. Sinto essa necessidade vindo de dentro dos meus ossos. Jogo as pernas para o lado e fico de pé, mas minhas pernas estão muito fracas. Meu corpo cede e acabo caindo de joelhos, engatinhando.

Em meio aos pontos pretos piscando no meu campo de visão, vejo uma porta entreaberta e uma luz amarelada escapando pela fresta.

O banheiro.

Mãos tocam minhas costas, puxando gentilmente meus ombros, mas as afasto e continuo me movendo até conseguir fechar a porta, deixando meus pais do outro lado.

Me enfio no canto e abraço os joelhos no peito, fechando os olhos.

Lembre-se. Lembre-se.

Por trás das minhas pálpebras, uma cena começa a tomar forma: estou de pé em frente à pia do banheiro feminino. Savannah está do meu lado, e observo-a prendendo seus cachos grossos e ruivos em um coque enquanto a água morna enxágua o sabonete cor-de-rosa das minhas mãos. Rory abre a porta de uma cabine com tudo, mandando a gente matar o horário de almoço para ela nos levar ao Taco Bell usando sua recém-adquirida carteira de motorista. *Não tem como* isso ter acontecido há dois anos. Foi ontem mesmo. Não foi?

Alguém bate na porta, me fazendo pular de susto. Abro os olhos e de repente estou novamente sozinha no banheiro do hospital.

— Stevie, querida? Sou eu — diz minha mãe do outro lado da pesada porta de madeira. — Podemos entrar?

— Não — respondo com a voz trêmula.

Prendo o fôlego e estico o braço, tentando encontrar alguma evidência concreta de que tudo isto é real. Vou deslizando a mão da frente do couro cabeludo até algo pequeno e pontudo. Corro o dedo suavemente sobre uma linha de pontos de quase quatro centímetros, e noto que a região ao redor foi raspada. Sinto gosto de bile no fundo da garganta.

— Seu pai e eu vamos entrar — fala minha mãe com firmeza enquanto respiro fundo e meu cérebro implora por ar puro.

Fecho os olhos, ouvindo a porta se abrir.

Memórias não desaparecem assim do nada. Não tem como dois anos terem se perdido desse jeito.

Quem sabe se eu pensar um pouco, se eu me concentrar de verdade, tenho certeza de que vou... conseguir me lembrar de tudo. Vou acordar desse pesadelo e conseguir preencher esse buraco gigantesco...

— Não me toca! — arranco a mão do meu pai do meu ombro.

— Só estou tentando ajudar — diz ele, surpreso. — Não precisa ficar *irritada* comigo.

— NÃO ESTOU IRRITADA COM VOCÊ! — grito, e logo ergo o olhar e vejo meu pai, no alto de seu um metro e oitenta e noventa quilos, se encolher até sumir. O cara que tudo que sempre quis foi me proteger. Acho que nunca gritei com ele na vida, pelo menos não na vida da qual me lembro, e na mesma hora me arrependo. Levo as mãos à testa e me obrigo a inspirar e expirar duas vezes antes de ousar falar novamente. — Estou com *medo* — digo quase em um sussurro, olhando para os dois e sentindo a visão embaçada. — Estou com medo.

Aproximo os joelhos do peito, tentando me acalmar. Mas, em vez disso, desmorono, as lágrimas caindo incontrolavelmente enquanto a pressão no meu peito vai amenizando.

— Tenho... tenho quinze anos, mas o que vocês estão me dizendo é que acabei de completar dezoito. — Mantenho os olhos fixos no chão. — Não consigo entender como esse tempo todo pode simplesmente ter... desaparecido assim, do nada. Não vivi as coisas. Não...

Enxugo o rosto com as mãos, mas as lágrimas não param de jorrar. Minha mãe me olha nos olhos enquanto se agacha, ficando entre meu pai e eu.

— Querida — sussurra, segurando com força meus antebraços, sem dar a mínima para o fato de eles estarem cobertos de meleca.

— Não sei quem eu deveria ser. — O último ano e a formatura do ensino médio. O baile. O campeonato de futebol e as inscrições para as universidades. Todas as coisas que Savannah, Rory e eu tanto esperávamos. Será que perdi tudo isso? — Não me lembro de ter crescido, e vocês estão me dizendo que já tenho dezoito anos. Vocês esperam que eu *seja* uma adulta agora, mas...

Sem pensar duas vezes, minha mãe se enfia no espacinho ao meu lado, me colocando em seu colo. Com o polegar, faz carinho na minha bochecha, naquele movimento ritmado que ela sempre faz quando estou chateada. Ficamos assim por um bom tempo, até eu conseguir respirar novamente e as lágrimas secarem.

— Olha, a gente não está esperando nada, tá bem? — responde ela enfim. — Não sei o que vai acontecer, mas seu pai e eu te conhecemos melhor que ninguém. E estamos aqui pra te ajudar a passar por isso. — Ela abaixa a cabeça, enterrando o rosto na minha bochecha, e seu cabelo castanho-escuro cria uma barreira de segurança entre mim e o resto do mundo. — Estamos aqui.

Estico o braço e pego a mão do meu pai, sentindo aqueles calos ásperos e familiares. Digo a mim mesma que minha mãe está certa. Eles me conhecem melhor que ninguém e estão aqui.

Finalmente, parece que talvez... quem sabe... o mundo possa voltar a fazer sentido.

Mesmo que só por enquanto.

Capítulo 7

Naquela tarde, a dra. Reicher enfia a cabeça no meu quarto enquanto estou terminando de comer uma gelatina laranja que guardei do café da manhã.

— Oi, Stevie. Como está se sentindo agora? — pergunta, entrando e acenando para minha mãe e meu pai.

— Bem, acho. — Dou de ombros, colocando o copo de plástico vazio na mesinha ao meu lado.

— Alguma mudança na sua memória? — quer saber, e balanço a cabeça. — Certo, bem, não vamos perder a esperança. Como eu disse, pode só levar um tempinho. Essas coisas se manifestam de formas diferentes em cada pessoa, mas não custa nada fazer perguntas ou conversar sobre as situações. Nunca se sabe o que pode ser gatilho para uma lembrança surgir. — Ela vira a cabeça para os meus pais.

— Beleza, vou tentar — respondo, um pouco mais animada.

Acho que, naquela comoção de mais cedo, acabei ficando tão presa no que ela disse sobre a possibilidade da amnésia ser permanente que esqueci que ela também disse que poderia ser temporária. *Tudo* pode voltar. É difícil imaginar, porque não estou *sentindo falta* de nada, mas se tiver qualquer coisa que eu possa fazer para as memórias voltarem, vou fazer.

— Fiquei sabendo que você tentou fugir mais cedo — diz ela.

— Hum, sim — admito, envergonhada.

Ela vai até o corredor e pega um andador cinza.

— Que tal a gente experimentar isso aqui? Talvez você consiga até chegar um pouco mais longe — fala a médica, dando uma piscadinha por trás dos óculos.

— Ah, acho que não vou precisar disso, não — respondo, automaticamente associando o andador com minha bisavó, que mora na Flórida.

— É só por enquanto. Duas semanas é muito tempo pra ficar sem usar seus músculos. Tudo no seu corpo parece mais fraco... como você já percebeu. Eu gostaria que seus pais te levassem pra almoçar no refeitório. Quanto mais cedo você voltar a usar seus músculos, melhor. Além disso, acho que você não ligaria de sair um pouco desse quarto.

— Na verdade, sair desse quarto me parece ótimo — digo, pensando em como seria bom poder voltar para casa.

Pouco depois, estamos nós três sentados do lado de fora do terraço do refeitório do hospital com nossas bandejas. Fecho os olhos e ergo o queixo em direção ao sol, tão quentinho na minha pele. Isso deveria ser reconfortante, uma dose natural de serotonina, mas, em vez disso, fico inquieta, porque ontem mesmo o chão estava coberto por quinze centímetros de neve e gelo escorria do telhado até a janela da sala de aula.

Sombras se movem na minha frente, bloqueando o sol. Quando abro os olhos, vejo minha mãe parada diante de mim, ajustando o guarda-sol da nossa mesa. Meu pai dá uma mordida em seu hambúrguer.

Desde esta manhã eles não disseram muita coisa. Sei que não querem me pressionar, por medo de que eu acabe sofrendo outro colapso nervoso. Então acho que estão esperando que *eu* fale. Tenho um milhão de perguntas, mas não faço ideia de por onde começar.

Apoio o garfo na bandeja de plástico, fazendo contas simples de cabeça. Acabo franzindo as sobrancelhas e olho para minha mãe. Estou nervosa para matar a curiosidade... mas, se tenho dezoito e é verão, tenho quase certeza de que já sei a resposta.

— O que foi?

Ela se inclina para mim sobre a mesa. Meu pai abaixa o copo de refrigerante para ouvir.

— Eu, hum... me formei na escola, né?

Minha mãe abre a boca, surpresa, então sorri.

— Você se lembrou? — pergunta.

Mas seu sorriso imediatamente desaparece quando balanço a cabeça.

— Não. Mas quero estimular minha memória. Quero saber de tudo.

— Certo. Desculpa — responde ela, se recompondo. — Sim, você se formou. Na verdade, um pouco antes de tudo isso acontecer.

Tento me lembrar de mim mesma usando uma beca amarela e um capelo de formatura, caminhando pelo corredor e indo pegar meu diploma, mas... tudo que consigo fazer é imaginar. Tento outra estratégia.

— Eu entrei pro time da escola? E Savannah e Rory? Conseguimos participar do campeonato? — pergunto.

— Entrou, sim. E você foi titular e ganhou prêmios no segundo *e* no terceiro ano — diz ela, orgulhosa. — Mas vocês não chegaram a participar do campeonato... e Savannah e Rory, bem, elas desistiram... quando que foi mesmo, John? — pergunta minha mãe, olhando para o meu pai.

— Acho que na metade da temporada do segundo ano.

— Tá brincando! — Fico encarando os dois. — A gente joga futebol juntas desde que aprendemos a andar. Por que elas desistiram?

— Hum... — Meu pai olha para minha mãe, que olha de volta para mim.

— Não sabemos direito — diz ela.

— Eu literalmente te conto tudo. — Franzo as sobrancelhas. — Como assim, você não sabe direito?

— Stevie, eu não me lembro. Você vai ter que perguntar pra elas. O que mais você quer saber? — fala minha mãe, levando o garfo de plástico cheio de salada à boca. Seu tom brusco é de quem colocou um ponto final na conversa.

Eita. Estranho.

Afundo na cadeira e fico cutucando a bisteca de porco no prato. Perdi dois anos inteiros do ensino médio. Como eu vou saber o que procurar? Não consigo nem imaginar o que perdi. Piadas internas e dramas escolares. Todas as festas a que devo ter ido e as matérias em que passei ou bombei. Festas do pijama no verão, vestibular e inscrições para univer...

— Peraí. Então pra qual universidade eu vou? — pergunto, nervosa porque não sei se estou pronta para isso nem se ainda vou poder ir, mas também animada para descobrir para onde o futuro vai me levar.

Vivi minha vida toda nesta bolha. Recentemente, comecei a me perguntar como seria ir embora de Wyatt de verdade. Explorar outras partes do país. Ir para algum lugar mais quente, que tenha praia. Algum lugar com pessoas que de repente se pareçam comigo. Será que ainda penso nisso?

— Ah! — Minha mãe fica animada e eu também. *Nossa. Deve ser algo superempolgante!*

Ela termina de mastigar e engole a comida.

— Você passou pra Bower!

Sinto cada músculo do meu rosto murchar.

— O quê?

Devo ter ouvido errado. De jeito nenhum ela está dizendo que vou estudar no curso técnico que fica literalmente a uns passos da minha casa.

— Você queria continuar morando aqui pra poder economizar e manter seu emprego na cafeteria — diz ela, como se isso fosse tornar essa notícia um pouco melhor. Como se a essa altura do campeonato minha mente estivesse focada em um trabalho ridículo de meio-período. Eu nem *gosto* de café. Por que diabos eu iria querer passar o dia todo preparando café?

— *Bower*? — pergunto de novo, incrédula.

— Minha boa e velha casa — comenta meu pai, dando batidinhas orgulhosas no peito. — Na verdade, agora que tudo isso aconteceu, vai ser *muito* bom você continuar por aqui. Ficar pertinho da gente, sabe? — diz ele, enfiando a mãozorra em um pacotinho de Doritos.

— É, acho que sim. — Tento fingir um sorriso, mas meu rosto está tenso demais para conseguir esconder a frustração.

Muita coisa pode acontecer em dois anos, mas não consigo imaginar uma versão minha sequer que poderia querer isso.

— E você não *tem* que morar com a gente lá em casa no futuro, se não quiser — sugere minha mãe.

Mas isso não me faz sentir nada melhor. Não importa se vou continuar na casa dos meus pais ou num dormitório estudantil, ainda assim estarei presa em Wyatt.

Fico me perguntando que outras coisas mudaram, o que mais preciso saber da minha vida, mas acho que agora estou com medo demais para fazer perguntas de cujas respostas posso acabar não gostando.

À noite, minha mãe e eu ficamos assistindo TV no quarto do hospital, depois que meu pai sai para cuidar de algum trabalho na oficina. Dá para perceber por suas olheiras que essas últimas semanas não foram nada fáceis para ele.

Ou melhor, para nenhum dos dois.

Olho para minha mãe toda encolhida no sofazinho no qual passou a noite. Ela consegue disfarçar a exaustão melhor que meu pai, mas mesmo assim consigo perceber os sinais pelo jeito como ela se move. Pela forma como suspira ao se sentar e arrasta as sandálias quando caminha.

— Você passou muitas noites dormindo aí? — pergunto, desviando sua atenção das propagandas no mudo na TV, no canto do quarto.

— Não gosto de te deixar aqui sozinha — fala, dando de ombros. — É melhor do que dormir naquela. — Ela olha para a poltrona cor-de-rosa ao lado do monitor de frequência cardíaca e do soro intravenoso que enfiaram no meu braço esta manhã. — Além disso, tudo dando certo com a sua recuperação, devemos sair daqui até o fim da semana — acrescenta, e consigo ouvir o alívio em sua voz.

Sei que deveria falar para ela ir para casa, mas a verdade é que quero muito que fique aqui. Não quero passar a noite nesse lugar sem ela.

Olho para minha cama e movo o corpo para o lado.

— Então vem deitar aqui.

Ela se levanta, apoiando-se no cotovelo.

— Na sua cama? — pergunta, hesitante. — Tem certeza?

— Sim, ué? — Fecho os olhos por um segundo, soltando uma risada confusa. — Por que não?

De qualquer forma, a gente sempre passa metade das noites jogadas na cama dela, tomando xícaras quentes de chá e comendo um monte de salgadinhos enquanto assistimos a filmes até meu pai chegar.

Ela abre um sorriso para mim e sai arrastando os pés pelo chão enquanto afasto o cobertor para ela subir na cama. Passamos um tempo nos ajeitando até encontrarmos uma posição confortável — ela de lado, com o braço esticado sobre a minha cabeça. Fico prestando atenção no *reality show* de confeitaria na TV, lendo as legendas na parte inferior da tela. Minutos depois, sinto seus dedos desembaraçando com carinho meu cabelo, tomando cuidado para não encostar nos pontos. Minhas pálpebras pesam e começo a perder a batalha contra o sono, mas abro os olhos quando ouço uma fungada baixinha.

Viro a cabeça e me deparo com seus olhos levemente lacrimejantes olhando para mim.

— O que foi? — pergunto, e a pergunta lhe provoca um sorriso meio triste.

— É que faz tanto tempo que... — Ela apoia a outra mão na minha bochecha enquanto procura as palavras certas. O que quer que ela queira dizer, não o faz em voz alta. — Senti sua falta — sussurra, e uma lágrima escorre pela ponte do seu narizinho. Me aproximo para apoiar a cabeça em seu ombro e ela me envolve com o braço, me puxando para mais perto.

Acho que não pensei muito no quanto tudo isso deve ter sido difícil para minha mãe. Ela passou semanas me vendo deitada ali, inconsciente, sem saber se eu iria me recuperar.

Enquanto adormeço sentindo o aroma suave de seu perfume tão familiar e sua mão quente nas minhas costas, percebo que talvez seja sortuda por estar aqui, deitada com minha mãe numa cama de hospital. De fato, moro em uma cidadezinha da qual provavelmente nunca vou conseguir escapar, sem a menor ideia de se um dia vou conseguir me lembrar dos dois anos que se apagaram da minha vida, e com toda a certeza este não é o melhor cenário do mundo, mas definitivamente também não é o pior.

Porque ainda estou aqui. Ainda tenho minha família, as pessoas que significam o mundo para mim.

E ainda estou viva.

Capítulo 8

Recebo alta do hospital alguns dias depois. Seguindo a recomendação da dra. Reicher, a primeira coisa que faço quando chego em casa é ir direto para o banheiro para tomar um banho quente demorado. A sensação é *incrível*. É o primeiro banho de verdade que tomo em mais de duas semanas, e não vou mentir... parece o primeiro banho da minha vida.

Ao pisar no tapete, mantenho os olhos longe do espelho, como tenho feito desde que acordei, quatro dias atrás. Não sei o que acho que vou ver no reflexo, mas mesmo assim... não sei se estou pronta.

Depois de me secar, me enrolo na toalha e atravesso o corredor *ansiosa* para entrar no meu quarto, no *meu* espaço. Minhas paredes verdes cobertas do chão ao teto de pôsteres de *Outer Banks*, *Stranger Things*, Taylor Swift e a seleção de futebol feminino dos Estados Unidos. A antiga escrivaninha de madeira no canto, fotos de família alinhadas na prateleira de cima. Plantas que minha mãe e eu cultivamos desde quando eram sementes enfeitando o parapeito da janela em vasos que não têm nada a ver um com o outro, acima da minha colcha cor-de-rosa.

Abro a porta pronta para soltar um suspiro de alívio, mas, assim que piso no cômodo, vejo que…

Não é o *meu* quarto. De jeito nenhum.

Todos os pôsteres se foram, substituídos por uma infinidade de manchinhas brancas que ficaram onde a tinta foi arrancada. Arrasto os pés descalços por um novo tapete bege e vou até a escrivaninha, agora pintada de branco. Um monte de livros substituiu todas as fotos de família, exceto uma: eu bebê sendo carregada pelo meu pai, com minha mãe ao lado parecendo a pessoa mais feliz do planeta. Esta sempre foi minha foto favorita. Passo a mão pela lombada de cada livro, mas meus dedos notam algo duro e áspero no último volume. Me aproximo e pego uma pedra com listras cinza e laranja, enfiada entre duas tábuas de madeira. Não faço ideia do que isso está fazendo aqui, mas a coloco de volta na prateleira, ao lado da foto. Depois, toco no metal frio de um MacBook prateado e corro os olhos pelo parapeito completamente vazio, sem nenhum sinal das nossas plantas.

O caminho de volta para casa hoje provou que nada mudou em Wyatt: as mesmas fachadas de lojas continuam vazias. Os mesmos jardins com brinquedos de plástico de cores vibrantes e bicicletas largadas. Noto até o mesmo senhor de regata sentado na varanda observando o fluxo de carros. Seguindo essa lógica, de jeito nenhum esperaria encontrar meu quarto tão diferente. Será que mudei tanto assim nesses dois anos?

Vou até a porta de novo e a seguro com firmeza. Sei que vou ver meu reflexo quando a fechar. Pelo menos o espelho eu sei que ainda está ali, porque aos dez anos tive a brilhante ideia de colá-lo na porta. Ainda não sei se estou pronta, mas, a essa altura, é melhor arrancar logo esse curativo.

Fecho a porta, deixando a toalha cair, e me encaro pelada no espelho. Me viro de lado, passo a mão pelo meu peito, corro os dedos por cada costela, pela barriga lisa até o quadril, absorvendo todas as mudanças no meu corpo, das grandes às pequenas. Jogo o cabelo sobre o ombro, pensando que essa deve ser a diferença mais notável. *Sempre* quis ter cabelo bem longo, mas nunca suportei aquele comprimento médio e desajeitado, feito um bob que cresceu demais, então sempre cortava antes que ele passasse desse ponto. Pelo visto, finalmente tive paciência, porque meu cabelo está quase no umbigo.

Chego mais perto para dar uma olhada no meu rosto, virando o queixo para a esquerda e a direita, para cima e para baixo. Estou diferente, mas não de um jeito ruim. Perdi um tanto de bochecha e minha mandíbula está um pouco mais pronunciada. Acho que pareço... *mais velha*.

Viro as costas para o espelho antes de começar a me estranhar e vou até o armário. Ao abri-lo, dou de cara com uma fileira de camisetas penduradas, tanto lisas quanto estampadas, em tons suaves. Nenhum sinal das regatas de menina e as cores vibrantes de que me lembro. Abro a gaveta de cima para pegar uma calcinha, mas o que acabo encontrando são calças de pijama. Vou abrindo uma por uma até encontrá-las na gaveta de baixo, junto com um sutiã que parece grande demais, mas não é. Escolho um short jeans e uma camiseta amarelo-clara com florzinhas bordadas no bolso. Fofa.

Atrás de mim, onde ficava a escrivaninha, agora está a cama, coberta por um edredom com listras azuis e brancas, substituindo o conjunto cor-de-rosa que usava desde quando era criança. Sobre ele tem um monte de panfletos, papéis e livros que minha mãe deve ter trazido enquanto eu estava tomando banho. Minhas mãos começam a suar. São as informações que me deram quando recebi alta do hospital hoje de manhã. A dra. Reicher explicou com muito cuidado como seria minha recuperação e as próximas consultas, mas sei que eu mesma deveria ler tudo. Só não estou a fim de fazer isso agora. Parece coisa demais para absorver. Principalmente considerando que este cômodo, o meu quarto, *meu* espaço, nem parece meu.

Ouço uma batida na porta e, como se só estivesse esperando a deixa, minha mãe enfia a cabeça na fresta.

— Está se sentindo melhor? — pergunta ela.

— Hum, um pouquinho. — Passo a mão devagar pelo meu cabelo limpo, sentindo o cheiro familiar do meu condicionador de pepino e melão. Pelo menos isso não mudou.

Ela sorri.

— Sabe o que poderia ajudar? Sair daqui. Disseram que a melhor coisa é voltar à rotina, à vida normal.

Solto uma risada patética, balançando a cabeça.

— Mas o que isso quer dizer? Não me lembro da minha vida *normal*.

— Bem, neste momento, poderia ser passar um tempinho com sua velha aqui. — Ela abre um sorriso esperançoso.

— O Lola's ainda está aberto, né? — pergunto, sentindo a barriga roncar só de pensar no nosso restaurante favorito.

— O Lola's? — Ela franze as sobrancelhas.

— É — respondo, estreitando os olhos. — Aquele que tem os melhores sanduíches da cidade? A gente praticamente não mora lá?

Sou eu que tenho amnésia ou ela?

— Hum, lógico. — Ela me lança um olhar meio estranho, mas sacode a cabeça e sorri. — Eu vou amar.

— Eu dirijo, acho. — Dou um passo à frente e pego a chave na minha escrivaninha. — Isso é meu, né? É a chave do *meu* carro? — pergunto, um sorriso presunçoso se espalhando no meu rosto. Não vou mentir, ter uma carteira de motorista *e* meu próprio carro me traz *sim* uma onda de alegria genuína.

— Ah, não. — Minha mãe estica o braço, mas me movo tão rápido que ela acaba agarrando o ar.

— Por favor — suplico. — Papai me ensinou a dirigir quando eu tinha, tipo, onze anos. — Posso não me lembrar de ter tirado a carteira, mas lembro como se dirige.

— A dra. Reicher disse que você não pode dirigir até ela te liberar — responde minha mãe, abrindo a mão e agitando os dedos até eu entregar a chave.

— Tá bem — resmungo, seguindo-a até o carro e sentindo que ainda estou sendo tratada como uma adolescente de quinze anos, apesar de todos os resquícios dela terem desaparecido.

Capítulo 9

O Lola's Bistrô fica bem nos limites de Wyatt, e fico torcendo para o sanduíche de frango Caesar não ter mudado, porque ele é pura perfeição. Assim como todos os restaurantes daqui, a gente é quem escolhe a mesa, e, sem nem pensar duas vezes, vamos direto para o nosso sofazinho no canto, ao lado de uma janela com vista para o horizonte cheio de árvores. Nenhuma de nós se dá ao trabalho de abrir o cardápio — tenho quase certeza de que já o conhecemos de cor. Posso não me lembrar do meu aniversário de dezoito anos, mas pelo menos disso aqui eu me lembro.

Enquanto esperamos o garçom, reconheço um grupo de senhoras da igreja entrando.

— E aí, mãe, como vão as coisas na igreja? Você ainda anda brigando com a sra. O'Doyle? — pergunto, abrindo um sorriso.

Há anos minha mãe tenta ser a responsável pela arrecadação de fundos, mas a sra. O'Doyle se recusa terminantemente a dividir o cargo — mesmo que seu peixe frito de quaresma seja praticamente massa de cerveja queimada, e não bacalhau de verdade.

— *Na verdade*... — Minha mãe se empertiga, toda orgulhosa. — Você está olhando pra nova chefe da Septuagésima Sexta Macarronada Anual da comunidade.

— Tá brincando! — digo, chocada.

— Vai ser no dia dez de agosto! Então tenho pouco menos de dois meses pra melhorar minha receita de almôndegas, e quero começar a fazer isso logo, logo. Até lá, você e seu pai vão se empanturrar de almôndegas.

— *Com certeza* te ajudo nessa. — Adoro um bom projeto de verão entre mãe e filha.

— Sério? Mesmo?

— Peraí. A sra. O'Doyle morreu ou algo assim? — Estreito os olhos para ela.

— Não. — Ela dá risada. — Por quê?

— Está me dizendo que ela simplesmente *desistiu* do cargo por livre e espontânea vontade?

— Bem... não exatamente por livre e espontânea vontade — diz, se encolhendo um pouco. — Lembra da filha dela, Sarah? — Faço que sim, visualizando a garota no terceiro ano da Escola Católica Central. Ou... não. Acho que nem *eu* sou mais aluna do terceiro ano. Então Sarah deve ter se formado dois anos atrás.

— Há seis meses, mais ou menos, ela engravidou, e ouvi boatos de que... bem... — Minha mãe faz uma pausa e olha para trás, só para garantir que ninguém está ouvindo. — Ela fez um *você sabe o quê* — sussurra.

— Espera. — Balanço a cabeça, tentando sair do estado de choque. — Mas o que isso tem a ver com a mãe dela não ser mais a responsável pela macarronada?

— Você acha mesmo que a sra. O'Doyle poderia continuar numa posição de liderança depois disso? Você sabe como é a congregação, Stevie.

— Preconceituosa? — questiono.

— Puritana — corrige, desviando o olhar. — Enfim, tecnicamente, a sra. O'Doyle renunciou por *vontade própria*.

— Aposto que sim — murmuro.

Não é que eu não queira que minha mãe organize a macarronada. Sei que ela se sairia bem e é o que ela quer há muito tempo, mas me parece meio bosta que a sra. O'Doyle tenha sido basicamente obrigada a renunciar a um cargo que ela desempenhou por mais de dez anos por conta de uma escolha da filha dela, que não tem nada a ver com ninguém da congregação. Minha mãe pode até conseguir se convencer de que a igreja está sempre certa, mas nós, católicos, batemos no peito para dizer que somos as pessoas mais acolhedoras que existem, só que a impressão que eu tenho é de que somos o exato oposto.

Fico me perguntando o que achar de tudo isso...

— Reconheço esses rostinhos! — diz a garçonete, Sue, apontando para a gente enquanto se aproxima da mesa. — Faz tanto tempo que não vejo vocês. — Ela pega um bloquinho no bolso do avental para anotar nossos pedidos.

— Faz tempo? — pergunto.

— Muito tempo — diz minha mãe. — É bom estar de volta, senti saudade daquele pastrami no pão de centeio — acrescenta, e Sue anota. — E um chá gelado. Obrigada.

Peço meu prato favorito também com chá gelado, e Sue segue para a cozinha.

— Nossa, mãe, sei que duas semanas podem parecer uma eternidade longe do seu sanduíche de pastrami, mas...

— Faz mais tempo que isso — responde ela.

— Ah, é? Tipo quanto tempo? — pergunto. Ela dobra o guardanapo até ele virar um quadradinho.

Ela dá de ombros.

— Talvez um pouco mais de um ano.

— Mais de um *ano*? Sobrevivi um ano inteiro sem sanduíche de frango?

— Bem, não sei direito. Talvez você tenha vindo com suas amigas. — Ela se recosta no banco como se fosse um balão murcho.

Fico observando-a por um minuto, esperando ela explicar melhor, mas minha mãe não fala mais nada.

— Mãe? — Odeio vê-la desse jeito e odeio mais ainda não saber o motivo. — O que está rolando? — pergunto, mas ela nem me olha. — Aconteceu alguma coisa entre a gente?

— Não, querida, é óbvio que não. — Ela balança a cabeça, desdobrando o guardanapo no colo.

— Mãe...

— Beleza, trouxe dois sanduíches para duas mulheres maravilhosas — anuncia Sue, dispondo os pratos na nossa frente.

— Obrigada — digo, esperando-a sair para falar com minha mãe.

Assim que a garçonete vai embora, ela muda de assunto.

— Ah, trouxe uma coisa pra você. O seu acabou não sobrevivendo ao acidente. — Ela coloca a mão na bolsa e desliza um iPhone novinho em folha na mesa esmaltada. — Não descobri como entrar no iCloud pra fazer *backup* das suas coisas, mas adicionei os números que eu tinha.

— Ah, legal. Obrigada. — Qualquer que seja o assunto sobre o qual precisamos conversar, está na cara que ela não quer fazer isso agora. Então pego o celular e passo os olhos pela curta lista de contatos. — Savannah e Rory! Ai, meu Deus. Preciso me encontrar com elas. Devem estar muito preocupadas.

Lembro que, no sexto ano, Savannah teve que tirar as amígdalas e Rory passou o dia tendo ataques de pânico, pensando que o médico ia acabar errando e deixando Savannah sem falar pelo resto da vida. Foi só quando chegamos na casa dela depois da escola e a vimos enfiando sorvete napolitano goela abaixo que Rory finalmente conseguiu relaxar.

— Elas me visitaram muito no hospital? — pergunto para minha mãe, enquanto ela toma seu chá.

— Elas foram… — Ela ajeita a postura no assento. — Ah, por que a gente não pega algo pra Nora no caminho?

— Quem é Nora? — pergunto, cravando os dentes no sanduíche que poderia botar um ponto final em guerras mundiais, tão *necessário* após toda aquela comida de hospital.

— Nora Martin. A garota que te tirou da água?

— Ah, sim. — Balanço a cabeça, me lembrando da garota de short jeans que ficou parada perto da minha cama antes de desaparecer pela porta sem falar uma palavra. — Me sinto mal por ela ter salvado minha vida e eu nem me lembrar dela. Aquele dia é só um borrão.

— Acho que seria legal levar alguma coisa pra ela — diz minha mãe, acenando para a garçonete para pedir um sanduíche italiano para levar. Com esse, não tem como errar.

Enquanto esperamos, fico repassando aquela noite na cabeça. A garota estava agindo de um jeito estranho, sem tirar os olhos de mim. Não faço ideia do motivo, mas acho que testemunhar alguém quase morrendo deve ser uma experiência bem intensa.

— Vocês chegaram a falar com ela? — pergunto.

— Não muito. A gente a chamou pra comer com a gente no quarto algumas vezes, mas ela sempre recusava. Ela deve ser uma menina muito especial pra ir te visitar só porque te viu machucada. Eu a ouvi falando no telefone com alguém que devia ser a mãe. Acho que ela é bastante... dura com a garota. Talvez Nora estivesse querendo dar uma escapada de casa. — Minha mãe dá de ombros. — Enfim, ela estava na sala de espera todos os dias.

— Hum.

Não consigo imaginar nenhum cenário em que eu não seja próxima da minha mãe, muito menos um em que fico visitando uma estranha no hospital só para poder ficar longe dela. Mas mesmo assim... se ela passou todo aquele tempo no hospital esperando eu acordar, por que saiu correndo sem dizer uma palavra quando eu finalmente acordei? E por que não voltou?

Não faz o menor sentido, mas minha mãe está certa.

Acho que levar um sanduíche é o mínimo que posso fazer. Quem sabe enquanto eu estiver lá, não descubro o que realmente aconteceu comigo?

Capítulo 10

Meus pés fazem barulho no chão de cascalho do estacionamento vazio enquanto sigo minha mãe por uma porta de madeira desgastada, com uma placa onde se lê CARNES MARTIN em letras vermelhas. Somos as únicas aqui, o que é bom, porque só cabem alguns clientes no espaço. Caminhamos ao redor de uma série de prateleiras de madeira compensada abarrotadas de molhos picantes, temperos para carnes e utensílios para grelhar.

Espero que ela não ache estranho a gente aparecer do nada com um sanduíche, porque agora que parei para pensar melhor... é, é meio estranho.

Bem, já estamos aqui.

Nos aproximamos do balcão, onde está uma mulher da altura de Nora, mas um pouco mais corpulenta, com o cabelo grisalho preso em um rabo de cavalo baixo. Coloco a sacola no balcão, observando-a trabalhar de costas para nós, pegando punhados de carne moída e colocando-os em uma antiga balança de metal.

— Com licença, você é a sra. Martin? — minha mãe pergunta, indo para o meu lado. A mulher olha para trás só o suficiente para notar a sacola de papel do restaurante.

— Seja lá o que for que estiver vendendo, não estou interessada. — Com um movimento fluido, ela embrulha a carne em uma folha de papel pardo. — Se veio atrás de arrecadação de fundos pra algum evento, já estamos participando da feira do condado.

— Ah, não. Não viemos por isso — minha mãe responde.

— Então o que posso fazer por você? — Ela se vira para nós, tirando as luvas de plástico transparente. — A carne picadinha está em promoção, três e noventa e nove o quilo. O lombo é...

— Desculpa — minha mãe a interrompe, com uma expressão mais apologética do que deveria. — Na verdade, viemos trazer um sanduíche pra Nora. É do Lola's. — Ela pega a sacola e a oferece para a sra. Martin.

A mulher fica olhando da sacola para minha mãe.

— E por que você trouxe um sanduíche pra minha filha? — questiona, em um tom desconfiado.

Minha mãe parece mais que desconfortável, mas seu instinto de educação toma a frente e ela prossegue:

— Sou Julia Green, e esta é Stevie, a garota que ela...

— Stevie Green — a sra. Martin repete, sem nem deixar minha mãe concluir. — Agora, sim, *este* nome eu conheço. — Ela cruza os braços sobre o peito, deixando minha mãe com o braço ainda esticado sobre o balcão.

— Sim, bem, somos *muito* gratos pelo que sua filha fez aquele dia. Sei que não é muito, mas pensamos em vir aqui dar um oi, trazer uma coisinha pra ela — minha mãe fala, lançando um olhar rápido para mim e se voltando para a mulher.

— Olha só, mas que gesto *legal*. — A voz da sra. Martin escorre sarcasmo.

Agora estou achando *mesmo* que não devíamos ter vindo aqui. Não sei o que está acontecendo, mas não estou gostando nada disso.

Minha mãe balança a cabeça, confusa.

— Desculpe, eu fiz alguma coisa?

— Nora foi relaxada com *todos os trabalhos* que a mandei fazer nessas últimas duas semanas só pra ficar indo visitar no hospital uma desconhecida que caiu no riacho, um riacho, aliás, que ela não deveria nem ter chegado perto, pra começo de conversa. — Ela se volta para mim, e seus olhos cor de avelã e sem brilho nenhum fazem meus joelhos tremerem.

— Desculpe. Eu não... não me lembro de nada.

— Amnésia, hein? Chocante. Na verdade, eu achei que você fosse cega. Ou preferiu fechar os olhos para as centenas de placas dizendo PASSAGEM PROIBIDA ao longo do bosque?

— Calma lá, não vem falar com ela desse jeito — minha mãe intervém com firmeza. É o suficiente para me fazer dar um pulo de susto, mas a sra. Martin nem pisca.

Tudo que ela faz é encarar minha mãe com um sorrisinho debochado estampado no rosto, como se tivesse ganhado alguma coisa.

— Deixa isso aí — finalmente diz, virando as costas para nós e pegando outro punhado de carne para pesar. — Só que ela não vai comer. Agora botou na cabeça que é boa demais pra comer comida de gente normal.

Fico com vontade de perguntar o que ela quer dizer com isso, mas não quero prolongar ainda mais essa conversa.

Minha mãe hesita por um segundo, fuzilando a nuca da sra. Martin com o olhar. Puxo sua manga e ela se vira, dessa vez fixando o olhar em mim. Depois respira fundo, e quando aceno a cabeça para a porta, ela assente, jogando a sacola no balcão com uma pancada.

— Você está bem? — pergunto, quando chegamos sãs e salvas no carro.

— *Nossa, que mulher é essa?* — Ela cerra os punhos no colo. — O que foi *aquilo*? Não deu a mínima para o fato de você ter quase morrido. Não me admira Nora ter passado todos os dias no hospital.

— É, sei lá. Ela bota medo, mas hospitais também. — Dou uma risadinha, tentando aliviar o clima, mas não dá muito certo. A sra. Martin não é alguém com quem eu gostaria de passar o tempo.

— Como ela tem coragem de falar com *você* desse jeito? — minha mãe diz, ainda tomada pela frustração. — Ela quer falar *comigo* assim? Ótimo! Mas com você? Eu tinha que… tinha que ter dado um *murro* nela. — Dou uma gargalhada só de pensar na minha mãe dando um "murro" em alguém. — Que foi? Estou falando sério!

— Tudo bem, mãe. — Dou batidinhas em sua perna, prendendo o riso. — Quer dizer, ela foi babaca *mesmo*, mas… sei lá. Ela tinha motivo — admito.

— Ela não tinha motivo *nenhum* — minha mãe desdenha, e olho para ela.

— Tinha, sim. Mãe, o que diabos eu estava fazendo lá? — pergunto, balançando a cabeça e gesticulando para aqueles campos infinitos ao redor. — Tipo, como eu fui parar no meio do mato e caí daquele barranco? Eu nunca vim aqui antes. — Aperto meus joelhos e olho para a frente. — Pelo menos, acho que nunca vim aqui. Não consigo entender.

— Vai ficar tudo bem — ela diz, mas seu tom não é muito convincente.

Geralmente minha mãe sabe certinho o que dizer e vem logo com uma solução para me fazer sentir melhor. Mas nesse momento, em vez disso, ela me solta a frase mais genérica do mundo.

— Vai mesmo? — pergunto. — E se minhas memórias não voltarem? E se eu nunca me lembrar desses últimos anos?

— Daí... — Ela para por um segundo. — Daí eu te ajudo a se encontrar de novo.

— E se você não conseguir? — Olho pela janela, nervosa, pensando que estou prestes a abrir a caixa de Pandora, mas não consigo tirar isso da cabeça. — Mãe, parece que as coisas estão estranhas entre a gente.

— Não, acho que não — ela responde quase automaticamente.

— Sério? Você não está sentindo? Tipo, o que foi aquilo do Lola's? A gente passou minha vida toda indo lá, e de uma hora pra outra paramos de ir?

— Stevie. — Ela balança a cabeça. — A gente acabou ficando ocupada. Você tinha a escola, o futebol, Savannah e Rory, e eu estava cuidando das minhas coisas na igreja. Não é nada de mais.

— Promete?

— Prometo — ela fala. Observo seu rosto, procurando sinais de que talvez esteja escondendo alguma coisa, mas tudo que encontro é um sorriso gentil e familiar.

Ela dá a partida e segue pela rua. Parece que nossa conversa terminou, mas não sei se estou mais tranquila. Não *quero* me encontrar de novo. O que quero é me lembrar da vida que já vivi.

30 de junho

Stevie,

Não acredito que você e sua mãe me trouxeram um sanduíche! E eu nem estava lá pra receber... MERDA. *Eu daria tudo pra te ver. Mesmo que você ainda não se lembre de mim, mesmo que eu não fale com você, mesmo que seja através de uma janela ou do outro lado da rua. Só quero te ver de novo.*

Ainda não dá para acreditar que eu simplesmente saí correndo do seu quarto sem falar nada. É que... não sei o que fazer. Você é a única pessoa que me conhece de verdade, amor. Se você não se lembra de mim, é quase como se eu nem existisse. Ando grudada no celular, esperando por qualquer sinal de que você se lembrou. Uma ligação, uma mensagem no Instagram, o que for, mas, até agora, só silêncio.

Se você se recuperou, deve estar se sentindo muito bem. Talvez sua memória nem esteja tão pra trás assim. Agora que passo praticamente o dia inteiro trabalhando na fazenda, minha mãe não desgruda os olhos de mim, mas vou dar um jeito de começar a ir à sua cafeteria, caso você volte a trabalhar lá.

Só não faço ideia do que diabos eu faço se a gente acabar se encontrando. Tipo, o que eu poderia falar? E como uma coisa dessa está acontecendo com a gente? Não consigo nem imaginar te esquecer um dia, Stevie, então não sei como consertar isso. Não sei qual é a coisa certa a se fazer. Não sei como fazer você se lembrar de mim.

Com amor,
Nora

Capítulo 11

No dia seguinte, quando passo pela porta de correr da varanda dos fundos, vejo minha mãe lendo um livro enquanto pega um sol da tarde.

— Quer dizer que você ainda lê esses livrinhos indecentes, hein? — provoco, tentando disfarçar o sorriso.

— É um romance! — diz ela, na defensiva, aproximando o livro do peito.

— *Lógico*. Deixa eu ver a capa — insisto, sabendo que vou dar de cara com uma moça vestindo pouquíssima roupa jogada nos braços de um fortão cheio de músculos coberto de óleo. Não entendo o apelo disso, mas ela vive dizendo que um dia vou entender.

— Não. — Ela dá risada, fechando o livro com a capa para baixo no braço da cadeira. Tiro minha sandália e me jogo na cadeira ao lado. — O que anda fazendo? Como está sua cabecinha hoje? — pergunta ela.

— Muito bem, na verdade. Tomei meu remédio de manhã, mas a cada dia que passa me sinto melhor. Estava dando uma olhada nas coisas no meu notebook, tentando aprender alguma coisa sobre mim mesma.

— Ah, é? Achou algo interessante? — pergunta, protegendo os olhos do sol com a mão.

— Nada de mais — respondo. Fiquei decepcionada quando vi que meu histórico de busca tinha sido apagado. Não consigo imaginar por que eu faria isso, a não ser que estivesse tentando esconder alguma coisa. — Mas é estranho olhar meu Instagram. Me ver fazendo coisas que não lembro.

— É, imagino que isso seja meio perturbador *mesmo*.

— Então já que fazer isso não ajudou, acho que o próximo passo é voltar pra cafeteria — continuo.

— Sério? Não acha que é cedo demais? — pergunta ela.

— Quanto mais cedo eu voltar pra minha vida normal, mais chances tenho de me lembrar. Pelo menos é o que diz lá no panfleto. Ficar sentada aqui olhando fotos velhas... não é o suficiente.

— Só não quero você se pressionando...

Din don. Din don. Din don. Din...

Alguém está sentando a mão na campainha, e pelo visto não vai parar. Nós nos encaramos por um segundo e depois viramos a cabeça em direção à porta.

— Deixa comigo. Pode voltar pro seu *romance* quente — falo para ela, que bate o livro na minha bunda enquanto eu passo.

Quando abro a porta da frente, sou cumprimentada por dois rostos bem familiares com sorrisos enormes estampados no rosto.

— Ai, meu Deus! — É tudo o que consigo dizer, olhando de uma para outra. Minhas duas melhores amigas.

Agora o cabelo de Savannah está... completamente liso. Sempre achei seus cachos tão lindos, tão *ela*. Eram uma entidade à parte. Ela parece... menor. Mudou também a maquiagem: está mais pesada, com um delineado preto grosso contrastando com sua pele pálida e as sardas cobertas de base. Se eu não a conhecesse minha vida toda, sinceramente estaria meio intimidada.

Rory não está mais usando aparelho e bem, ela, hum... ganhou um pouco de curvas. O decote em V de sua camiseta fina ressalta sua vitória definitiva sobre a puberdade.

Ainda estou me esforçando para encontrar as palavras certas, então só abro os braços e as duas se aproximam para me abraçar, e nos apertamos com força.

— Vocês estão diferentes. — Dou risada, dando mais um apertão antes de soltá-las.

— Stevie, não fala assim das tetas da Rory — diz Savannah, se esquivando de um tapa de Rory.

— Ai, meu Deus! Não chama meus *peitos* de *tetas*, Van.

Van? Essa é nova.

Savannah se inclina na minha direção.

— Então você, tipo, não se lembra de nada? — pergunta ela, jogando seu cabelo ruivo e sedoso para trás.

— Nada dos últimos dois anos, mais ou menos. É muito estranho. Meio assustador — respondo.

— Desculpa a gente não ter te visitado tanto — diz Rory, passando o pé atrás da outra perna para coçar a panturrilha. — É que, bem, a gente foi uma vez e você estava meio que... em coma.

— De qualquer jeito, não é como se você soubesse que a gente estava lá. E, além do mais, hospitais me deixam em pânico. Sabe? — fala Savannah, contorcendo o rosto para demonstrar o tamanho do seu pavor.

Assinto, sentindo uma leve mágoa. Pensei que elas tivessem ido me visitar direto, mas acho que Savannah *tem* razão mesmo. Não é como se eu fosse perceber a presença delas.

— Oi, meninas! Eu não sabia que vocês vinham — diz minha mãe, se aproximando.

— Pensamos em fazer uma surpresa pra ela — responde Rory, colocando o braço sobre meus ombros.

— Querem que eu prepare um lanche ou alguma coisa?

— Não se preocupa, mãe. A gente vai pro quarto. Vem, gente.

Vou em direção às escadas enquanto as duas me seguem.

— Obrigada mesmo assim, sra. Green — fala Rory, olhando para trás.

As duas se jogam na minha cama e viro a cadeira para elas, que parecem mais confortáveis no meu quarto do que *eu mesma*.

— Vi no Instagram sobre a UCN — digo, apontando para a camiseta azul-clara de Rory. — Não acredito que você vai mesmo pra lá. Você fala disso desde que a gente estava, tipo, no sétimo ano.

Rory sorri, baixando o olhar para a camiseta.

— Valeu! É, não vejo a hora.

— Vou ter que te visitar. Vai ser um bom motivo pra vazar de Wyatt de vez em quando. — Solto um suspiro. — Gente... não acredito que vou pra Bower. *Por que* eu vou pra Bower? — pergunto, olhando de uma para outra.

Rory dá de ombros.

— Não sei, de verdade. Também não fez sentido pra gente, mas você deu a entender que *queria* ficar aqui.

A gente nunca conversou sobre isso?

Savannah se vira de barriga para cima e coloca a cabeça para fora da cama, me olhando de cabeça para baixo.

— Então você, tipo... não se lembra mesmo dos últimos dois anos... — Ela faz uma pausa, arqueando uma sobrancelha. Quando faço que não, ela continua: — Então você não lembra que perdeu a virgindade depois do baile?

— *O quê?* — Abro a boca, arregalando tanto os olhos que parece que eles vão saltar do meu rosto.

Eu transei? Mas eu nunca nem beijei ninguém!

— E se você não se lembra disso, então com certeza também não se lembra do susto com a suspeita de gravidez, né? — pergunta Rory. Savannah enfia a cara no edredom.

— Susto com *o quê*? — berro, começando a suar pelo corpo todo.

Será que minha mãe sabe disso? Ela teria perdido a cabeça. Será que é por isso... que as coisas estão tão estranhas entre a gente?

— *Rory* — diz Savannah, com o rosto enfiado no colchão, e só então percebo seu corpo sacudindo de tanto rir.

Respiro fundo, deixando todos os meus músculos relaxarem. Rory explode em gargalhadas e Savannah levanta a cabeça para me olhar.

Não estou achando nada engraçado, mas solto uma risada forçada enquanto pisco, fazendo caírem as lágrimas acumuladas. Não estava esperando que fossem brincar com uma coisa dessa, ainda mais considerando as circunstâncias. Elas estão indo longe demais.

— Não acredito que você caiu nessa. Por favor, né, srta. Certinha! — Ela estreita os olhos. — Você nem *foi* ao baile.

— Não fui? — pergunto, ainda sentindo o quarto girando um pouco por conta da brincadeira delas.

— Não, você tinha que trabalhar — fala Rory.

— Ah, naquela cafeteria? — pergunto. — Meus pais me contaram, mas não acredito que acabei perdendo mesmo o baile. Merda. — Nunca fui o tipo de garota que passa as noites em claro sonhando com baile de formatura, mas, mesmo assim, também nunca pensei que eu *não* iria.

— É, na verdade você perdeu um monte de coisa no último ano. Bailes, festas e praticamente todo fim de semana que a gente te chamava pra sair — fala Savannah baixinho, mas percebo um tom venenoso que nunca tinha escutado antes.

— Ah. — Cutuco a madeira da cadeira. — E o que eu ficava fazendo? Não tem como o trabalho ter ocupado *tanto* tempo assim.

Ela dá de ombros.

— Essa era sempre a sua desculpa. Se eu não te conhecesse, chutaria que você estava ficando escondido com algum cara… — Ela estreita os olhos, desconfiada.

— Olha, posso até não me lembrar dos últimos dois anos, mas tenho *certeza* de que, se eu estivesse ficando com alguém, vocês seriam as primeiras a saber — respondo, dando risada.

Mas o que estou pensando de verdade é que ao longo da minha vida toda eu literalmente nunca fui a fim de nenhum cara. Só que nunca contei isso para *elas*. Tipo, sempre me pareceu tão… anormal. Quase constrangedor, como se talvez tivesse alguma coisa errada comigo. Mas de repente isso *finalmente* mudou. Pelo menos é o que eu espero.

— Sério? Porque a gente nunca comprou muito essa história de "trabalho". Se fosse verdade, você estaria trabalhando, tipo, sessenta horas por semana, o que nem é legal — diz Rory.

— Gente, eu não… me lembro. Nem sei o que dizer pra vocês. — Dou de ombros, quase frustrada com a situação. É como se elas se importassem mais com as respostas para suas perguntas do que com o que aconteceu comigo. Mas afasto esses pensamentos e tento mudar de assunto. — Com quem vocês foram? Ao baile?

— Van está namorando Jake Mackey — cantarola Rory.

— Não é possível — digo, surpresa, lembrando do cara desleixado da nossa turma que tinha uma picape com rodas comicamente gigantes. — Ele tem que te carregar pra você entrar na picape ou você leva sua própria escada? — pergunto, mas nenhuma delas dá risada.

— Você está é se mordendo de inveja. — Savannah revira os olhos. — Na verdade, ele é ótimo e, hoje em dia, está bem gostoso.

— Foi brincadeira.

Dou de ombros, mas ninguém fala nada por um tempo e o silêncio começa a incomodar, então fico girando na cadeira para evitar o olhar delas por um segundo. Só que daí as coisas pioram, porque elas começam a falar baixinho sobre algo que aconteceu esse fim de semana na Noite das Picapes, um encontro mensal em que os agroboys ficam medindo o tamanho dos seus paus com base no tamanho de suas picapes. Obviamente não sei nada sobre o evento. Nem quero saber. Não acredito que Savannah e Rory agora frequentam esse troço — a gente vivia tirando sarro da existência de algo assim.

Desvio a atenção para a escrivaninha e a pilha de panfletos do hospital. Penso na minha mãe e em nossa conversa do lado de fora do açougue ontem, em como ela quase não tinha respostas para me dar. Ela não sabia o que eu estava fazendo naquele bosque, mas Savannah e Rory... têm que saber. Certo?

— Ei, gente. — Viro a cadeira e vejo que agora estão sentadas uma de frente para a outra na cama. — No dia do acidente, eu estava no bosque da fazenda dos Martin. Vocês têm alguma ideia do que eu estava fazendo lá?

Elas balançam a cabeça.

— Tudo o que sei é que você *disse* que ia trabalhar, depois do café da manhã que tomamos no Dinor — fala Rory.

Que decepção. Sinto meu corpo todo murchar. Elas têm que saber alguma coisa além do que eu já sei.

— Beleza, mas e o resto? Aconteceu algo significativo ou importante nos últimos dois anos? Algo que eu deva saber? Tirando a minha quase gravidez — acrescento, para elas saberem que aguento piadinhas e que elas não precisam ficar pisando em ovos comigo. Não que elas estejam fazendo isso.

— Acho que nada importante — diz Rory, olhando para Savannah.

— Bem, sei lá... acho que provavelmente você não consideraria isso importante — arrisca Savannah, balançando a cabeça.

— O quê? Me conta. Quero saber de tudo. — Sento na ponta da cadeira, me inclinando para ela.

— Tem um cara que você meio que tá a fim, e ele *definitivamente* também tá a fim de você — comenta ela, e logo depois dá uma olhadinha para Rory. — O cara do Dinor?

Rory sorri e assente.

— Ah, siiiim. Ryan.

— Sério? Eu... estava a fim dele mesmo? — pergunto.

É quase um alívio. Pelo menos alguma coisa deu certo nos últimos anos. Talvez eu não seja tão bizarra quanto pensei.

— Nossa, *super* — responde Savannah.

— Bem, e ele é gato? — Quero saber mais sobre essa parte da minha vida.

Elas se entreolham e depois se voltam para mim, ambas erguendo o ombro ao mesmo tempo e assentindo. Legal.

Então é gato, mas não daquele tipo que vira seu mundo de cabeça para baixo.

— Ele trabalha no Dinor. A gente devia ir lá. Você pode até usar essa sua segunda chance na vida pra finalmente tentar alguma coisa. A não ser que esteja ocupada demais caçando seu outro *boy* misterioso, é lógico.

— Tenho que fazer uns exames no hospital amanhã. Que tal na semana que vem? — sugiro, antes que eu acabe perdendo a coragem.

Elas trocam um olhar que não entendo e depois assentem, animadas.

Bom. Eu disse que ia voltar a minha rotina para conseguir me encontrar, e talvez esse seja um bom início. Mesmo que isso signifique pular de cabeça. Mesmo que a ideia de ir ver esse cara me assuste para caralho. Mesmo que eu não saiba por quê.

Capítulo 12

Na manhã seguinte, minha mãe coloca duas canecas de café fresquinho na mesa da cozinha.

— Ei, pai, seu café está pronto! — grito, mas ele não responde. — Ele deve estar lá fora. Vou chamar. — Começo a me levantar, mas minha mãe segura meu braço.

— Na verdade, querida, seu pai teve que ir pro trabalho — diz ela, franzindo a testa.

— Mas ele disse que ia pro hospital com a gente — respondo, e me jogo na cadeira.

— Ele queria muito ir. Mas está cheio de trabalho.

— Parece que ele *mora* na oficina agora. Já estou em casa há dias, mas a gente nunca se vê — comento.

— Ele está pegando o máximo de clientes que consegue por lá.

— Tem alguma coisa a ver com isso?

Olho para os boletos do hospital que minha mãe discretamente escondeu atrás de uma cesta de frutas. Não entendo muito de cuidados médicos, mas imagino que uma internação de duas semanas junto com o que quer que tenham feito na minha cabeça não tenha saído nada barato.

Ela puxa a cadeira à minha frente e se senta.

— Não precisa se preocupar, tá bem? Aqui. — Ela desliza a caneca laranja para mim. — Toma seu café.

— *Meu* café? De jeito nenhum. Não, obrigada — respondo, franzindo o nariz.

— Ah, experimenta. Coloquei aquele seu creme favorito de avelã.

— Tudo bem. — Solto um grande suspiro antes de bebericar um pouco, mas na mesma hora desfaço a cara de nojo. — Tá certo, na verdade até que não é ruim — admito, dando um segundo gole enquanto ela aperta os olhos por trás da caneca verde de MELHOR MÃE DO MUNDO. Não acredito que ela *ainda* tem isso.

— Ei, falando no seu pai, preciso passar na igreja antes do exame. O que acha de eu te deixar na oficina pra você almoçar com ele? Posso te pegar quando terminar e depois vamos pro hospital.

Lembro de todas as vezes em que minha mãe e eu preparamos uma marmita e levamos para meu pai nas noites em que ele ficava trabalhando até tarde. Nós três nos amontoávamos em seu escritoriozinho nos fundos, antes de ele me mostrar a oficina e todos os carros em que estava trabalhando. Nunca me interessei *muito* em saber como trocar pastilhas de freios, mas era legal vê-lo em seu território, querendo me ensinar uma coisinha ou outra. Além disso, é um lugar novo para refrescar minha memória.

— Com certeza, parece uma ótima ideia — concordo.

* * *

Sei que não preciso me preocupar se a Mecânica Green vai estar diferente, porque esse lugar nunca mudou desde que meu pai o comprou, dez ou talvez doze anos atrás. Dito e feito: as mesmas cadeiras de plástico azul continuam na sala de espera. A mesma televisão de tubo pesada no canto do escritório, ao lado da mesma geladeira enferrujada cuja porta precisa ser erguida com o pé para poder fechar.

— Já vou — avisa um homem de voz rouca e tom ríspido debaixo de uma velha picape Ford.

— Oi, tio Chuck, sou eu — falo. Não faço ideia do por que o chamo assim, já que ele não é meu tio de verdade, mas o barulho do roquete para na mesma hora e ele surge no seu carrinho.

— Stevie? — fala ele, se sentando. Seu rosto está ainda mais enrugado do que eu me lembrava, mas seu sorriso continua o mesmo: estranho e cativante como sempre.

— Meu pai está por aí? — Me pergunto por que ele está me olhando desse jeito, e aí me lembro do que aconteceu comigo.

— Você está ótima! — Ele se levanta mais rápido do que um senhor deveria e me abraça. — Estava tão preocupado com você. Meu Deus, você cresceu, menina.

Ele estica o braço para me olhar melhor antes de me abraçar de novo. Tio Chuck está agindo como se não me visse há uma década, mas sou *eu* quem basicamente o vi envelhecer dois anos da noite para o dia.

— Passou mais tempo pra mim do que pra você, pode acreditar — digo, com a cara amassada contra seu peito impregnado do cheiro de lubrificante de motor e cigarro.

Ele me solta e franze as sobrancelhas, cada fio branco apontando para um lado diferente.

— Da última vez que te vi, você era criança.

— Tá certo, tio Chuck. — Dou risada, balançando a cabeça. — Preciso ir, trouxe almoço pro meu pai — digo, seguindo para o escritório nos fundos da oficina.

Quando atravesso a porta, meu pai me olha, surpreso. "O que está fazendo aqui?", ele fala sem emitir som nenhum, pressionando o telefone com fio no queixo. Mostro os dois sanduíches que fiz de manhã dentro de saquinhos transparentes e uma embalagem enorme de batatinhas que trouxe para a gente dividir.

— Certo, sra. L., vamos te encaixar. Te vejo no sábado — diz ele antes de colocar o telefone no gancho, no canto da mesa bagunçada. Quase todos os papéis estão manchados de marcas de dedo.

Pelo visto ele está mesmo trabalhando nos fins de semana agora.

— Não te vi muito nos últimos dias, então pensei que a gente podia almoçar juntos.

— Eu sei. — Ele passa a mão na careca, e percebo que suas olheiras estão ainda mais visíveis agora do que no hospital. — Me desculpe. Só estou tentando recuperar o atraso. — Ele olha para os sanduíches. — É de queijo e presunto?

— Com mostarda e maionese extra.

Ele abre espaço na mesa enquanto pego duas latinhas de refrigerante na geladeira e me sento à sua frente.

Começamos a comer em silêncio, e o som da mastigação acaba virando o único barulho no escritório entulhado. É meio estranho estar aqui, mas não entendo muito bem por quê. Não que fôssemos de conversar muito, pelo menos não como minha mãe e eu, mas também nunca tivemos dificuldade em puxar assunto durante as refeições.

— Como vão os negócios? — pergunto, colocando uma batatinha na boca, mas acho que ele não está ouvindo. Sua atenção está voltada para algo acima do meu ombro. Me viro para a TV muda, ligada na Fox News, enquanto as legendas correm na parte inferior da tela. — Pai — repito um pouco mais alto, levando a cadeira para a direita e bloqueando sua vista até ele prestar atenção em mim. — Como está o trabalho?

— Ah, bem. Tudo certo. As coisas andam corridas — responde, sutilmente arrastando a cadeira na direção oposta para poder assistir a TV. Isto… não é o que eu tinha planejado para o nosso almoço. — Aff — desdenha ele. — É, porque ele mal pode ser considerado homem! — Giro a cadeira e vejo na tela pixelada um cara bem arrumado de terno bege e gravata cor-de-rosa sentado em uma mesa redonda junto com os apresentadores. — Deixe os *viados* pra CNN, Joe. Isto não é problema seu.

— Pai! — digo, me recostando na cadeira, chocada. Sei que ele concorda com o que a igreja prega, mas nunca o ouvi falando *assim* antes.

— O que foi? Fala sério. Por que ficam levando esse *tipo de gente* pra televisão?

— São pessoas normais, pai. Iguaizinhos a você e eu — respondo, mas ele já está se inclinando de novo para poder enxergar melhor a tela. — E desde quando a gente come com a TV ligada? É, tipo… sua regra de ouro.

Isso finalmente chama sua atenção. Ele me olha, confuso, depois olha para a TV e então a desliga, parecendo culpado.

— Tem razão, desculpa. Como andam as coisas? Tem exame hoje, né? — pergunta.

— Isso. Minha mãe já, já passa aqui pra me levar — respondo, ainda sentindo a pele formigar pelo comentário dele, mas deixo para lá. — Vou voltar pra cafeteria na semana que vem. Eu...

— Que bom, Stevie. — Ele dá risada, balançando a cabeça. — Ainda bem que você não é igual a esses adolescentes idiotas por aí que acham que merecem ser servidos numa colher de prata.

— Hum... é, acho que sim.

Tenho mais coisas para falar. Quero lhe contar que estou tentando voltar a minha rotina para quem sabe recuperar a memória. Quero conversar com ele sobre meu nervosismo com o primeiro dia de trabalho e dizer que na semana que vem vou encontrar Savannah e Rory para tomar café da manhã no Dinor. Quero saber se já mencionei o garoto que trabalha lá. Mas, mesmo com a TV desligada, as coisas estão... estranhas entre nós, como se estivéssemos em sintonias diferentes. É como se ele nem conseguisse ouvir a minha.

Esta oficina pode até não ter mudado, mas com certeza meu pai está diferente. Então acabamos comendo nossos sanduíches quase completamente em silêncio, até minha mãe buzinar lá fora.

— Está tudo ótimo — diz a dra. Reicher, sentando-se à nossa frente em seu consultório após o exame. — Pelas tomografias, dá pra ver que tudo está progredindo como gostaríamos. A incisão também está cicatrizando bem. Como você tem se sentido?

— Bem, acho. Nem precisei tomar os analgésicos, e as dores de cabeça já estão melhorando — respondo, apertando as mãos uma contra a outra entre os joelhos enquanto tento acalmar a ansiedade que não para de crescer desde o momento em que chegamos.

— Que ótima notícia! Bem, então fico feliz de te dizer que você está liberada para voltar ao volante. Sua mãe me falou que você anda meio impaciente em relação a isso. Só vai com calma e...

— Olha, eu ainda não recuperei *nada* da minha memória — interrompo a fala. — O que isso significa? É muito ruim? Será que nunca vou conseguir me lembrar?

Não ligo para as tomografias. Não ligo para a minha incisão cicatrizando nem para o fato de eu poder voltar a dirigir. O que importa é que meu pai e eu não conseguimos mais nem manter uma conversa e eu não faço ideia do *motivo*. Não tenho nenhuma memória do que mudou em mim ou nele ou entre nós.

Ela inclina a cabeça, preocupada, e coloca uma das mãos sobre a outra em sua mesa de madeira.

— Bem, pra ser bem sincera... na maioria dos casos, as pessoas começam a recuperar a memória logo nos primeiros dias...

Merda.

— Olha, Stevie. Talvez seja uma boa ideia você considerar a possibilidade de fazer as pazes com essa situação. Sei que começar do zero parece assustador, mas também pode ser um jeito muito mais saudável de seguir com a sua vida a essa altura. Está bem?

Faço que sim com a cabeça, frustrada demais para conseguir dizer qualquer coisa. Nem minha médica acha que eu sou capaz de recuperar a memória, mas não vou jogar a toalha. Não vou *começar do zero*. Não quando todo mundo se lembra de uma versão minha que eu mesma não conheço.

Vou voltar a trabalhar na cafeteria, e isso é tudo no que preciso me concentrar. Não vou parar até me lembrar de tudo. Até provar que a dra. Reicher está errada.

Capítulo 13

Mesmo depois de a dra. Reicher ter me dado permissão para voltar a dirigir, minha mãe insistiu para estar junto. Então dirigi até a cafeteria com o carro dela para o meu primeiro dia no trabalho e ela voltou para casa depois.

Como esperado, passei em seu teste com distinção, e até agora pareço estar fazendo o mesmo com o trabalho.

Não sei por que passei metade da noite acordada, preocupada com o que aconteceria hoje. Bem, acho até que sei: este é o primeiro emprego da minha vida, mas agora que estou aqui... não é mais tão assustador assim.

Teclas verdes para comida. Teclas azuis para bebida. Total. Receber o pagamento. Anotar os pedidos no copo e colocá-lo na fila para o barista. Moleza.

A cada cliente o processo vai ficando mais tranquilo. A localização das teclas não está na minha memória quando tento me lembrar, mas pouco a pouco as informações vão se fixando e minhas descrições ficam cada vez mais curtas e eficientes.

— Latte de avelã descafeinado — anuncio enquanto escrevo "L av desc" em um copo de papel antes de colocá-lo na fila para Cal.

Cal tem a minha idade e prepara cada bebida como se tivesse nascido para isso. Suas mãos voam sobre diversas válvulas pump, cada uma com um sabor diferente, e sobre caixas de leite e alavancas, sem nunca tirar os olhos da máquina de café expresso. Me pergunto se algum dia fui capaz de fazer isso.

— Oi, Stevie, como você está? — pergunta Kendra, a gerente, quando aparece num momento de calmaria.

Suas raízes grisalhas dão lugar a longos cabelos loiros e descoloridos, presos num coque com duas canetas. Endireito ainda mais a postura.

— Muito bem, acho. Ah, uma pergunta rápida. Quando te escrevi pedindo pra diminuir meu turno pra dez horas semanais, você disse que essa já era minha carga horária? Minha mãe disse que eu trabalhava vinte.

Ela me lança um olhar estranho, inclinando a cabeça para o lado.

— Não. Você sempre trabalhou dez horas por semana — responde.

— Ah, beleza. Perfeito então.

Que esquisito. Sei que Savannah e Rory só mencionaram sessenta horas para soar mais dramático, mas dez horas não parece tanta coisa assim. Com certeza não é o suficiente para eu perder o *baile*.

— Escuta, estou doida pra te fazer umas perguntas — fala Kendra, ansiosa.

— Certo — respondo, dando abertura.

Não sei que tipo de relação a gente tem, mas deve ser boa, já que ela quer bater papo.

— Preciso saber: como foi acordar do coma? — pergunta, se apoiando no balcão com os olhos arregalados de... empolgação?!

— Ah, hum...

Não estava esperando falar disso aqui, com pessoas que não conheço mais. Lembro a mim mesma de que, para ela, somos colegas de trabalho há anos. Talvez até sejamos amigas.

— Tipo, você perdeu dois anos da sua vida? Como é a sensação?

— Eu...

Lembro daquela noite terrível quando acordei no hospital, esperando estar em casa, na minha cama, e em vez disso abri os olhos para luzes fluorescentes e escutei vozes que eu não reconhecia. Tubos e agulhas estavam enfiados nos meus braços, minha cabeça explodindo de dor.

— Foi muito estranho, bem confuso — digo, nervosa demais para simplesmente dizer que não quero falar sobre isso.

— De alguma forma, acho que seria bem legal poder começar de novo. Eu não teria nenhum problema em esquecer a maior parte do ensino médio. — Ela dá uma risada.

Cerro a mandíbula e forço um sorriso de lábios fechados.

— Sinceramente, só espero conseguir recuperar alguma normalidade na minha vida.

— Bem, acho que você é muito corajosa. Como vão as coisas aqui no caixa? — pergunta Kendra.

— Acho que peguei o jeito — respondo, me sentindo levemente orgulhosa. E também aliviada por não precisar continuar falando sobre o acidente.

— Ótimo. Agora que está tudo tranquilo por aqui, por que você não troca com o Cal e fica um pouquinho lá dentro?

Cal solta um suspiro dramático, visivelmente nada feliz de ceder seu posto.

— Ah, uns minutos cara a cara com o público não vão te matar, Cal. — Ela sorri.

— Talvez matem, na verdade — retruca ele, batendo o copo de latte de amêndoas no balcão de um jeito exagerado.

— Beleza, Stevie, deixa eu te mostrar umas coisas — fala Kendra, ignorando o comportamento de Cal enquanto ele arrasta os pés até o caixa, me levando até a gigantesca máquina de expresso, que parece *muito* mais assustadora de perto. — Você está com as colas aí? — pergunta, e pego no bolso de trás da calça os cartões laminados que ela me deu mais cedo contendo as diferentes medidas de ingrediente para cada bebida do cardápio.

Ela me ensina todas os botões e alavancas, garantindo que eu entenda o passo a passo das operações. Observo-a preparar uma bebida e depois ela fica de olho enquanto preparo outras duas, me orientando com paciência toda vez que fico perdida.

— Vou te deixar sozinha um pouco enquanto faço um inventário lá nos fundos — diz, e encaro-a com olhos arregalados. — Não fica nervosa, tá? Só estou te colocando de volta na rotina de sempre. — Ela dá uma piscadinha, então abaixa a voz para Cal não escutar. — Você sempre foi a melhor. Quem sabe agora que você terminou a escola a gente finalmente *possa* aumentar seu turno pra vinte horas? Você pegou o jeito bem rápido da primeira vez, e qualquer coisa que precisar nós dois vamos estar aqui.

— Tá bem — respondo, sorrindo, enquanto ela vai para os fundos, lançando um olhar feio para Cal.

Estou feliz com o que ela disse, mas fiquei com uma pulga atrás da orelha... se eu não estava com Savannah e

Rory e também não estava aqui, então o que eu *estava fazendo* com todo esse tempo livre? Será que estava trabalhando em outro lugar?

Logo duas adolescentes entram e pedem cafés gelados de baunilha, me obrigando a parar de pensar nisso.

Lá vamos nós.

Dou uma espiada na cola e sirvo um pouco de gelo em dois copos de plástico. Mas, enquanto estou despejando três medidas de baunilha, outro cliente entra. Depois mais um.

Os copos se alinham na fila para mim, marcados com a caligrafia desleixada de Cal. Estreito os olhos, me esforçando para ler os pedidos enquanto coloco os copos no balcão.

Pego o próximo e examino-o de perto. *L2AM. O que isso quer dizer? Dois lattes... lattes com dois... dois o quê?*

Fecho os olhos com força e me obrigo a lembrar, mas não consigo pensar em *nada*.

— O que é L2AM? — pergunto para Cal o mais baixinho que consigo, mas todo mundo acaba ouvindo. O lugar não é grande.

— Latte com duas medidas de açúcar mascavo — ele diz, sem me olhar. Nem sabia que existia a forma líquida de açúcar mascavo.

Dou uma olhadinha na cola para ter certeza das quantidades. Só que quando termino de preparar a bebida, já tem mais quatro copos na fila. E pela forma como Cal fica cutucando as unhas quando ninguém está fazendo pedido, fica nítido que, apesar de ter sido simpático antes, ele não tem nenhuma intenção de me ajudar, mesmo tendo clientes esperando.

O próximo pedido é um simples americano. Tranquilo. Expresso e água quente. *Eu consigo.*

Mas o seguinte é um *V ice blend.*

Merda.

— Kendra não me mostrou como usar o *blender* — digo, sentindo o suor escorrendo entre as sobrancelhas.

— É só apertar "*blend*" — responde Cal enquanto outro cliente se aproxima do balcão.

O que foi que aconteceu que esse lugar bombou do nada?

Respiro fundo e vou até o balcão de trás para me virar sozinha. Começo adicionando ingredientes no copo do *blender*. Levo um segundo para entender que preciso abaixar o painel de fora da máquina, e, quando faço isso, ela finalmente funciona. Quando o gelo, o leite e a baunilha estão completamente misturados e formam um purê branco, despejo tudo no copo — acabo derramando bastante no balcão, mas consigo encher até quase a borda.

Eu me viro para lavar as mãos na pia e *é lógico* que o jato d'água explode direto no meu rosto. Puta merda. Eu me seco o melhor que consigo, mas a parte de cima da camisa continua encharcada.

Meu coração quase para quando me viro e vejo mais seis copos enfileirados e clientes impacientes na fila do outro lado do balcão. Olho para a sujeira que fiz, que agora está pingando no chão, e decido deixar como está. Tenho que preparar os pedidos primeiro.

CC c/A.

Sem ousar interromper Cal, que está anotando o pedido de um cliente, penso em todas as possibilidades, até chegar em cappuccino com canela e leite de aveia.

Tem que ser isso, é um dos especiais do mês. Me aproximo da máquina para começar, mas tudo está um caos agora, com caixas de leite e recipientes de alumínio sujos em todo canto. Minhas colas estão sabe Deus onde, mas...

beleza. Está tudo bem. Consigo dar conta disso sem precisar colar.

Você mandava bem nisso. Fazia isso o tempo todo. É só se lembrar.

Começo a vaporizar o leite de aveia, tentando me lembrar da quantidade de canela. Uma, duas, três colheres de chá? Decido colocar três, porque quem não quer mais sabor? Pego a especiaria de uma jarra de vidro, só que o vapor faz um pouco do pó acabar voando na minha cara e eu tusso.

Talvez eu devesse ter colocado a canela no final.

Depois de misturar tudo, tento jogar um pouquinho de canela por cima, só para caprichar, mas um monte cai da colher e vai parar em cima da espuma. Não dá tempo de refazer a bebida, então vai ter que ficar assim mesmo. No caminho para o balcão de retirada, encontro uma das minhas colas ao *escorregar* nela. Graças a Deus consigo manter a bebida a salvo enquanto caio no chão.

— O *que* é que está acontecendo aqui? — grita Kendra da porta dos fundos, com as mãos nos quadris. Seu tom não é de reclamação, acho que ela só está genuinamente chocada de ver sua cafeteria tão caótica.

— Eu... eu... — balbucio, me esforçando muito para não descambar no choro ali mesmo, enquanto me levanto depressa.

— Stevie, eu falei que estava aqui pra te ajudar, se precisasse. *Cal*... — Ela olha como se estivesse prestes a voar nele, mas então respira fundo e volta o olhar para os clientes, que estão todos cochichando uns com os outros. — Está tudo bem, Stevie — fala, finalmente. — Cal, prepare as bebidas. Eu cuido dos pedidos. — Ela se aproxima do balcão. — Sinto muito por isso, gente. Nós vamos dar um jeito, agradecemos a paciência.

Cal vai até a estação do barista, tomando cuidado para não pisar nas poças de leite no chão.

— Vaza — ordena ele, me obrigando a sair de perto de sua amada máquina de expresso.

— Aqui… — Ofereço o latte a ele, mas Cal só o arranca da minha mão.

— Só sai daqui, precisamos tirar o atraso.

— Posso ajudar — falo para eles, com lágrimas nos olhos.

— Stevie, que tal você fazer seu intervalo? — diz Kendra com firmeza, indicando com a cabeça a sala dos fundos.

Mas não consigo mais ficar aqui, nem nos fundos. Não consigo ficar em nenhum lugar aqui perto. Levando minha bebida de merda comigo, sigo direto para o balcão da frente, com lágrimas deixando minha visão embaçada. Meus sapatos, que estão com as solas grudentas, fazem um barulho constrangedor enquanto os clientes abrem espaço no meu caminho até a porta.

Quero lembrar da minha vida mais do que *qualquer coisa*, mas nada disso me parece familiar. Eles dizem que a rotina ajuda, mas não consigo nem lembrar por que eu arranjei esse trabalho idiota, muito menos como realizar qualquer tarefa. Queria provar que a dra. Reicher está errada, mas como vou fazer isso se não lembro nem como fazer um café?

— Perdão! — digo, suspirando ao quase dar de cara com alguém tentando entrar.

A pessoa segura meus ombros, evitando a trombada.

— Ei, você está bem? — pergunta, e alguma coisa na voz dela me soa familiar.

Levanto a cabeça, piscando para tirar as lágrimas dos olhos e vê-la melhor. É uma garota baixinha, de cabelo loiro-escuro e sardas logo abaixo de olhos cor de avelã penetrantes que me fazem lembrar do hospital.

Nora Martin. Perfeito. A última coisa que quero agora é alguém que eu conheço, mesmo que só um pouquinho, me vendo assim. Primeiro, eu estava inconsciente. Agora, chorando no trabalho? Nada constrangedor, imagina.

— Desculpa — repito, me afastando até ela me soltar.

Disparo porta afora e viro a esquina, indo para os fundos do prédio, onde desabo no meio-fio. Deixo a bebida no chão ao meu lado e coloco a cabeça entre as mãos, finalmente deixando as lágrimas caírem agora que estou sozinha. Talvez eu tenha voltado a trabalhar cedo demais, ou quem sabe eu nem devesse ter vindo aqui. Mesmo *antes* da lesão cerebral isso devia ser impossível. Como é que eu gostava de trabalhar aqui? É pressão para cacete, e Cal é *tão* babaca.

De repente, ouço passos se aproximando no beco. Fungo, puxando o ranho de volta, e enxugo o rosto o melhor que consigo.

Vejo um par de botas gastas no meio-fio perto de mim, com os cadarços remendados em vários pontos. Olho para cima e vejo a cabeça de Nora eclipsando o sol.

— Está tudo bem — digo, mesmo que ela não tenha perguntado, e viro a cabeça para limpar o rosto mais uma vez.

— É, era exatamente o que eu estava pensando. Essa garota? Chorando e fugindo desse jeito? Ela está bem, sim. Parece *ótima*, na verdade. — Ela se senta no meio-fio a alguns centímetros de distância e me oferece uns guardanapos. Olho para ela e vejo a sombra de um sorrisinho simpático no canto dos seus lábios, e resolvo aceitar. Ela fica me observando por um segundo, mas, como não dou risada, ela continua:
— O que é isso? — pergunta, pegando a bebida pela tampa.

— Não faço ideia. — Dou de ombros, derrotada. — Leite de aveia ou algo assim.

— Parece uma delícia. — Ela dá um gole sem nem pensar duas vezes e quase na mesma hora cospe tudo no chão, tossindo de um jeito dramático. — Nossa. — Tosse mais um pouco. — Acho que acabei de participar do desafio da canela — diz, me arrancando uma risada enquanto lágrimas escorrem pelas minhas bochechas. — Meu Deus… — Ela faz uma pausa e me olha nos olhos.

— Você podia pelo menos *fingir* ter gostado.

— Ah, é? Então experimenta pra ver se você vai continuar falando isso — brinca ela, abrindo um sorriso enorme e revelando um espacinho entre os dentes da frente.

— As pessoas não deveriam ser legais quando veem alguém chorando? — pergunto, secando as últimas lágrimas.

— Ah, sei lá. — Ela dá de ombros. — Provavelmente sim, mas eu já salvei sua vida e meio que também não é supercomum retribuir com um sanduíche. Então… — Ela dá risada, desviando da minha tentativa de lhe dar um empurrão.

— Foi ideia da minha mãe — reconheço. *Sabia* que seria estranho. — Estava bom, pelo menos?

— Na real, não comi — Nora responde, parecendo meio culpada. — Virei vegana faz pouco tempo.

— *Ah*. Então foi isso que sua mãe quis dizer.

— Aff. Desculpa por vocês terem precisado falar com ela. — Ela se encolhe.

— Com a sua mãe? É, ela estava… nossa. — Abraço os joelhos, me lembrando daquela senhora.

— Calma? Meiga? Carismática? — arrisca Nora.

— Todas as alternativas — respondo, e compartilhamos um sorriso cúmplice. Nora parece ser o oposto da mãe, e não lembra em nada a garota esquisita que entrou no meu quarto aquela noite. — Escuta, eu não tive chance de, tipo… falar com você no hospital. Você meio que…

— É, foi mal, eu sumi. — Ela fica em silêncio por um instante, chutando algumas pedras. — Só percebi que talvez não fosse uma boa hora. Pra vocês.

Penso naquela noite, no meu pai se emocionando ao me contar o que Nora fez por mim: me carregou por *mais de um quilômetro* pelo bosque.

— Como você conseguiu? — pergunto. Ela definitivamente parece mais forte que a maioria das garotas, mas ainda assim é uns centímetros mais baixa que eu. — Como conseguiu me tirar dali?

Ela dá de ombros, encarando a parede de tijolos à nossa frente.

— Eu não tinha opção. Ou eu te tirava de lá ou… — Ela morde a parte interna da bochecha. — Eu só… não tinha como te largar ali.

Voltar aqui na cafeteria não estimulou em nada minha memória, mas talvez só retomar a rotina não seja suficiente. Talvez se eu visse o lugar do acidente… eu me lembrasse pelo menos da razão de estar lá, para início de conversa.

— Você pode me mostrar? Onde aconteceu? — Ela não responde de imediato, como se estivesse refletindo. — Por favor — acrescento, e ela finalmente faz que sim com a cabeça.

Pego o celular no bolso e o estendo para ela, que hesita um pouco antes de salvar seu número. Eu meio que espero que Nora me faça perguntas sobre a amnésia e a recuperação. Todo mundo parece curioso, mas ela não diz nada.

Respiro fundo, me sentindo surpreendentemente melhor depois da conversa — mesmo que eu não goste de falar sobre esse assunto com estranhos, mesmo que ela nem tenha me perguntado nada. Fico com vontade de compartilhar as coisas com ela.

— Talvez ajude, porque agora… não estou conseguindo me lembrar dos últimos dois anos da minha vida — admito. Ela não me olha como se eu fosse um alienígena, nem me faz um milhão de perguntas. Sua expressão é quase de quem entende. — Sabe, acho que você é a primeira pessoa com quem conversei, tipo, conversei *de verdade*, que não me conhecia antes. Que não sabe de coisas sobre mim que eu mesma não sei. É meio que legal.

Ela abre a boca, fecha, então abre de novo.

— Eu… fico feliz — diz ela, dando uma olhada nas horas. Faço o mesmo e percebo que minha pausa de quinze minutos está quase acabando.

— Ai, meu Deus. Não consigo mais voltar pra cafeteria. — Kendra, Cal e todos aqueles clientes surgem diante dos meus olhos. — Preciso ir embora. Ir pra outro país, mudar meu nome. Quer vir comigo? — pergunto, me virando para Nora.

Ela dá risada, mas seu sorriso some antes de ela falar:

— Queria poder… — Ela fica em silêncio por um tempo, examinando cada parte do meu rosto de um jeito que faz minhas bochechas esquentarem, então pigarreia. — Mas tenho que voltar pra fazenda — conclui, se levantando e virando as costas para mim.

— Espera, não vai querer tomar nada?

— Acho que sua bebida quase acabou comigo. Fico feliz que você esteja bem, Stevie — fala ela por cima do ombro, caminhando apressada para a frente do prédio.

Dou uma olhada em seu número na tela do meu celular e então para o espaço vazio onde ela acabou de desaparecer, virando a esquina.

Sei que eu devia estar retomando à normalidade, mas a presença de Nora, essa garota que nem conheço, parece mais normal para mim do que qualquer coisa que experimentei até agora. Sinto que com ela posso ser franca sobre as coisas sem perigo de ficar cutucando o passado, porque, bem, ao contrário de todo mundo que conheço, não temos nenhum passado para ser cutucado.

Somos folhas em branco.

Talvez uma amizade simples e gostosa como essa me faça bem, me dê liberdade para recomeçar a vida sem desistir, como sugeriu a dra. Reicher. Talvez eu precise disso tanto quanto preciso recuperar minhas memórias.

3 de julho

QUE MERDA EU ESTOU FAZENDO, STEVIE?

Eu simplesmente menti na sua cara.

Mas o que eu devia dizer afinal? "Olha, Stevie, na verdade, escuta só que história engraçada: a gente estava namorando fazia dois anos e estamos completamente apaixonadas."

Se você realmente esqueceu os últimos dois anos, então já ia surtar só com a ideia de estar com uma garota, quanto mais comigo.

Pensei que se eu te visse, eu me sentiria... sei lá... aliviada? Tipo, como se só de estar perto de você tudo fosse ficar bem, mas as coisas parecem mais complicadas do que nunca. Espero que, quando estiver na fazenda, você se lembre de alguma coisa. Talvez seja uma péssima ideia te trazer aqui sem ter pensado direito no que fazer, mas eu não podia dizer não... Tipo, eu não queria *dizer não. Sinto vontade de estar com você. É só que não sei como me comportar perto de você assim... dói muito. Estou com tanta saudade. De* VOCÊ. *Da você que se lembra de mim. Da você que está apaixonada por mim. Queria esticar o braço e enxugar eu mesma suas lágrimas, não só te oferecer uns guardanapos ridículos.*

Isso é frustrante pra caralho, mas a gente vai dar um jeito. Sei que a gente vai.

Aguenta firme, amor.

Com amor,
Nora

Capítulo 14

— E aí, como foi o "trabalho"? — pergunta Rory, dando um longo gole em seu café, na clássica e pesada caneca estampada com o logo vermelho e amarelo do Dinor. Notei as aspas no jeito como ela falou, como se ainda não acreditasse que eu estava trabalhando, mas escolho ignorar.

— Foi tão horrível que, sério, não estou pronta pra falar sobre isso — respondo. Penso em contar sobre Nora, mas acho que elas não iriam gostar do fato de eu estar planejando passar mais tempo com ela quando pelo visto nos últimos anos tenho sido uma péssima amiga. — O que vocês têm...

— Cala a boca, cala a boca, cala a boca! — Savannah tenta sussurrar, mas acaba dando um berro.

Observo seus olhos azuis acompanharem alguma coisa bem atrás de mim. Quando me viro, me deparo com um cara da nossa idade, com um avental vermelho amarrado na cintura.

— Oi. — Ele olha direto para mim, e vejo em seus olhos castanhos que ele me reconheceu, mas não sinto o mesmo. Na verdade, acho que *nunca* vi um adolescente asiático na cidade, nem mesmo no estado. Não consigo evitar a surpresa.

— Fiquei sabendo do que aconteceu. Puta merda, fico feliz que você esteja bem — continua.

— Hum... — Desvio o olhar, confusa. — Como ficou sabendo?

— Cidade pequena e tal. — Ele dá de ombros, jogando a cabeça para trás para afastar o cabelo dos olhos. — E este lugar é tipo a central da fofoca, o que me torna basicamente o Guardador de Segredos de Wyatt. — Ele balança a cabeça, rindo, mas alguma coisa em minha expressão o faz parar. — Enfim, foi mal. Acho que você não está a fim de falar sobre isso. O que vão querer? — pergunta, segurando o bloquinho e se virando para minhas amigas.

Enquanto Savannah e Rory pedem as panquecas de sempre, meus olhos se fixam em seu crachá.

Ryan.

Ai, meu Deus. É ele. O cara em quem supostamente tenho um crush. Observo-o, mas agora com um novo olhar. Ele *é* mesmo gato, e sua piada foi bem engraçada. Olho para o seu rosto, esperando sentir alguma faísca ou um friozinho na barriga, algum daqueles sinais que li nos livros ou vi nos filmes. Presto bastante atenção em sua mandíbula bem marcada, seu sorriso brilhante, seus olhos... que estão completamente focados em mim, esperando. Ah, certo.

— Hum, vou querer o mesmo. Panquecas — digo.

— Sério? Não vai querer o de sempre? — Ele dá uma batidinha com a caneta no bloco. — Você sempre faz o mesmo pedido desde que comecei a trabalhar aqui. Dois ovos com gema mole, bacon, batata rosti e pão integral sem manteiga.

— Bem, que bom que *você* se lembra, porque eu definitivamente não lembrava. — Tento dar uma risadinha que soe como um flerte e dou uma olhada para Savannah e Rory do outro lado da mesa.

— Não sei por que, mas acabei decorando — diz ele, rindo de nervoso e dando batidinhas na têmpora com a caneta. Quase como se estivesse envergonhado.

— Vou querer isso, então — digo, sorrindo. — Quem sabe não me ajuda a decorar também?

— Aliás, o nome dela é Stevie — interrompe Savannah, apontando para mim. — Sou Savannah e esta é Rory. A gente acabou de se formar na Escola Católica Central.

— E aí. — Ele dá um breve aceno. — Prazer em conhecer vocês oficialmente. Eu acabei de me formar na Wyatt — fala, se dirigindo a mim. — Vou fazer o pedido de vocês. — Quando ele desaparece na cozinha, Rory começa a se balançar toda no sofazinho e Savannah estica as mãos por cima da mesa para segurar as minhas.

— *Viu?* — diz ela. — Você gosta dele, né? — Elas me encaram e minhas bochechas ficam quentes, e não consigo pensar em nada para fazer além de sorrir para disfarçar o nervosismo. Ela imediatamente interpreta meu gesto como uma confirmação. — Sabia. Você está apaixonada.

— Não falei isso! — Afasto as mãos e me recosto no assento.

— É, mas nem precisava. Está na cara.

— Está? — pergunto, e Rory assente dramaticamente.

Só que não sei como minha cara pode demonstrar qualquer coisa se na verdade não estou sentindo nada. Talvez... talvez eu só precise dar uma chance a ele, conhecê-lo de novo.

Mesmo assim, estou cheia de dúvidas...

— Se eu gosto dele assim como vocês estão dizendo, o que me impediu de, tipo... tomar alguma atitude?

— Você? Ir falar com um cara por livre e espontânea vontade? Sem chance — diz Savannah. — Mas não vamos deixar isso acontecer novamente. Então, quando ele voltar, você vai chamá-lo pra sair com a gente. Vou convidar Jake também pra não ficar estranho.

— Não estou interessada em ficar de vela. Tô fora — fala Rory.

— Então vamos nós quatro. Beleza? — Os olhos azuis de Savannah estão brilhando, cheios de expectativa. Solto um suspiro e não respondo.

— *Nossa*, minha vida é deprimente. Stevie já tem um quase-namorado de quem ela nem se lembra e eu continuo solteira — murmura Rory, com o rosto enfiado na caneca.

Savannah a ignora, com os olhos ainda em mim.

— Savannah, não posso só *convidá-lo* assim do nada. Tipo, não era ele quem tinha que me chamar pra sair?

— É, mas com certeza ele é tão tímido quanto você pra expressar os próprios sentimentos, então, se quiser que isso aconteça, você vai ter que tomar uma atitude — fala ela, sem papas na língua.

Talvez ela tenha razão, e eu devesse só chamar o cara para sair. Passei a maior parte da minha adolescência sem entender como todo mundo menos eu tinha *crushes* e paixonites, pensando que tinha alguma coisa errada comigo porque simplesmente não acontecia nada na minha vida. Mas pelo visto agora está acontecendo. Se Rory e Savannah estão dizendo que eu estava a fim dele, então tenho *certeza* de que consigo voltar a sentir o mesmo.

Quero seguir em frente, e se esse era o caminho que minha vida estava tomando antes do acidente, preciso aceitar. Além disso, Rory e Savannah nunca me enganariam.

Logo Ryan volta com nossos pratos cheios de comida. Observo enquanto ele os dispõe com cuidado na mesa, sentindo o aroma suave de seu amaciante quando ele se inclina ao meu lado.

— Ai! — resmungo, cerrando os dentes quando um pé acerta minha canela debaixo da mesa.

Os olhos de Savannah estão mais intimidadores do que nunca, mas, quando procuro as palavras, não faço ideia do que dizer. Tudo está acontecendo rápido demais. Então tudo que faço é agradecer, e, quando ele começa a ir embora, pego meu garfo. Posso tentar de novo depois.

— Psiu, Ryan? — chama Savannah, e ele se aproxima.

— O que vai querer?

— Na verdade, *nós* — ela gesticula para mim — queremos saber se você gostaria de sair com a gente. Tipo, comigo, meu namorado e Stevie — explica ela. Me encolho no sofá, tentando não morrer de vergonha.

— Sim, com certeza — responde Ryan na mesma hora. Levanto a cabeça e o vejo sorrindo de orelha a orelha para mim.

— Sério? — pergunto.

— A feira de verão vai estar na cidade nesse fim de semana. Não sei se vocês curtem... — Ele arqueia a sobrancelha para mim.

Ai, meu Deus. Ele está... *me* chamando para sair de verdade? Eu me esforço para manter a calma.

— Jogos superfaturados sempre foram o meu ponto fraco — brinco. — Savannah?

Ela coloca o cabelo perfeito atrás da orelha e morde o lábio, dando uma garfada na panqueca.

— Hum... brinquedos enferrujados, lama e fritura. Pra mim, parece *ótimo*.

— Sexta às seis na roda-gigante? — pergunta Ryan diretamente para mim, ignorando o sarcasmo de Savannah.

— Beleza. Salva aqui seu número, só pra garantir — digo, entregando-lhe meu celular. Ele adiciona seu contato e me devolve o aparelho.

— Até lá — fala, se virando para atender as outras mesas.

— *Boa, garota.* — Savannah está sorrindo feito doida para mim.

— Pois é! — respondo, tentando parecer tão empolgada quanto ela.

— O que você vai usar? Ryan parece ser o tipo de cara que gosta de se vestir de um jeito mais casual, sabe? — pergunta Rory, toda animada, mesmo que não vá com a gente.

— Hum, é. O que vocês acharem melhor — falo.

As duas começam a me dizer o que acham que eu devo ou não devo usar na sexta, como devo me maquiar, me dão dicas de como flertar... "sem ser vulgar", Rory acrescenta.

Sei que eu deveria estar prestando atenção. Deveria estar interessada nessa conversa. Deveria estar nas nuvens porque o cara de quem estou a fim sente o mesmo por mim.

Mas não consigo parar de pensar no quanto seria mais fácil se eu só conseguisse me *lembrar* de como me sentia. Olho para o celular, ainda com o contato de Ryan na tela. Algumas linhas acima está o nome de Nora.

Talvez se Nora me mostrar o lugar do acidente eu consiga me lembrar de tudo: meus dois anos perdidos, o crush em Ryan, o motivo de eu estar no bosque aquele dia e o motivo de tudo parecer meio esquisito com todo mundo na minha vida.

Assinto, dou um sorrisinho e fico dizendo "legal" sempre que necessário ao longo de todo o café da manhã. Mas assim que saímos do Dinor e nos separamos, pego o celular, passo pelo nome de Ryan e vou direto para o de Nora.

Ei, vai estar livre amanhã?

Mando para ela.

Já está na hora de descobrir o que eu estava fazendo no bosque naquele dia.

Capítulo 15

Na manhã seguinte, quando chego na fazenda dos Martin, o sol já está pegando fogo no céu azul e sem nuvens. Pego o celular e mando uma mensagem para a minha mãe.

Oi, cheguei. Só atropelei duas crianças.

O único jeito de fazer ela me deixar dirigir sozinha até a fazenda foi com a condição de mantê-la atualizada sobre minha localização, o que... eu teria feito de qualquer jeito. Bem, só não lhe contei o motivo de eu estar aqui.

Não achei graça nenhuma.

Responde minha mãe.

Saio do carro equilibrando dois *lattes* gelados de baunilha na mão e vejo Nora do outro lado, perto de umas picapes velhas. Ela está sentada em uma cerca, de frente para o campo, balançando as pernas. Meus ombros relaxam um pouco — estou aliviada por não ter deixado o carro lá no açougue, correndo o risco de acabar encontrando sua mãe de novo. Talvez Nora estivesse pensando a mesma coisa quando me disse para estacionar aqui, entre dois silos de grãos gigantescos.

Conforme me aproximo, noto que a camiseta dela, verde, toda recortada e na qual estava escrito "Turma de 2023", é do Colégio Wyatt. Ela também deve ter se formado esse ano.

Me recosto ao lado dela na cerca e ela vira a cabeça para mim.

— Pra compensar por aquele dia. É de aveia, então é vegano. — Ofereço a ela uma das bebidas e ela levanta a tampa para sentir o cheiro, desconfiada. — Não fui eu que preparei — explico, revirando os olhos.

— Era melhor garantir. — Ela sorri e dá um gole. — E aí, está pronta? — Ela aponta com a cabeça para algum ponto distante, além do campo.

Se estou pronta para ver o lugar onde quase morri? Não tenho certeza. Tipo, será que é seguro? Se caí uma vez, acho que não está fora do reino de possibilidades que eu possa cair de novo. Mas respiro fundo e faço que sim, porque ainda tenho esperança de que, quando eu der uma olhada no local, acabe me lembrando do motivo de eu ter ido até lá antes. Além disso, desta vez não estarei sozinha — estarei com Nora.

Caminhamos lado a lado, longe da estrada e ao longo da cerca, que logo se transforma em uma malha de arame soldada em grossas colunas de madeira. Faço o possível para não fazer contato visual com as centenas de vacas que levantam a cabeça para nós enquanto passamos. O mercado da cidade vende basicamente só Carnes Martin, então eu diria que cerca de cem por cento da carne que consumi na vida vem desta fazenda e, ao contrário de Nora, não planejo me tornar vegana, portanto prefiro não olhar minha comida nos olhos.

— Então, o que exatamente você faz aqui na fazenda? — pergunto enquanto passamos por uns silos de grãos.

Ela dá de ombros.

— O que minha mãe pedir. No momento, estou instalando uma cerca nova no campo mais a leste. Isso vai levar uns dois meses, mais ou menos. Às vezes, quando eles precisam, trabalho no açougue, mas se puder prefiro ficar aqui. — Ela estreita os olhos para mim, bloqueando o sol com a mão, e noto alguns hematomas na parte interna do seu antebraço.

— Ei, o que aconteceu aí? — pergunto.

— O quê? — Ela vira o braço para dar uma olhada. — Ah, ossos do ofício. — Ela dá de ombros novamente e enfia a mão no bolso. — Como foi o restante do expediente?

— Um pouco melhor. Eles me deixaram ficar no caixa até dar a hora de ir embora. Obrigada por... hum... — Não sei direito o que ela fez para me fazer sentir melhor, então não sei pelo que agradecer.

— Lógico — responde.

Levo o braço à sobrancelha para secar o suor. Parece que a temperatura aumentou uns vinte graus desde que deixamos o estacionamento, e fico desejando ter trazido água em vez de *lattes*.

Enquanto caminhamos pela grama alta, fico com os olhos fixos nos meus pés; até que, vendo alguma coisa saindo da terra, paro.

— O que é isso? — pergunto.

Me abaixo para pegar uma pedrinha com listras alaranjadas, parecida com a que encontrei na minha escrivaninha. Coloco-a na mão de Nora.

— Granito. Tem um monte debaixo da terra na fazenda toda. Às vezes as roçadeiras acabam trazendo eles pra cima. — Ela me devolve a pedra. — Por quê?

— Por nada — respondo, me perguntando como tenho um desses na *minha* escrivaninha e se isso quer dizer que já vim aqui mais do que apenas uma vez.

— Vamos, estamos quase chegando — diz ela, e deixo a pedra cair no chão.

Deixo escapar um sonoro suspiro de alívio quando alcançamos as árvores, mais que agradecida por uma sombra *maravilhosa*. Nora dá uma risada, balançando a cabeça e avançando alguns passos enquanto afasta com a bota uns arbustos para mim. Passo por eles e a espero, deixando ela ir na frente e me guiar por entre as árvores. Logo as folhas ficam tão densas acima de nós que quase não passa nem um raio de sol pelas frestas.

Como vim parar aqui sozinha?

Além do canto dos pássaros e do cricrilar dos grilos, ouço o barulho de água corrente. Quanto mais seguimos floresta adentro, mais alto o som vai ficando, parecendo mais um rio que um riacho, até que finalmente chegamos a uma clareira. Nora olha para mim, hesitante, e dá um passo para o lado, revelando uma árvore enorme caída sobre uma ravina tão alta que, de onde estou, não consigo nem ver o fundo. Me aproximo da margem com cuidado, sentindo o coração pulando pela boca, e dou uma olhada por cima da borda.

— Meu Deus, Nora. Como foi que vim parar aqui? O que... deve ter uns cinco ou seis metros de altura. Como você conseguiu me tirar dali? — pergunto. Ela para ao meu lado.

— Eu, hum... não sei como aconteceu. Mas, pela posição, parece que você tentou atravessar o rio e caiu. Como contei pros seus pais e pros paramédicos, eu só te ouvi gritar e quando cheguei você estava inconsciente lá embaixo. Então usei isso pra descer. — Ela aponta para algumas raízes saindo da encosta e seguindo em direção à água. — Quando cheguei lá, você estava completamente submersa. Eu... pensei que você estava... — Ela desvia o olhar e pigarreia, enfiando a ponta da bota direita na lama. Ao levantar a cabeça, vejo que Nora está com os olhos um pouco marejados.

Morta. Ela pensou que eu estivesse *morta*.

— Você não se lembra *mesmo* de nada disso? — pergunta ela.

Olho em volta, fecho os olhos e respiro fundo, ouvindo os pássaros piando acima de nós e as folhas farfalhando.

— Pensei que quando chegasse aqui, talvez eu me lembrasse, descobrisse o que vim fazer aqui, mas...

Que merda. Realmente pensei que fosse funcionar.

— Tenho feito tudo o que posso pra voltar à minha rotina, mas *nada* está dando certo. Achei que se eu viesse aqui, se eu visse onde tudo aconteceu... mas estou aqui e... nada. — Olho para Nora e sinto que estou prestes a chorar, como se alguma coisa dentro de mim tivesse murchado.

— Que coisas você tem feito pra tentar se lembrar? — pergunta.

— Voltei a trabalhar na cafeteria, a sair com minhas amigas. Se bem que, *pelo visto*, eu não estava as vendo tanto assim, então talvez não seja surpresa que não tenha funcionado. Elas me disseram que eu vivia trabalhando e mal tinha tempo pra nada, então não sei. — Dou de ombros. — Até visitei meu pai na oficina, mas a gente mal tinha assunto pra conversar. Então na maior parte do tempo tenho ficado com minha mãe e ido com ela aos nossos lugares favoritos.

— Ah, vocês são próximas? — pergunta.

— Minha mãe e eu? Sim, a gente é tipo… — Faço um gesto unindo o dedo indicador e o médio.

Nora franze as sobrancelhas e assente devagar. Mas na mesma hora fico me sentindo mal por ter dito isso, sabendo que ela não aguenta nem estar perto de sua mãe.

Ela olha para algum animal se escondendo atrás do mato e depois fica completamente em silêncio. *Nota mental: não mencionar mães.*

— Quer vazar daqui? — pergunto. Mas, quando me viro, meu pé fica preso em um galho e caio, batendo o joelho em uma pedra. — Filho da p…! — grito, enquanto o sangue começa a escorrer pela minha perna arranhada.

— Ai, meu Deus, Stevie. — Nora se agacha na minha frente enquanto caio de bunda no chão, uma risada escapando dos meus lábios. — Vou te embrulhar em plástico bolha. Jesus Cristo. — Ela passa a mão pelo rosto, tentando em vão esconder um sorriso enquanto se senta na pedra.

— Desculpa — digo. — Ai. — Tiro a terra do joelho.

— Vamos, tenho um kit de primeiros socorros em casa — diz, me levantando do chão.

Antes de ir e cautelosamente mantendo os pés no chão, olho para a água e para a parede de lama do outro lado.

O que ela fez parece quase impossível.

Não consigo nem *me* imaginar reunindo forças para sair de lá, muito menos com outra pessoa.

Fazer algo assim deve ter quase matado Nora.

Não acho que muitas pessoas fariam isso por uma completa estranha.

Não acredito que ela fez isso por mim.

* * *

Sempre imaginei que casas de fazenda fossem grandes e aconchegantes, com fotos de família cobrindo as paredes de todos os cômodos e um monte de antiguidades abarrotadas em cristaleiras de madeira.

A casa de Nora não é nada assim. É grande, mas... vazia. Falta um certo aconchego.

— Beleza, sobe aí e coloca a perna na pia — diz ela, batendo na bancada e vasculhando um kit de primeiros socorros de metal.

Faço o que ela pede e observo enquanto pega o que parecem produtos demais só para um joelho ralado, mas fico na minha.

Ela abre a tampa branca de uma garrafa marrom e vem na minha direção para derramar o líquido sobre o meu joelho. De repente, sou transportada de volta para uma cena de quando eu era bem pequena, com minha mãe segurando essa mesma garrafa sobre um corte.

— Peraí, este é aquele que ard... *Ai, meu... Nora!* — Agarro o joelho enquanto o líquido claro faz um barulhinho de chiado sobre a ferida.

— Desculpa, desculpa, desculpa, desculpa. — Ela olha para mim. — Achei que seria melhor você não saber que eu ia fazer isso. — Ela passa um papel toalha por cima, depois espalha uma pomada antibiótica com cuidado sobre um curativo retangular e, por fim, o coloca no meu joelho. — Pronto.

— Ai — resmungo, dando uma olhada no curativo.

— Ah, você caiu de cabeça de uma altura de seis metros e sobreviveu. Vai ficar bem — fala ela, direta ao ponto. Desço da bancada e dou uma flexionada no joelho.

— Alguém já te disse que você é incrivelmente sensível? — pergunto.

— Você seria a primeira, *muito obrigada*. — Ela se vira, dando um sorrisinho inocente, e balanço a cabeça. Nunca vou admitir isso, mas eu meio que amo o jeito como ela fala comigo, como se eu fosse alguém normal. Como se não tivesse medo de eu entrar em colapso.

— Que tal um almoço? — pergunta, abrindo a geladeira e pegando um pacote de… hum… não sei o quê.

— Isso parece… — Engulo em seco enquanto dou uma olhada mais de perto no negócio. Peito de peru de soja. — Na verdade, não estou com f…

— Relaxa — fala, me passando uma embalagem de presunto.

— Ah, graças a Deus. — Dou um suspiro de alívio.

Observo Nora colocando no pão algumas fatias de peito de peru vegano com um aspecto bem molhado. Ela para por um momento para me lançar um olhar irritado, mas ainda consigo reparar em um meio sorriso divertido.

— Quer parar de olhar minha comida como se fosse uma pilha de merda de vaca num prato? Eu vou comer isso logo, logo.

— Desculpa — respondo, rindo, tentando suavizar minha careta de nojo.

— Não dá nem pra notar a diferença — diz.

— Ah, tenho certeza disso — falo enquanto ela coloca alface, tomate, maionese e mostarda dijon no meu sanduíche.

— Essa é minha combinação favorita. São os melhores molhos — comento, demonstrando minha aprovação. — Meu pai também gosta assim.

Ela para e me olha, então volta a atenção para o sanduíche.

— É só um dos meus muitos talentos — diz ela.

Então seu olhar vai direto para a esquerda quando a porta range. Viro para trás e me deparo com a sra. Martin tirando os sapatos diante da porta pesada.

— Vem — sussurra Nora, me oferecendo o prato com o sanduíche.

Depois me conduz para fora da cozinha. Subimos uma velha escada de madeira e passamos por um corredor estreito de paredes cinza completamente vazias.

Passamos por uma porta e subimos um lance de escadas íngremes e irregulares, com cada degrau fazendo um barulho diferente. As escadas dão em um quarto grande de teto inclinado feito com ripas de madeira, que atingem o ápice ao longo da linha do telhado. Um sótão. Maneiro.

— Este é o meu quarto — diz Nora, me observando dar uma mordidinha no sanduíche.

— Hum, está gostoso. Obrigada — falo, e em seguida dou uma mordida maior.

Caminho pelo quarto, sentindo o assoalho desgastado quase cedendo sob os meus pés. As paredes estão tão vazias quanto o resto da casa, exceto por três pequenas Polaroids coladas acima da cabeceira.

— Ah, sempre gostei dessas fotos instantâneas — digo.

Deixo Nora parada na porta, segurando seu sanduíche intocado, e me aproximo para ver melhor.

A primeira é de uma área descampada, com vacas marrons no fundo. A segunda é em Pittsburgh, a cidade mais próxima daqui, mais ou menos a uma hora e meia de distância, com sua enorme ponte amarela se estendendo sobre um rio enorme. A terceira parece ter sido tirada no bosque onde estávamos: tem uma garota sentada num tronco, de costas para a câmera. Levo um segundo para perceber que é Nora. Hum, meio esquisito.

Dou outra mordida no sanduíche, recuo um passo e noto sua mesinha de cabeceira. Troco meu prato pelo livro que está ali, um guia de viagem da Califórnia cheio de *post-its*. Abro-o e folheio as páginas até outra Polaroid cair aos meus pés, virada para baixo no chão.

— Olha só, Califórnia. Vai viajar? — pergunto, me abaixando para pegar a foto.

Só que Nora praticamente voa para pegá-la antes de mim. Ela a agarra e fica segurando-a perto do peito.

— Desculpa — digo, me dando conta de que talvez eu não devesse sair bisbilhotando as coisas de uma garota que acabei de conhecer. Devolvo o livro a ela.

— Não, eu... — Ela o deixa na cama e passa o dedo pela capa desgastada. — Vou ficar bem aqui — fala, em um tom de voz frustrado.

Se existe uma coisa com que me identifico é essa frustração. Eu me sento ao seu lado na cama.

— Engraçado. Na verdade, sempre pensei que eu fosse gostar de morar num lugar como a Califórnia, mas pelo visto vou pra Bower. Tô vendo que a gente vai acabar ficando presa aqui em Wyatt — falo, olhando para ela.

— Você vai pra Bower? — pergunta, parecendo tão surpresa quanto eu quando descobri quais eram meus planos.

— É, e você?

— Não vou pra faculdade — responde ela. — Vou ficar trabalhando aqui na fazenda.

— Ah, bem... vou estar pela cidade, se quiser dar uma volta. — Dou de ombros, soltando um suspiro pesado.

— Quem sabe um dia você não acaba indo pra Califórnia? — diz.

— Você também — falo, dando-lhe um empurrãozinho com a perna.

Ficamos ali sentadas comendo nossos sanduíches em um silêncio confortável até que Nora termina e pergunta:

— Ah, hum, o que vai fazer esse fim de semana?

— Nada de mais — respondo, sem nem pensar.

— Talvez a gente p...

— Ah! — Eu a interrompo, de repente me lembrando dos planos que fiz ontem. — Na verdade, tenho um encontro com um cara, o Ryan. Ele trabalha no Dinor. Não tive muita certeza no começo, até porque não consigo me lembrar dele, mas ele parece bem legal e...

— Você o quê? — interrompe Nora.

— Tenho um en...

— Não. — Ela balança a cabeça, dá um pulo da cama e fica parada na minha frente. — Você não... você...

Não sei exatamente qual reação eu estava esperando, mas não era essa. Lembro que Ryan mencionou ter estudado no Wyatt. Será que ela sabe alguma coisa sobre ele?

— Ele era da sua sala, né? Ele é tipo... babaca, sei lá? Porque achei ele bem legal — comento, confusa, encarando-a.

— Não, ele não é babaca, eu só... — Ela solta um grunhido e fica andando pelo quarto até fixar o olhar em mim. — Você nem *gosta* dele.

— Como é que *você* sabe se gosto ou não? Nem *eu* sei. — Ela se afasta e me levanto. — Por que está agindo assim? Qual é, *você* tá a fim dele?

Ela vira as costas para mim.

— Esquece. Na verdade, você… pode sair?

— O quê?

— Stevie, por favor, vai embora — fala ela com uma voz baixa e trêmula, mas firme.

Então eu vou. Eu só… saio. Sem ter a mínima ideia do que acabou de acontecer. Ela deve estar a fim dele, é a única coisa que faz sentido. Mas então por que ela não falou?

Talvez tenha sido um erro pensar que Nora fosse a pessoa certa para me ajudar. Está na cara que ela tem várias merdas para resolver.

E o que quer que seja, ela não quer me envolver nisso. Pelo menos, não mais.

5 de julho

Um ENCONTRO*? Só pode ser brincadeira, Stevie. Por que está fingindo gostar desse cara? Por que diabos está considerando sair com alguém? Você já não tem coisa demais para resolver nessa de tentar se lembrar dos últimos dois anos? Literalmente não faz o menor sentido.*

A não ser que você tenha desistido.

Deus.

Por favor, não desiste.

Porque, pelo jeito como reagi, acho que você não vai mais querer me ver, a não ser que se lembre. É que fiquei surpresa... e bem, o que eu devia dizer ao ouvir minha namorada dizendo que vai sair com um cara aleatório? Além disso, você tocou nesse assunto logo depois da nossa conversa sobre o futuro que quase tivemos juntas. Eu não aguentei. E não posso te explicar como eu sei que você não vai gostar dele, porque não posso te contar nada. Essa situação toda é impossível, Stevie.

Olho pra sua foto toda noite — aquela que você quase viu hoje. Digo a mim mesma que a gente já enfrentou tanta coisa juntas que podemos superar isso também. Mas a cada dia que passa... parece que você está se afastando cada vez mais de mim.

Só que não vou desistir. Nunca vou desistir de você.

Voltar naquele bosque não fez suas memórias voltarem, como a gente esperava, mas tenho que acreditar que alguma coisa vai funcionar. Essa história de Ryan é temporária. Talvez seja até bom. Quem sabe se o encontro for um fiasco você descubra por quê. E talvez você se lembre que esta não é você. E se lembre de mim.

Nora

Capítulo 16

— **Vai, Stevie! *Pica!*** — grita minha mãe atrás de mim.

— Estou picando! — Me viro para ela, mas só consigo ver um borrão de cores em meio às lágrimas ardidas escorrendo pelas minhas bochechas. Enxugo o rosto com a manga para clarear a visão e a vejo mexendo em duas panelas de molho de macarrão ao mesmo tempo.

— Não, você está cortando — diz, com os olhos arregalados.

— Ai, meu Deus, mãe. Qual a *diferença*? — pergunto, olhando para a pilha de cebolas aparentemente cortadas na tábua, sentindo meus olhos praticamente saindo das órbitas.

— Precisa ser menor. Tipo um terço desse tamanho.

— Nossa, ela virou o Monstro da Macarronada — murmuro baixinho, voltando ao trabalho.

— Eu ouvi, hein! — responde, dando risada e tentando me acertar do fogão com o pé descalço, mas falhando. — Só quero que tudo fique perfeito.

— Vai ficar. Estamos preparando três receitas diferentes de almôndegas. Uma delas tem que ficar boa.

Quando ela finalmente julga que meus legumes estão *picados*, passamos a trabalhar em cada um dos molhos, espalhando-os uniformemente sobre algumas assadeiras.

A primeira receita é com carne bovina, a segunda, carne suína, e a terceira é uma combinação das duas. Sinceramente, todas já estão com um cheiro delicioso, mesmo cruas. Provavelmente graças ao alho e à salsinha.

— Então, o que você e Nora ficaram fazendo ontem? — pergunta ela, enrolando uma almôndega nas mãos.

— A gente... — Acho que contar que fui para o lugar onde quase morri não é a melhor ideia. Parece um bom jeito de morrer *de verdade*, já que ela mesma me mataria. — A gente só ficou conversando na casa dela. Ela fez uns sanduíches.

— Bem, ela parece legal. Pode chamá-la pra vir aqui quando quiser.

— Beleza — respondo, sem saber se vamos nos ver de novo.

Provavelmente não, pelo jeito como as coisas terminaram da última vez. O que me lembra que ando querendo perguntar à minha mãe sobre Ryan, mas não sei direito como começar. Acho que estou surpresa por *ela* não ter mencionado o assunto. A única explicação para isso é eu nunca ter lhe contado.

— Então, um dia desses fui ao Dinor com Savannah e Rory. Bem, elas me contaram algo... sobre antes, sabe.

Ela coloca a almôndega na assadeira e olha para mim.

— Ah, é?

— É, e elas me falaram de... de um cara. Ryan. Acho que eu meio que estava a fim dele.

A princípio, ela não comenta nada, mas sinto seu olhar sobre mim.

— *É mesmo?* — diz ela finalmente, com uma leveza na voz e, depois, uma onda de empolgação. Como se fosse a primeira vez que ela ouve esse nome.

— É. — Viro a cabeça e vejo uma expressão genuína de surpresa em seu rosto, mas sigo em frente. — Queria te perguntar... se posso ir no parque com ele amanhã. Savannah também vai e...

— Lógico — responde, sem nem me deixar terminar. — Sim! — Então joga os braços sobre mim e dá um gritinho enquanto me esmaga.

Depois me solta e pega novamente sua almôndega, balançando a cabeça com um sorriso enorme ainda estampado na cara.

— Viu? Sabia que você ia encontrar alguém.

— Como assim? — pergunto, franzindo as sobrancelhas.

— Ah, n-nada... — gagueja ela. — Eu só... estou feliz por você, querida. Me conta...

— Mãe, mas como assim você já não sabia dele? Eu sempre te contei literalmente *tudo*. — Olho para ela, que mantém os olhos fixos na bancada. — Mas tá na cara que não era isso o que estava acontecendo, e venho ignorando porque você sempre diz que está tudo bem, só que... tem *alguma* coisa errada.

— Não sei do que você está falando. — Ela dá de ombros.

— Tem certeza? Você não sabia por que Savannah e Rory largaram o futebol. Você agiu estranho quando te pedi pra deitar comigo na cama do hospital. Passamos mais de um ano sem ir ao Lola's e você mal conseguiu me explicar o motivo. E agora *isto*. O que você não está me contando? — Levanto a voz, implorando para que ela finalmente abra o jogo.

— Stevie, deixa pra lá.

— *Por quê*? Eu mereço saber! Talvez isso até me ajude a lembrar.

— Você se afastou de mim! — responde ela, com uma voz trêmula ecoando pela cozinha. Quando ela volta a me encarar, seus olhos estão cheios de lágrimas, assim como naquele dia no hospital.

— O quê? — pergunto, agora com um tom mais suave.

Ela funga, desviando o olhar para a janela.

— Você parou de falar comigo. — Suas palavras me apunhalam bem no coração.

— Como assim? Eu nunca faria isso. A gente é tão próxima uma da outra. — Balanço a cabeça, piscando com força.

— A gente não passava mais tempo juntas, Stevie. Não conversávamos. Mal ficávamos no mesmo cômodo.

Tento absorver o que ela está me dizendo. Tento me imaginar afastada dela. Mas não consigo. Será que tem alguma coisa a ver com as mentiras sobre o meu trabalho e os perdidos em Savannah e Rory? Será que tudo está conectado?

— Mãe, deve ter acontecido *alguma* coisa. Eu não iria...

— Você cresceu, Stevie. Foi isso. Quer dizer, eu sabia que um dia isso acabaria acontecendo, mas... — Ela dá de ombros. — Você só... parou de falar comigo. Tentei várias vezes, você não faz ideia de quantas. — Ela puxa a manga da camisa para enxugar uma lágrima escorrendo pela bochecha. — Me desculpa. Sei que você não precisa de mais perguntas agora. Sei que está tentando retomar sua vida, e é por isso que preferi não dizer nada.

— Não, quero que seja sincera. *Preciso* que seja sincera. — Estico o braço para apertá-la, torcendo para que ela olhe para mim, mas ela não o faz.

Mesmo que eu não me lembre, sinto lá no fundo o quanto a magoei. Sou tomada por uma sensação de culpa.

— O que quer que tenha acontecido, ficou no passado — fala ela baixinho. — Podemos começar de novo.

Sinceramente, não consigo imaginar uma situação que me fizesse parar de falar com minha mãe, mas só de pensar nisso já fico assustada. Tenho me esforçado muito para recuperar o passado, pensando que isso resolveria todos os meus problemas, mas talvez eu esteja enganada.

Talvez o melhor mesmo seja deixar algumas coisas para trás.

Capítulo 17

— O que esse garoto está dirigindo? Essa picape parece um *monster truck* — diz meu pai, olhando pela janela da frente e vendo Jake Mackey estacionar na garagem.

Meu Deus do céu, e ele ainda ostenta aquela bandeira confederada gigante e super de mau gosto na traseira. Não que bandeiras confederadas sejam raras por aqui, mas a maioria das pessoas não fica desfilando com estandartes do tamanho de um mastro pendurados nos veículos. Ela é ainda maior do que eu me lembrava. Eu devia ter insistido em ir sozinha, mas agora já era.

— Viu só? Eu podia ter um encontro com esse cara em vez do Ryan — digo, parada ao lado do meu pai.

— Bom, pelo menos ele teria coragem de vir até aqui te buscar e apertar minha mão.

— Pai, o Ryan nem sabe que você quer conhecê-lo. A gente combinou de se encontrar lá — falo, revirando os olhos.

— Tudo bem, me desculpa por não confiar que um cara que nunca vi na vida não vai partir o coração da minha filha.

— Seu pai só está tendo dificuldade em aceitar que a filhinha dele tem um encontro — comenta minha mãe, atrás de mim. Ela me vira e me dá um abraço. — Mas se quiser sair mais cedo, é só mandar uma mensagem que vou te buscar. E *nada* daqueles brinquedos malucos, hein? Vai com calma.

Ela passa a mão na minha cabeça com carinho, depois me solta. Faz quase duas semanas desde aquele dia em que acordei no hospital. Meus pontos ainda não se dissolveram totalmente, mas estão *quase*.

— Certo. Até mais tarde — digo antes de sair.

— Me avisa quando chegar! — grita minha mãe enquanto subo desajeitada no banco de trás da picape.

— E aí, gata — Savannah diz, e Jake se vira para me olhar.

— Oi, sou o Jake — diz ele, com o lábio inferior todo sujo de algum molho.

— Eu sei, Jake, a gente estuda junto desde a pré-escola — respondo, estreitando os olhos.

— Não te *falei*? Ela só não lembra dos últimos dois anos, seu besta — fala Savannah, batendo no peito dele.

— Ah, é. Beleza. E aí, Stevie?

Algo me diz que esta vai ser uma longa viagem.

— Pronta? — pergunta Savannah, sorrindo para mim e sacudindo os ombros.

Dou risada, erguendo as mãos. *Acho que sim.*

— É meio fofo que os únicos chineses de Wyatt estejam saindo juntos — diz Jake, me olhando pelo retrovisor com seus olhos azuis.

— Eu tenho ascendência coreana — digo, controlando a vontade de revirar os olhos.

— Dá no mesmo. — Ele encolhe os ombros e coloca uma música country para tocar.

Definitivamente vai ser uma longa viagem.

Se aventurar na noite de abertura da feira de verão é meio que enfrentar o Walmart durante o caos da Black Friday. Só que as pessoas não estão atrás de TVS de tela plana ou do último PlayStation — elas só querem um pouco de diversão, já que a feira é basicamente a única novidade num raio de cinquenta quilômetros de Wyatt. É o evento do ano e literalmente todo mundo está aqui.

Mal passei pela cerca de arame e já reconheci umas trinta pessoas lá da escola. Algumas que ainda não se formaram, e outras que simplesmente não conseguiram escapar da força gravitacional de Wyatt.

Acho que estou na segunda categoria.

— Ele falou pra gente se encontrar na… — começo, mas é só olhar para trás que vejo Savannah e Jake de costas para mim, na fila da bilheteria.

Ele está com a mão colada na bunda dela enquanto se beijam. Pelo visto, vou ter que me encontrar com Ryan sozinha. Reviro os olhos e os deixo para trás, abrindo caminho pelo mar de gente até dar de cara com a roda-gigante no mesmo lugar de sempre, entre o Samba e o Barco Viking, que parecem bem menores do que eu me lembrava.

— Oi — fala alguém atrás de mim enquanto toca de leve meu ombro.

Me viro e vejo Ryan me olhando como se eu tivesse feito o dia dele só por ter aparecido aqui, mesmo ele sabendo que eu vinha.

— Oi — respondo, de repente nervosa.

Enfio as mãos nos bolsos de trás. Estava bem tranquila enquanto me arrumava, mas agora, parada aqui na frente de Ryan, que substituiu o avental vermelho por jeans desbotados e uma camiseta branca com bolso, deixando à mostra os braços bronzeados... minhas mãos começam a suar um pouco, o que deve significar alguma coisa. Né?

— Obrigado por ter vindo. Quer dar uma volta? — pergunta ele, com um sorriso no rosto. Seus dentes brancos combinam com sua camisa.

— Hum... — Penso em falar para irmos atrás da Savannah, mas não sei se quero passar o resto da noite com Jake. Talvez ela acabe ficando chateada se eu não mandar uma mensagem avisando, mas é isso que dá namorar Jake Mackey. — Com certeza. Mas ainda preciso comprar fichas — respondo, esticando o pescoço para ver se encontro alguma bilheteria com a tinta cor-de-rosa descascada por perto.

— Já cuidei disso.

Ele me mostra uma pilha do que devem ser mais de cem fichas, o suficiente para umas trinta atrações, ou, no meu caso, jogos, já que não vou poder ir nos brinquedos. Espero que ele não ligue para o fato de eu só poder encarar no máximo uma roda-gigante.

— Puta merda, Ryan — digo, rindo.

— Adoro jogos — fala, envergonhado, e me dá uma sensação de que vai dar tudo certo.

Tenho uma ideia do lugar perfeito para a gente começar. Sempre quis tentar esse jogo, mas nunca consegui, por causa da idade. Até agora, porque *sou uma adulta*.

— Você tem dezoito anos? — pergunto.

— Sim, por quê?

— Já foi no jogo da argola daqui?

— A gente se mudou no fim do verão. — *Tá aí por que nunca o vi antes.* — É a primeira vez que venho aqui. Por quê?

Abro um sorrisinho malicioso enquanto lhe devolvo as fichas sem falar nada.

— Você está me assustando. Preciso ficar com medo de alguma coisa? — pergunta, me olhando desconfiado.

— Possivelmente — respondo.

Meu sorriso se alarga enquanto me lembro do jogo mais ridículo e inacreditável das feiras de verão.

Caminhamos pela grama destinada a se transformar em uma enorme poça de lama ao fim da noite, em direção às barracas no fim do parque.

— Stevie? Aonde estamos indo? — pergunta Ryan bem na hora em que finalmente vislumbro a barraca das argolas por uma fresta na multidão.

— Me dá quatro fichas e sua identidade — peço, pegando meu documento no bolso. Ele me entrega tudo e me segue, até que, quando chegamos em frente à barraca, me viro para olhar para ele.

— Ta-dã! — digo.

E ficamos ali encarando aquela esquisitice maravilhosa diante de nós.

Tem cem canivetes enfiados numa engenhoca giratória em forma de bolo de casamento gigante. As pessoas estão amontoadas ao redor, ombro a ombro, jogando anéis vermelhos de plástico na esperança de acertar um e poder levá-lo para casa. Gritos de comemoração ecoam a nossa volta quando uma mulher do outro lado ganha um canivete laranja-néon com o desenho de cabeça de veado no plástico.

— *Nossa* — fala Ryan, com os olhos arregalados de choque. Ele se aproxima de mim e fala baixinho: — Como um negócio desse é permitido por lei?

Dou risada e me viro para o atendente.

— Vamos querer um balde cheio — digo em voz alta para ele me ouvir, entregando-lhe nossas identidades e as fichas.

Ele me devolve os documentos sem nem conferir. Dou uma olhada ao redor e vejo um barbudo barrigudo levantar seu bebê para que ele possa atirar uma argola. Pelo visto, eu podia estar jogando esse jogo há tempos. Savannah e Rory nunca entenderam por que eu era tão obcecada com isso. Não que eu tenha uma admiração específica por canivetes, mas *fala sério*. Quem não ia querer jogar essa bizarrice?

O atendente enfia os bilhetes na pochete e me entrega um balde cheio até a borda de argolas. Gastamos três baldes até conseguir ganhar, mas *finalmente* uma das argolas de Ryan fica presa num canivetezinho com cabo de madeira, enfiado no segundo andar do bolo.

— Meu Deus, Ryan! Você conseguiu! Você ganhou! — grito, empolgada.

— UHUUU! — esbraveja, e o som vem de algum lugar lá no fundo de sua garganta.

— Boa, cara! — Batemos as mãos.

Depois começamos a apontar para o nosso canivete, tentando atrair a atenção do atendente enquanto o coitado desvia das argolas sendo atiradas por todos os lados e, suspeito, *nele* também.

Depois que ele dá o canivete a Ryan, nos esquivamos da multidão e encontramos um espaço livre ao lado das cestas de basquete.

— Pra você — diz ele, me oferecendo o canivete com a lâmina seguramente guardada no cabo.

— Uau, é o sonho de toda garota. Não tem nada mais romântico do que um garoto te dando uma faca de presente — brinco, pegando o canivete dele. Mas minhas bochechas ficam vermelhas quando percebo que acabei de mencionar "romance". — Obrigada — acrescento com um sorriso, enfiando o canivete no bolso.

Por sorte, meu deslize não deixa as coisas esquisitas. Depois da nossa primeira vitória, ninguém consegue nos parar, e começamos a pular de barraca em barraca. Nos dardos, ganhamos um Minion todo torto do *Meu malvado favorito,* meio diferente do que eu me lembrava do filme, e Ryan o oferece a uma garotinha jogando ao nosso lado, o que é muito fofo. No basquete, nenhum de nós tem sorte. Depois vamos para a escada de corda: quatro escadas instáveis e bambas penduradas sobre uma base inflável e inclinada. O objetivo: se segurar com toda a força enquanto sobe e toca a campainha lá no alto.

— Putz, *preciso* ir nesse — diz Ryan, e se afasta de mim, empolgado.

Fico olhando enquanto ele entrega ficha atrás de ficha para o atendente, caindo sem parar.

Na décima vez, ele cai com um grunhido e escorrega de volta para o chão.

— Beleza, esta é a última tentativa — fala, completamente sem fôlego, mas ainda empolgado.

Ele entrega outra ficha ao rapaz e leva um segundo bolando um plano de ação. O atendente o incentiva pulando no degrau do meio bem na frente dele e, de alguma forma, subindo até o topo, apertando a campainha sem suas mãos nem precisarem tocar a escada.

— Nossa, legal, cara — fala Ryan, se aproximando mais uma vez.

Suas pernas já estão tremendo feito gelatina antes de ele conseguir chegar no segundo degrau, mas, para minha surpresa, ele se equilibra e consegue subir mais alto do que todas as vezes. Dou um passo à frente, prendendo a respiração enquanto ele se abaixa e se aproxima o máximo possível da escada. *O que ele...*

De repente, ele joga o corpo inteiro em direção ao botão lá no alto, mas erra por uns dois metros e acaba batendo na base com um baque. Caio na gargalhada enquanto ele rola de volta para baixo e fica de pé.

— Viu como cheguei perto dessa vez? — Ele faz um gesto aproximando o indicador do polegar. — *Pertinho*. Cheguei *pertinho* da campainha.

— É, "pertinho" — repito, dando risada.

Agora nem me lembro mais por que estava tão nervosa. É como se eu estivesse me divertindo com um amigo. Talvez eu tenha criado uma tempestade num copo d'água.

— Quer comer alguma coisa? — pergunta Ryan.

— Sim, passei o ano todo doida pra comer maçã do amor. O que, na verdade, quer dizer três anos. Ou seja, tempo *demais* passando vontade de maçã do amor.

— Sabia que dá pra comprar maçã do amor no mercado?

— Não é a mesma coisa. Preciso da experiência completa — digo enquanto saímos da área de jogos.

— Os preços bizarros, as centenas de pessoas suadas ao redor, o cheiro de lama e dos banheiros químicos — brinca.

— *Exatamente* — falo.

Passamos por umas pessoas divulgando uma rifa de armas bem ao lado de outras distribuindo Bíblias.

Caminhamos com calma pelas barracas de comida, pois nenhum de nós tem coragem de ultrapassar um grupo de senhorinhas à nossa frente. Desaceleramos o passo, ouvindo-as discutir se o óleo da batata frita estava passado ou não este ano, enquanto o cheiro de gordura dos bolinhos de chuva se espalha pelo ar.

— Então, me conta, por que você e sua família se mudaram pra cá? — pergunto, olhando para ele, que é meia cabeça mais alto que eu.

— Meu pai arranjou emprego numa cidade aqui perto e minha mãe adorou a casa que eles acharam. — Ele dá de ombros. — Apesar de eles passarem mais tempo fora do que dentro de casa.

— Sinto muito, é uma merda mesmo. E o que está achando de Wyatt? — pergunto.

— É... legal. — Nos encaramos e percebo sua expressão começando a mudar, e logo estamos gargalhando. *Wyatt. Legal. Tá bom.* — Sei lá. As pessoas aqui meio que parecem todas... iguais, acho. Fico sentindo que nunca vou me encaixar de verdade. Tipo, até ter te conhecido, é lógico.

— Não, eu te entendo. Também me sinto assim de vez em quando, mesmo tendo nascido e crescido aqui, então você não está sozinho.

— Até que estou conseguindo levar bem, mas estou mais que pronto pra vazar daqui no outono — diz ele.

— Ah, pra onde você vai?

— Vou fazer o primeiro semestre da faculdade em Roma.

— *Mentira*! — digo, animada por ele, mas também um pouco chateada por ele ir embora no fim do verão e eu continuar aqui.

— E você? Pra onde vai? — pergunta ele.

— Vou ficar aqui mesmo. Vou pra Bower, aquele curso técnico — respondo, me sentindo arrasada só de falar.

— Você não parece muito animada.

— Está tudo bem, acho. Meu pai acha que vai ser bom eu ficar aqui depois do que... você sabe. — Faço um gesto vago em direção a minha cabeça, e de repente percebo que não pensei nisso a noite toda, parcialmente graças a Ryan não ter tocado no assunto. — É que Bower não é exatamente o que eu tinha em mente — acrescento.

— O que você *tinha* em mente?

— Basicamente nada envolvendo Wyatt. Não é como se eu tivesse sonhos ou planos concretos, mas essa cidade está... morta. Foi assim a minha vida toda. Nunca vai haver novas ideias ou crenças por aqui. Não tem espaço pra mudança. O lugar está... parado no tempo. Assim como as pessoas, e agora eu também. — Balanço a cabeça, frustrada. — A universidade seria a oportunidade perfeita pra experimentar um lugar novo. Não consigo entender por que decidi ficar.

— Você não está parada no tempo, Stevie. Não é tarde demais. — Ele dá de ombros. — Tenho certeza de que algumas universidades ainda estão aceitando inscrições pro outono. Especialmente em casos como o seu.

— É, acho... — Paro de falar quando ouço uma voz familiar gritando algo à nossa frente e vejo Savannah parada diante do Anel de Fogo com Jake. Pelo visto, enquanto conversávamos, acabamos atravessando sem perceber a seção de comidas e voltando para os brinquedos.

— Stevie, onde *diabos* você se meteu? Passei a noite *toda* te mandando mensagem — diz Savannah, muito mais irritada do que preocupada.

— Foi mal. Acho que meu celular está no silencioso — minto.

— Bem, a gente vai nesse brinquedo. Vamos? — pergunta, apontando para o alto.

— Sim! Com certeza. Stevie? Parece que você curte uma aventura. Te vi encher seu café da manhã de molho picante mais de uma vez — diz Ryan, me lembrando que nós dois temos um passado.

Seja esse passado grande ou pequeno, a gente interagiu e se conheceu o suficiente para que eu desenvolvesse sentimentos por ele. Ryan não é uma página em branco como Nora. Ele se lembra de coisas que eu não me lembro, e, pela primeira vez essa noite, isso me assusta um pouco.

— Acho que vou passar, mas vão em frente — respondo, olhando para a gigantesca montanha-russa pairando sobre nós contra o céu noturno.

Vou chutar que este é exatamente o tipo de brinquedo que minha mãe consideraria fora de cogitação.

— Tem certeza? Eu fico com você. Podemos comer ou jogar...

— Não, pode ir. Eu... — Olho em volta e vejo a atração que minha mãe e eu sempre adoramos. — Vou dar uma volta na fazendinha. Me encontra depois. — Pela rapidez com que Ryan concorda, vejo que ele quer mesmo ir nesse brinquedo, mas não consigo deixar de ficar meio chateada.

Caminho até o canto mais escuro do parque, longe da música e das luzes e da gritaria e das risadas, onde há um celeiro enorme de madeira. Luzinhas enfeitam as portas de correr, deixando à mostra fileiras de gaiolas de coelhos e estábulos de cavalos, burros, vacas e cabras. Há menos gente por aqui, a maioria são pais com os filhos pequenos, apontando para fitas azuis penduradas em vários portões.

Vou andando devagar, olhando cada gaiola, fazendo carinho em um grande coelho branco e desgrenhado que não recebeu nem uma menção honrosa. Atrás de mim, um cavalo mostra o focinho e morde meu cabelo. Vou para o lado dele e passo a mão pelo strass branco preso no espacinho entre seus olhos, depois viro o corredor e vejo uma vaca marrom toda bem-cuidada, deitada numa pilha de feno do lado de fora do estábulo.

— Oi, gracinha — digo, me agachando à sua frente. Suas orelhas se mexem conforme uma mosca fica voando ao redor.

Ouço alguém arrancando uma ficha da cartela e levanto a cabeça, olhando para além do animal e tentando ver de onde veio o barulho.

— Nora? — pergunto antes mesmo de pensar no que estou fazendo, antes de lembrar da última vez em que nos vimos.

Ela está entregando a um homem uma fileira do tamanho de um braço de rifas vermelhas, e me olha assustada.

— Stevie, o que está fazendo aqui? — pergunta ela, colocando as metades das rifas em um recipiente de plástico.

— Eu só... — Dou de ombros e balanço a cabeça. — Estou aproveitando os atrativos, jogando uns jogos. E você? — devolvo. Ela ajeita o boné vermelho e desbotado da Carnes Martin.

— Estamos rifando carne bovina pra arrecadar dinheiro pro corpo de bombeiros — responde ela, gesticulando para a vaca marrom com a qual acabei de fazer amizade... *Ah. Ah, não.*

Ela aponta para a porta atrás de si.

— Mas parece que a rifa de armas ali está fazendo mais sucesso.

— Bem-vinda a Wyatt — acrescento, e suspiramos juntas.

— Ei. — Ela se levanta, deixando a cartela de rifas na cadeira dobrável. — Hum, olha só. Me desculpa por ter sido tão esquisita naquele dia. Eu só estava com uns problemas. Não tinha nada a ver com você. Tá bem? — diz ela, mas dá para ver em seus olhos uma espécie de... tristeza persistente.

— Tem certeza? Porque meio que pareceu que tinha, sim — respondo. — Desculpa se fui enxerida bisbilhotando as coisas no seu quarto. Eu não estava tentando...

— Não, não, não. — Ela balança a cabeça. — Sério, não teve nada a ver com você. Eu só estava tentando arranjar alguma coisa pra fazer esta noite, pra ter uma desculpa pra não estar aqui vendendo rifas. Gostei muito de conversar com você. A gente devia repetir qualquer dia desses, de preferência sem acidentes. Se você quiser.

— É. — Sorrio. — Posso tentar, pelo menos.

— E aí, ganhou alguma coisa? — pergunta.

— Bem, a gente conseguiu ganhar isso aqui nas argolas — digo, tirando o canivete do bolso.

Ela inclina a cabeça.

— A gente?

Bem nessa hora Ryan aparece lá no canto, se aproximando de Nora com uma maçã do amor gigante na mão. Um sorriso enorme se espalha pelo meu rosto. *Ele achou a minha maçã.*

— Nora, acho que você e Ryan estudaram na mesma escola. Ryan, Nora — digo, fazendo as apresentações.

— Isso. Oi, Nora — diz Ryan, acenando a cabeça.

— Ah. O-oi, Ryan. Bom te ver — responde Nora, ajeitando o boné.

— Stevie, quer dar mais uma volta? Estou de olho em uns Oreos fritos — fala Ryan, já começando a ir para a saída.

— Ah, sim. Só um segundo. — Fico para trás com Nora e percebo seus ombros levemente curvados. — Você está... bem? — pergunto.

— Sim — responde ela depressa, abrindo um sorriso que desaparece tão rápido quanto surgiu.

— Tem certeza? — pergunto de novo e, desta vez, ela me olha nos olhos. Tem alguma coisa em seu olhar que, por algum motivo, me faz não querer deixá-la aqui sozinha.

— Tenho. — Ela faz carinho no pescoço da vaca e se senta na cadeira.

— Stevie, você vem? — chama Ryan, já no meio do celeiro.

— Certo, bem, então quem sabe a gente se vê? Você me liga? — pergunto, indo para a saída.

— Sim, lógico — responde ela, cruzando as pernas e se virando de costas.

Minutos depois, enquanto Ryan ataca seu barquinho de Oreo frito e eu como todos os amendoins caramelizados da cobertura da minha maçã, ele me conta sobre os brinquedos aos quais foi. Tento ouvir e ficar presente, mas minha mente fica voltando para Nora e por que ela parecia tão... para baixo.

— Ei, não tem nada rolando entre vocês dois, né? — pergunto para Ryan.

— Quem? Eu e *Nora*? — Ele solta uma gargalhada. — O que será que entregou a gente? Nosso cumprimento sensual? Nossa visível química? — pergunta ele, debochado. — A gente mal se conhece.

Então não consigo entender... Por que ela ficou tão chateada? O que poderia...

Ah. A ficha cai quando passamos por uma barraca de hambúrguer.

— É a vaca! — paro, batendo no peito de Ryan, e ele me olha como se eu tivesse acabado de dizer que quero comprar um bilhete para a rifa de armas. — Nora. Ela parecia meio pra baixo e eu não estava entendendo o motivo, mas a questão é que ela é vegana.

— Olha, sei que o estilo de vida vegano provavelmente não é o *mais* divertido, mas...

— Não. Tipo, ela está vendendo bilhetes de rifa pra vaca que passou o dia inteiro deitada bem do lado dela. Deve estar chateada por ter que matar a vaca por causa da carne — explico, orgulhosa por ter resolvido esse caso tão irrelevante. — Ela salvou a minha vida. Queria poder salvar a vida da vaca.

Ryan enfia outro Oreo na boca.

— A gente podia tentar ganhar a rifa. Daí a vaca poderia só ficar morando lá na fazenda da família Martin — sugere casualmente, falando de boca cheia.

— Será que daria certo? Tipo, você acha que eles poderiam ficar com ela e não matá-la?

Ele dá de ombros.

— Eles têm quatrocentos mil hectares, tenho certeza de que vai ter um espacinho pra vaca.

— Peraí, na verdade essa pode ser uma ótima ideia — respondo, com os olhos brilhando. Envolvo a maçã com o plástico de novo e pego o dinheiro no bolso. — Tenho trinta e três dólares.

— Eu tenho... — Ele esvazia a carteira. — Vinte e sete.

— Você não precisa gastar seu dinheiro com isso, Ryan.

Ele dá de ombros mais uma vez.

— É pra ajudar os bombeiros, não?

— A gente está mesmo prestes a gastar sessenta dólares na *possibilidade* de ganhar uma vaca pra uma garota que nenhum de nós conhece direito? — pergunto, mas a resposta já está óbvia na expressão travessa em seu rosto, a mesma que com certeza também está estampada no meu.

Quando voltamos ao celeiro, Nora não está mais lá. No lugar dela está um garoto Amish com uma barba curta e um chapéu de palha, com uma camisa abotoada nas mangas. Entrego o dinheiro e ele nos dá uma fileira de rifas tão longa que alcança o chão batido de terra. Dou metade para Ryan e começamos a escrever nossos nomes e telefones em cada bilhete.

Depois que os colocamos na caixa, saímos pela porta e sacudimos a mão direita.

— Isso foi legal. Bem, não só a parte de tentar ganhar uma vaca. Quis dizer a noite toda. Obrigada por... tudo — falo com sinceridade.

— Obrigado por topar vir comigo — diz, me olhando.

O dorso da sua mão roça na minha e de repente me lembro de que isto é um *encontro*, não só dois amigos se divertindo, apesar de ter sido o que senti a noite toda. E encontros vêm com certas expectativas que, por mais que tenhamos nos divertido... não estou nada preparada para cumprir. Mas, pelo jeito como ele está me olhando, acho que *ele* está.

Mergulho fundo em mim, tentando encontrar aquele sentimento que sempre pensei que viria quando se quer beijar alguém. Aquele sentimento que a gente vê nos filmes, quando o tempo desacelera, as luzes diminuem e talvez você se sinta flutuando.

Mas mesmo com as luzes fortes cintilando à nossa volta e o ar quente do verão, não consigo achar nada. Tenho certeza de que só preciso de um pouquinho mais de tempo. Tipo, nem todo mundo beija no primeiro encontro, né?

A sensação que eu tenho é de que só agora a gente está começando a se conhecer.

— Hum, acho melhor eu ir encontrar Savannah, o parque já deve estar pra fechar — falo, mesmo sabendo que na noite de abertura o parque só fecha à meia-noite.

— Ah, sim. Certo. É, acho melhor eu ir pra casa também.

Nós nos abraçamos rapidamente e dou dois tapinhas em suas costas antes de desaparecer na multidão. Meu coração bate a cem por minuto enquanto vou abrindo caminho até chegar ao concreto gelado atrás dos banheiros e me recosto ali, totalmente decepcionada.

Pensei que seria mais fácil. Que seria instantâneo, assim como meu mais novo amor por café com creme de avelã. Eu *estava* a fim dele antes, então também deveria estar a fim dele agora. Ainda sou a mesma pessoa.

Mas onde estão esses sentimentos?

Por que não estão voltando?

7 de julho

Stevie,

Eu me dei conta de uma coisa hoje lá no parque. Não consigo mais só ficar aqui esperando. Não consigo não fazer nada ou continuar mentindo, esperando você me chamar. Não consigo ficar vendo as pessoas mentirem pra você.

Preciso dar um jeito de te contar a verdade.

Sobre a gente. Sobre você.

Eu já devia ter feito isso. Mas não fiz. E agora… tenho que descobrir como te contar sem fazer você me odiar.

Por favor, não me odeie.

Nora

Capítulo 18

Meu primeiro domingo de manhã de volta à St. Joe pareceu mais uma espécie de funeral que uma missa. Na caminhada de cem metros do banco da igreja até o carro da minha mãe, cerca de trinta pessoas pararam para tocar no meu ombro e me dizer que sentiam muito pelo que aconteceu. Como se eu tivesse morrido ou algo do tipo.

Samantha McDonald, um ano mais nova que eu, me perguntou se eu estava bem e tentou tocar minha cicatriz.

Minha professora do jardim de infância perguntou desconfiada se eu realmente joguei meu carro no reservatório.

O sr. Yardley me falou de seu primo, que entrou em coma e nunca mais acordou.

O velho Monsenhor Becker, que eu nem acredito que depois de dois anos continua vivo, disse que tudo faz parte dos planos de Deus.

Nenhum deles falou algo que me fizesse sentir um pouquinho melhor de verdade. Eles só queriam se sentir melhores, ou pior ainda: só queriam ficar por dentro das últimas fofocas de Wyatt.

Passei a vida toda vindo à missa, então estou acostumada a aguentar cinquenta minutos de monotonia seguidos da fofoca que sempre rola depois, mas hoje... eu só queria dar o fora.

— Stevie. — Minha mãe pressiona meu joelho até meu calcanhar estar apoiado na calçada rachada sob nossa mesa de piquenique na feira dos produtores.

— Desculpa — digo. Nem percebi que estava sacudindo a perna.

— Você nem tocou na sua comida — fala ela, olhando para o meu cachorro-quente coberto de mostarda e maionese. Meu estômago está revirando. Nem sei mais se ainda gosto de cachorro-quente; só sei que, quanto mais o encaro, mais enjoada me sinto. Então o afasto até a outra ponta da mesa de madeira.

— Não estou com fome — explico enquanto um pastor alemão enorme passeia de coleira, levantando o focinho para dar uma farejada esperançosa.

— Stevie. — Ela passa uma perna para o outro lado do banco e se vira de frente para mim. — No que você está pensando? Você não falou uma palavra desde que chegamos aqui.

Este é o problema. Não sei no que estou pensando. Não sei o que quero. Parte de mim quer desesperadamente seguir em frente, aceitar esse novo começo, mas em todo lugar que vou as pessoas ficam me lembrando desse passado desconhecido e de perguntas para as quais não tenho respostas. Ou de cujas respostas posso acabar não gostando, se um dia descobrir.

Eu mudei. Em algum momento ao longo desses dois anos, me tornei alguém que dá perdido nas melhores amigas e não vai à própria cerimônia de formatura. Alguém que está bem tranquila com a decisão de fazer faculdade em Wyatt. Alguém que está a fim de um cara, mas não conta nada sobre ele para a mãe. Alguém que se distanciou do pai e que se enfia no mato no meio do nada sem avisar às amigas nem à família.

Não tenho como só passar uma borracha no fato de que tudo isso aconteceu na minha vida, mesmo que eu não saiba o motivo, porque são essas coisas que estão afetando minhas relações agora. E, acima de tudo, não consigo esquecer o jeito como minha mãe me olhou aquele dia na cozinha. Nunca vou tirar aquele olhar da cabeça, não importa o quanto eu queira.

— Fala comigo. O que está acontecendo? — pergunta ela enquanto cutuco uma farpa na mesa de madeira.

— E se o que aconteceu entre a gente acontecer de novo? Não quero nunca mais te magoar daquele jeito, mãe, mas se não consigo me lembrar o que aconteceu, como é que eu vou saber se acabar fazendo de novo? — pergunto, me afastando um pouco.

Minha mãe fica procurando as palavras por um instante, então me responde:

— Stevie, nada vai acontecer como em um passe de mágica e fazer a gente se afastar. *Você* pode escolher como quer viver sua vida agora. *Você* pode escolher com quem quer passar seu tempo. E a gente? A gente vai ficar bem. Só... *olha* pra nós. Juntas como nos velhos tempos. Fazendo almôndegas e falando sobre *garotos*. Stevie, sei que você anda bem focada em recuperar a memória, mas... seria tão ruim assim se você... não recuperasse? Quer dizer, é óbvio que se você se lembrar de tudo vai ser maravilhoso, mas se não, bem, às vezes todos nós precisamos de um novo começo — fala baixinho.

Me recosto no assento, um pouco chocada em ouvi-la dizer que pode ser bom eu não recuperar minha memória, mas... quanto mais penso nisso, mais entendo seu ponto de vista. Não sei como era quando as coisas entre nós estavam ruins e não posso mudar o que aconteceu, o que sei é que estar aqui com ela nesse solzinho de verão no meio da feira dos produtores ... parece certo. Me faz pensar que, apesar de tudo, talvez alguma coisa boa possa vir disso. Talvez ela esteja certa. Talvez eu esteja indo atrás da coisa errada. Talvez eu possa usar essa situação como uma segunda chance... para, desta vez, fazer as coisas da maneira correta. E talvez eu não precise de respostas para fazer isso.

Estico o braço sobre a mesa e pego na mão dela.

— Talvez um novo começo seja bom — falo.

Quem sabe esse novo começo possa significar me inscrever em outras faculdades — até fora do estado —, em vez de eu ficar só tentando descobrir por que escolhi a Bower.

— Um dia de cada vez, certo? — diz minha mãe, fazendo um carinho na minha bochecha. — Quer dar uma volta?

— Com certeza — respondo enquanto ela recolhe meu cachorro-quente intacto e se levanta. — Ei, mãe, na verdade... vou comer isso.

— Pensei que não estivesse com fome — fala, franzindo as sobrancelhas.

— Mudei de ideia. — Pego o cachorro-quente e dou uma grande mordida, então me levanto e a acompanho.

Sim. Ainda gosto de cachorro-quente.

Talvez os últimos dois anos tenham sido só um desvio, não um caminho que preciso descobrir por que estava seguindo. Talvez ainda dê tempo de ser a pessoa que eu queria ser.

* * *

Uma hora mais tarde, estamos quase no fim das cerca de vinte barracas armadas no estacionamento.

— Bem, acho que você não vai me contar como foi seu encontro — diz ela, dando uma olhada numa cesta de maçãs recém-colhidas.

— Ah, na verdade foi bem divertido. Gostei bastante de ter saído com o Ryan.

— Ah, é? Você gosta dele? — pergunta sorrindo.

— Bem... não tenho certeza. Meio que estou começando a conhecer ele agora, sabe?

— Vai com calma. Às vezes demora um pouco. Foi assim comigo e com seu pai.

— Mesmo? Como assim?

Ela dá risada, se perdendo nas lembranças.

— Ele costumava ir ao Billie's na época em que eu era bartender. Ele e todos os amigos barulhentos dele. Chuto que seu pai me chamou pra sair umas *dez vezes* ao longo daquelas semanas, sempre na frente dos amigos. Pensei que ele fosse só um babaca querendo *algo mais*, até que... seu pai começou a aparecer lá sozinho. Ele se sentava no bar e experimentava todos os drinks que eu inventava. Me dava sugestões. Fizemos isso por uns meses e depois não sei. Não senti nenhuma faísca entre a gente nem nada disso. Ele só... me conquistou. Meu Johnnyzão.

— Eca — solto, fazendo barulho de ânsia de vômito. — Mãe, por favor, acabei de comer.

Ela ri de novo.

— Tenha paciência. Dê uma chance pro Ryan.

— Vou fazer isso — respondo, me sentindo encorajada.

— E o que vocês fizeram lá no parque?

— Fomos em vários jogos. Comi uma maçã do amor.

— E você só comeu os amendoins e o caramelo da cobertura, né? — pergunta.

— E tem outro jeito de comer maçã do amor? — brinco enquanto provamos umas batatas com salsinha. — A gente também acabou encontrando a Nora Martin na fazendinha.

— Ah, e como ela está? — pergunta, antes de arregalar os olhos e começar a abanar a boca. — Ai, meu Jesus Cristinho. Está mais picante que o inferno. — Reviro os olhos e entrego a ela minha garrafa d'água.

— Está bem, acho, mas parecia meio triste. Acho que a gente deve marcar de se encontrar de novo. Não sei direito.

— Acho que seria bom. Ela parece uma garota legal, e provavelmente gostaria de ter uma amiga como você — responde minha mãe, ofegando feito um cachorro.

Hum. Me sinto culpada. Não pensei muito sobre o que Nora talvez esteja precisando. Um novo começo seria bom para mim, e, pelo que vi da mãe dela, talvez para Nora também.

Talvez ela queira ter uma amiga como eu tanto quanto eu quero ter uma amiga como ela.

Capítulo 19

— **Mocha ice blend duplo** com creme extra — grito na cafeteria, deslizando uma bebida perfeita no balcão de entrega.

Um turno de cinco horas e zero erros. Progresso. Principalmente graças a Kendra, que nunca mais me colocou para trabalhar com Cal.

— Você está pegando o jeito de novo, Stevie — diz Kendra, com uma expressão satisfeita.

— Obrigada por ser tão paciente comigo — respondo, sentindo que estou finalmente me adaptando, agora que não perco mais tempo tentando me lembrar do passado.

— Ah, por favor, você está arrasando. — Ela olha para o relógio analógico na parede de tijolos falsos. Meio-dia. — Vaza, dá o fora. Te vejo amanhã — diz.

— Legal. Convenci meu pai a alugar um barco hoje pra levar eu e minha mãe na represa — digo, com um sorrisinho besta estampado no rosto.

A gente não passou nenhum tempo juntos desde o acidente, o que é estranho. Então acho que esse é o momento perfeito para o nosso passeio de barco anual. Acho que é exatamente do que estamos precisando.

— Bem, então divirta-se! O dia está lindo — responde ela.

Pego o celular no bolso para avisá-los que estou a caminho da marina, mas vejo uma mensagem de voz de um número desconhecido e uma mensagem inesperada do meu pai.

Ei, filha, não vou poder passear com vocês hoje. Estou preso na oficina e tio Chuck não pôde vir trabalhar porque está doente. Te vejo depois, se não chegar em casa tarde.

Merda.

Tiro o avental e sigo para a porta dos fundos na direção do meu Volvo.

Dou *play* na mensagem de voz e levo o celular à orelha. Deve ser algum atendente de telemarketing, porque quem é que deixa mensagem de voz hoje em dia? Então não estou nem esperando meu humor melhorar. Mas enquanto o cara do outro lado da linha fala, vou abrindo cada vez mais a boca, e minha decepção é temporariamente esquecida.

Não acredito.

Ligo para Ryan no segundo em que a mensagem termina, enquanto prendo o cinto de segurança. Meu sorriso vai aumentando a cada toque.

Atende. Atende.

— Alô? — diz ele finalmente.

— Ryan, a gente ganhou! A gente ganhou uma vaca! — grito no telefone, e ele dá risada.

— Está brincando. Que irado! Onde você está? — pergunta ele, incrédulo.

— A caminho da fazenda pra... sei lá, acho que vou contar pra Nora que a vaca é dela, né?

Depois penso em como vai ser a logística de ir pegar uma vaca e devolvê-la para o mesmo lugar.

— Você *precisa* me ligar depois pra me contar o que ela disse.

— Beleza — respondo, dando a partida e passando o celular para a outra orelha.

— Talvez a gente possa repetir a dose.

— Ganhar outra vaca? Não sei se é bom abusar da sorte — brinco.

— Estava pensando mais em um almoço. Vou trabalhar nos próximos dois dias, mas quem sabe na quinta? — pergunta ele.

— Acho que não posso.

— Ah... certo. Tudo bem. Eu...

Eu o interrompo antes que ele surte.

— Vou trabalhar na quinta na hora do almoço, mas e na sexta?

— Sexta. — Quase posso ouvir seu sorriso se alargando e me fazendo sentir um friozinho na barriga. — Beleza, te mando mensagem.

— Tchau, Ryan — digo antes de desligar, tentando não pensar muito no que um segundo encontro pode implicar.

Em vez disso, me concentro no que minha mãe falou sobre segundas chances, sobre às vezes levar um tempo para as coisas acontecerem, como foi com meus pais.

Balanço a cabeça e escrevo para Nora:

Me encontra no açougue. Tenho uma coisa pra vc.

Quando chego, vinte minutos depois, estou tão empolgada para contar a novidade para Nora que esqueço completamente que pode ter mais alguém trabalhando lá hoje. Por sorte, ao passar pela porta gasta, não é sua mãe quem vejo, mas o cara de quem comprei os bilhetes aquele dia na feira. Nora não está por aqui, e ele me olha com expectativa, esperando que eu faça algum pedido.

— Hum, oi. Sou Stevie, ganhei a vaca. — *Nunca na vida pensei que diria essa frase.*

— Ah, parabéns! Já volto... — Ele aponta para trás.

Aceno a cabeça e ele desaparece. Putz, espero que ele não traga a vaca aqui esperando que eu a coloque no banco de trás do carro.

— Nora está aqui? — grito. Se ele trouxer a vaca, acho que vou só levá-la para ela.

— Acho que ela está trabalhando na cerca — diz ele, e o ouço mexendo em alguma coisa nos fundos.

— Beleza. Sabe que horas ela termina? — pergunto e dou uma olhada no celular, mas ela não respondeu.

— Não sei direito. Mas está demorando muito. Se quer saber, aposto que ela anda dando umas fugidas por aí com algum garoto, apesar de ela dizer que não — comenta ele, surgindo dos fundos com um carrinho.

Nora nunca mencionou nenhum garoto, mas acho que é possível.

— Certo. Bem, na verdade eu ganhei a vaca pra...

Antes que eu possa concluir, um pedaço gigante de carne vermelha selado a vácuo é colocado no balcão à minha frente com um baque... seguido por outro e depois outro. Observo horrorizada enquanto ele esvazia todo o carrinho, até que o balcão está coberto de carne suficiente para preencher toda a vitrine do mercado.

— Ah, meu Deus — digo, imaginando a vaquinha fofa deitada no chão do celeiro do parque e então encarando as pilhas de carne na minha frente: costela, carne moída, bife, lombo, rosbife...

O que foi que eu fiz?!

— Stevie? — fala alguém atrás de mim. Na mesma hora minha testa fica suada e sinto arrepios. *Ah, não.*

Dito e feito: quando me viro, dou de cara com Nora entrando no açougue.

— Nora! — Corro para a frente do balcão, como se meus cinquenta quilos e meus bracinhos de varetas pudessem chegar *perto* de cobrir a enorme pilha de carne atrás de mim. — E-eu... — gaguejo, incapaz de pensar numa explicação.

O que começou como uma ideia de fazer algo legal, salvando a vida da pobre vaquinha, terminou com Nora me vendo levar para casa duzentos quilos de carne. Ela vai pensar que sou uma *assassina*.

— Recebi sua mensagem. O que está fazendo aqui? O que é isso? — pergunta, desviando o olhar para o balcão.

Foi uma *péssima* ideia. Eu nunca devia ter comprado aqueles bilhetes. Como fui pensar que eles me dariam a oportunidade de levar uma vaca *viva* de uma fazenda de gado? Nora fica ali me encarando, esperando uma resposta, então *preciso* me recompor.

— Ganhei a vaca na rifa... pra você — falo, e ela faz uma careta, confusa.

— Por que diabos você fez isso? — pergunta, se aproximando e parando ao meu lado.

— Bem, achei que ela estaria *viva* — explico, tentando elucidar as coisas. Mas ela parece ainda mais perdida, se é que isso é possível.

— Por que você fez isso? — repete ela, e agora é *minha* vez de olhar para *ela* confusa. A resposta é óbvia.

— Você estava superchateada naquela noite e sei que você é vegana, então pensei que talvez ela fosse sua vaca favorita ou algo assim, e estivesse prestes a ser... você sabe. — Passo o polegar pelo pescoço e estalo a língua.

Boa, Stevie. Que jeitinho mais sensível de explicar.

Mas, para minha surpresa, Nora dá uma risada.

— Você sabe que moro numa fazenda de gado, né? Abatemos centenas de bovinos todo ano. Você pensou que eu teria problema com *uma* vaca?

Olho para a pilha de carne e de volta para ela.

— Bem, então *por que* você é vegana?

— Pois é, também não entendo — diz o funcionário do açougue se intrometendo.

— Albert, quantas vezes vou ter que te explicar? — pergunta Nora, jogando as mãos para o alto e depois se virando para mim. Ela dá uma olhada no relógio e depois para a porta. — Foi mal, Stevie, mas preciso voltar pro trabalho, senão minha mãe vai me matar. Tem como a gente conversar mais tarde?

Mais tarde. Na verdade, não queria ter que esperar até mais tarde. Depois de falar com minha mãe, não estou mais a fim de descobrir nada. Quero começar a viver minha segunda chance, fazer amizade com Nora, considerando tudo o que ela fez por mim. Ela é diferente de todo mundo por aqui. Definitivamente, muito diferente de Savannah e Rory. De alguma forma, estar com Nora parece mais fácil do que estar com as duas pessoas que me conhecem desde sempre. Ainda não sei muito bem por que, mas quero entender. Não que *eu* seja a melhor pessoa para dar conselhos sobre relacionamentos, mas talvez eu possa ouvir seu drama com garotos.

— Peraí, no que você está trabalhando? — pergunto, enquanto ela enxuga o suor da testa.

— Naquela cerca que eu tinha comentado com você no outro dia.

— Bem, quer uma mãozinha?

Ela olha para trás, em direção à parede, e fica pensando. Depois se vira para mim, respira fundo e fala:

— Vamos.

Capítulo 20

Nora pede para Albert colocar meus "prêmios" de volta no frigorífico e eu a sigo, saindo pela velha porta estridente e caminhando pela lateral do açougue, onde um quadriciclo está parado na sombra. Ele está visivelmente *detonado*. A tinta verde está desbotada e arranhada, e os pneus estão cobertos de lama.

Fico achando que vamos seguir reto, mas Nora pisa no apoio do pé e passa uma perna para o outro lado do assento. Ela acena para mim, como se dissesse "sobe aí", mas nunca andei nesse negócio antes e, para ser bem sincera, estou meio nervosa.

— Não esquenta a cabeça, sou habilitada. — Ela dá um sorrisinho travesso e covinhas se formam nas bochechas, coisa que eu não tinha notado antes.

Sua expressão não me acalma nem um pouco, mas acho que é melhor do que ir andando, considerando que quase morri de calor e exaustão quando fomos até o bosque naquele dia.

Me aproximo, sem saber direito onde me sentar. Deve estar na cara que estou cheia de dúvida, porque Nora coloca o braço para trás e dá batidinhas no espacinho atrás dela. Subo no quadriciclo num movimento só dez por cento tão gracioso quanto o dela, mas finalmente me acomodo onde acho que devo me sentar.

Ela fica de pé e chuta um pedal de metal, jogando nele todo o peso do corpo. O troço não dá a partida, então ela repete de novo e de novo, até o motor finalmente rugir abaixo de nós. Ela se senta no banco de vinil à minha frente e eu me jogo para trás para dar a ela o máximo de espaço possível. Não tenho certeza se essa coisa foi feita para comportar duas pessoas.

Procuro algo atrás de mim em que eu possa me segurar, mas nada parece firme o suficiente.

— Segura em mim — diz Nora, levantando a voz sobre o som do motor e ajeitando a camiseta cortada.

Começo a levar o braço até sua cintura, mas só de pensar em segurar nela desse jeito já me sinto meio… estranha. Então agarro seus ombros, deixando uns quinze centímetros de espaço entre nós. Ela vira o rosto para o lado, o sol iluminando seus olhos cor de avelã enquanto ela me encara.

— Está pronta?

— Pronta — respondo.

Eu NÃO estava pronta.

Nora vira o acelerador e de repente sou jogada para trás, o que me faz soltar um berro vindo lá do fundo da garganta — e mal reconheço como minha voz. Quando minhas mãos estão começando a escorregar de seus ombros, ela solta o acelerador e eu voo para a frente e grudo em suas costas, eliminando completamente os centímetros que eu tinha deixado entre a gente.

— Falei pra você se segurar *em mim* — disse ela, parando o quadriciclo.

— Bem, não sabia que isso significava me agarrar para proteger minha vida! — grito de volta.

Deslizo para trás no assento, mas, desta vez, seguro sua cintura, me perguntando se isso é tão estranho para ela quanto é para mim.

— Pronta? — pergunta sarcasticamente, e reviro os olhos.

— Pronta — respondo, apertando sua pele e sentindo meu peito formigar enquanto me preparo novamente para a partida.

Desta vez, Nora gira o acelerador mais suavemente e logo estamos voando pelo campo, apostando corrida com as nuvens fofas enormes no céu enquanto o vento as sopra para o leste. Quando passamos por trechinhos irregulares de pedras e terra, coloco a cabeça atrás dela, impedindo o vento de bater no meu rosto.

À medida que avançamos, Nora acelera mais e meu estômago vai parar na boca, enquanto meu cabelo se agita ao redor do meu rosto.

Quando fazemos uma curva fechada, solto um grito sufocado, pensando nos meus pontos que acabaram de cicatrizar.

— Nora! Mais devagar! — grito, e ela imediatamente solta um pouco o acelerador.

Estranho ou não, me inclino um pouco mais para a frente no assento, até estar colada nas costas dela. Passo os braços à sua volta, quase como um abraço. E pela primeira vez desde que subi nesse troço, me sinto segura de verdade.

Algumas mechas de cabelo loiro se soltam do seu rabo de cavalo, fazendo cosquinha no meu rosto. Fecho os olhos e apoio o queixo no ombro dela, deixando cada curva e solavanco no caminho ser uma surpresa. Ela tem o mesmo cheiro que senti no seu quarto, lá no terceiro andar, junto com pêssego e também um pouco de terra.

É gostoso.

Sinto um friozinho na barriga, agora que não me sinto prestes a ser jogada para fora dessa coisa. Na verdade, é divertido.

Logo ela desacelera e paramos e tudo fica silencioso. Ouvimos os corvos e o vento soprando pela grama alta, e o sol parece perfeito e quentinho no meu rosto.

— Hum... Stevie? — A voz de Nora me assusta.

Abro os olhos e percebo que paramos ao lado de um rolo de cerca de arame: nosso destino.

— Merda. Desculpa. — Solto as mãos, deslizando-as pela sua barriga, pela curva de sua cintura e, em seguida, sobre o meu colo enquanto me sento ereta. Ela se vira um pouco, e seu sorriso se transforma em uma risada suave.

— Você tem, hum... seu cabelo está meio doido. — Ela estica o braço, tira uma mecha da frente dos meus olhos e a prende atrás da minha orelha.

A sensação dos seus dedos na minha pele me faz enrijecer inteira. Ela desvia o foco do cabelo para os meus olhos, e então se afasta depressa, se virando para olhar para a frente.

Sinto meu rosto quente, e ainda bem que ela não está mais me olhando, porque não faço ideia do motivo de eu estar agindo desse jeito tão esquisito.

— O que posso fazer pra te ajudar? — pergunto enquanto ela coça o olho.

— Beleza. — Ela pula do quadriciclo para a grama, que cresceu bem acima de seus joelhos. — Estou trabalhando numa cerca nova — diz, apontando em direção ao campo, para uma fila de estacas de madeira recém-colocadas se estendendo até perder de vista.

Sigo-a até o rolo de arame e uma pilha de ferramentas. Logo ela está me explicando como todas as ferramentas funcionam e o que ela precisa que eu faça.

Basicamente, devo ficar no "puxador", segurando o arame com força quando ela mandar, enquanto Nora faz... bem, todo o resto. Ela prende as correntes entre o puxador e a barra do esticador, que se agarra à cerca de arame para podermos puxá-la uniformemente em torno de cada poste. Depois, ela prende tudo no lugar certo e então move o pesado rolo de um poste a outro.

— Está fazendo tudo isso sozinha? — pergunto, incrédula, terminando de prender o arame no próximo poste.

— Albert, o cara que estava no açougue, também me ajuda. Mas a maior parte do trabalho faço sozinha. Tenho o verão todo pra instalar essa cerca.

— Falando em Albert, ele está desconfiado de que você está saindo com algum garoto. É verdade?

Nora dá uma gargalhada.

— Albert precisa cuidar da própria vida.

— Então isso é um sim?

Ela deixa o grampeador cair no chão e me lança um olhar impassível.

— Stevie, se tem uma coisa que eu *não* quero fazer nesse verão é sair com algum cara idiota.

— Acredito em você — digo, e é verdade. O que é estranho. A maioria das garotas da nossa idade está pelo menos *pensando* em garotos, até eu... agora.

Mas Nora não é como as outras garotas.

Fico olhando-a secar a testa no antebraço e depois levá-lo para a frente de sua camiseta cortada.

— Você não tá nem aí pro que as pessoas pensam de você, né? — pergunto.

— Não. Por que eu deveria me importar? — pergunta, arrastando o arame até o próximo poste.

— Sei lá — respondo. Ela é tão *segura*. Tão confiante... ao contrário de mim. — A maioria das pessoas se importa.

— Desculpa te decepcionar.

— Não, não estou decepcionada. Na verdade, eu meio que gosto muito que você seja assim. — Dou um sorriso, estreitando os olhos por conta do sol. O suor está escorrendo pelas minhas costas, apesar de eu não estar fazendo quase nada. Não sei como ela consegue passar o dia todo trabalhando nisso.

— Você gosta mesmo desse trabalho? — pergunto, não conseguindo imaginar como alguém poderia gostar disso.

— Seja mais específica — responde ela.

Não sei ser mais específica sobre seu trabalho, mas beleza.

— Você gosta de ficar aqui no sol, instalando uma cerca de arame em uma reta infinita de postes? — pergunto.

— Sim, gosto. — Ela solta um grunhido enquanto desenrola o arame, flexionando seu bíceps musculoso sob a pele bronzeada de sol. — Gosto de ficar ao ar livre e de trabalhar com as mãos, construir coisas. No fim do dia, me sinto realizada de um jeito que não me sinto com nenhuma outra coisa... nem a escola, por exemplo. Não era pra mim.

Nunca fiz algo do tipo, mas dou uma olhada para a cerca que ela já instalou se estendendo por centenas de metros... e acho que consigo entender.

— Você planeja trabalhar aqui pra sempre? Vai assumir o comando da fazenda? — pergunto.

— Nossa, espero que não. Estava falando sério aquele dia quando disse que queria dar o fora daqui. Não tenho como passar o resto da vida em Wyatt, e, se você ainda não percebeu, minha mãe e eu não somos exatamente... próximas — diz enquanto aperta o gatilho do grampeador, que faz um clique alto.

— É... meio que percebi. Pode falar mais se quiser, mas não precisa.

— Segura mais forte. — Ela pede, e puxo a ferramenta até a cerca se endireitar. — Não tem muita coisa pra falar. Só acho que ela nunca levou muito jeito pra ser mãe. — Ela para e me olha. — Acho que não está no sangue dela ser capaz de se importar com alguém como uma mãe deveria se importar.

— Então por que vai ficar aqui? Agora que terminou a escola? Tipo, se você realmente quer vazar daqui...

Aí é que está, a pergunta que nem eu mesma consigo responder...

Ela me encara, estreitando os olhos como se tentasse me desvendar ou algo assim.

— Você faz perguntas demais.

Dou de ombros.

— Só estou querendo te conhecer. Nunca teve amigos?

Ela balança a cabeça, dando um sorriso brincalhão.

— Bem, se eu for embora de Wyatt, quem você vai perturbar?

— Ei, estou te ajudando! — devolvo, abaixando a ferramenta de leve para acertá-la no ombro, mas ela desvia do golpe.

— E você está fazendo um *ótimo* trabalho. — Ela aponta para o meu poste. — *Vai pra lá* e segura com força!

Gosto dessa sensação. Conversar com ela é tão... libertador. Não tem nenhuma história prendendo a gente. Nenhum comentário dissimulado nem pressão para eu fazer algo para o qual talvez eu não esteja pronta. Não preciso ficar me policiando antes de dizer algo, se está certo ou não.

— Então por que você *virou* vegana? Se não foi pra #LibertarAsVacas?

Ela me olha e de repente seus olhos se iluminam *completamente*.

— Ai, meu Deus. Beleza. Você *tem* que assistir a esse documentário que descobri. É sobre a indústria da carne e seu efeito no meio ambiente e como...

Ela continua, sua voz praticamente vibrando pelos próximos vinte minutos — ou mais — ao me contar tudo sobre o documentário enquanto continuamos o trabalho com a cerca.

— Sabia que não comer carne é a primeira coisa que você pode fazer pra proteger o meio ambiente? — fala, e depois finalmente faz uma pausa dramática.

— Não sabia — respondo, sorrindo.

— Bem, pois é. Um hambúrguer precisa de mais de seiscentos galões de água pra ser produzido. *Seiscentos galões de água!*

— É água pra caramba — comento.

— Pra *caramba*, Stevie. Enfim, eu poderia literalmente falar disso pra sempre. Eu só queria... fazer algo bom — diz ela, se ajoelhando do outro lado da cerca.

Acho que nunca ouvi alguém falando com tanta paixão sobre qualquer assunto antes. Sinceramente, é meio... fofo? Sei lá. Meu coração se alegra ao ouvi-la, é como se eu pudesse ficar aqui ouvindo-a falar para sempre.

— E por que não só virar vegetariana? — pergunto, esticando o braço para ajudá-la a conectar a corrente, colocando a mão esquerda sobre a sua mão direita.

— Eu sou meio "tudo ou nada". — Ela levanta a cabeça, que está a centímetros da minha, e me olha nos olhos de um jeito que me faz sentir culpada, como se eu devesse desviar o olhar. Mas não desvio. — Quando coloco uma coisa na cabeça... é pra valer — conclui.

Não sei direito se é só o peso do arame ou se ela está pressionando a mão na minha, mas pelo visto não consigo desviar o olhar para verificar.

Seus olhos vão até a minha boca, e sinto um nó se formando na minha garganta. Tento acalmar a respiração para que o movimento do meu peito não fique tão óbvio, mas é impossível.

Essa sensação é... bem, não sei o que é, mas me parece familiar. Levo alguns segundos para finalmente entender.

É o que eu esperava sentir quando Ryan queria me beijar. Aquela *coisa* que nunca senti antes. O sentimento que eu estava começando a pensar que não existia de verdade.

E que estou sentindo exatamente neste momento.

Com Nora.

Me agacho, me forçando a desviar o olhar enquanto me levanto e solto a corrente. O peso leva as mãos de Nora para o chão, e dou as costas para ela. Esse calorão está me deixando meio tonta.

O que foi isso?

Ela só está sendo legal. Ela é legal e eu gosto de ficar com ela. Só isso.

— Stevie, por que você está aqui? Tipo, o que está fazendo aqui comigo? — pergunta Nora, atrás de mim. — Você escolheu trabalhar no campo nesse calorão quando podia estar literalmente fazendo *qualquer outra coisa*.

— Sei lá. Eu só...

... gosto de quem eu sou com você.

... quero te conhecer melhor.

... quero andar de quadriciclo com você de novo.

Tudo isso soa estranho.

— Eu... queria te dar uma vaca. E aí de repente não era mais uma vaca e... acho que não sei por que estou aqui. — Me viro para ela, afastando o cabelo do meu pescoço grudento de suor. — Na verdade, não estou me sentindo muito bem.

O rosto de Nora é tomado de preocupação enquanto ela se aproxima.

— É sua cabeça? Você está...

Faço que não, interrompendo-a.

— Pode me levar até o meu carro? — peço, já indo em direção ao quadriciclo. — Por favor?

— Hum, sim, com certeza — responde, com uma voz mais distante agora.

Ela sobe no quadriciclo sem nem me olhar.

Nora dá a partida com um chute certeiro, mas desta vez não me fala para segurar nela, então não seguro. Em vez disso, agarro com força o suporte de metal atrás de nós enquanto ela atravessa o campo na direção das construções à distância.

Por que eu vim aqui mesmo? *Por que ganhei uma maldita vaca para essa garota? Por que só me sinto normal quando estou com ela?*

Eu fico lembrando a mim mesma que tudo se resume ao fato de que não nos conhecíamos antes. É por isso que gosto de estar com ela. Só preciso de uma amiga para esta minha nova versão. Ela *é* minha amiga. Nada além disso.

Meu cérebro ainda deve estar meio quebrado. Talvez ele esteja mandando os sinais errados na hora errada ou algo assim, porque sei que posso gostar de Ryan. Tipo... eu *gosto* de Ryan. Acho.

Eu só... preciso passar mais tempo com ele também.

10 de julho

Stevie,

Eu percebi hoje, na cerca.

O jeito como você me olhou... as pessoas não saem se olhando desse jeito.

Tinha uma espécie de energia rolando entre a gente. E acho que você ficou tão assustada que quis ir embora.

Você se apaixonou por mim uma vez. Talvez possa se apaixonar de novo.

Não estou dizendo que não vou te contar a verdade, porque eu vou. Se você recuperar sua memória, provavelmente vai ficar puta comigo por não te contar. Mas talvez a melhor coisa que posso fazer é deixar você se apaixonar por mim de novo, e daí quem sabe seja mais fácil acreditar. Me sinto tão culpada por ter todas as respostas que você quer, mas... não posso arriscar falar se você não estiver pronta pra ouvir. Ainda mais nesta cidade. Você vai entender por que eu tive que esperar. Né?

Aquele momento em que demos as mãos pela primeira vez no ginásio foi quando tudo fez sentido pra você. Só preciso esperar esse momento acontecer de novo. O nosso momento. E eu sei que ele está chegando.

Eu amo você,
Nora

OBS: Uma vaca, Stevie? Sério? Foi fofo você fazer isso por mim, pareceu algo que a minha Stevie faria, mas não quero nem saber quanto do nosso dinheiro da Califórnia você gastou nos bilhetes pra ganhar aquela coisa.

Capítulo 21

— **Por que você me fez mudar** meus planos com o Ryan hoje? — pergunto para Rory alguns dias depois; é só mais uma das muitas perguntas que tenho.

Ela e Savannah me seguem até o meu quarto.

— Almoço, Stevie? Sério? Almoço é o que você faz com sua tia-avó pra ela continuar te dando cinquenta contos no seu aniversário, não algo que você faz com o cara com quem está tentando transar.

— Rory, *cala a boca* — sussurro. — Não é isso que estou tentando... não estou... — Balanço a cabeça, sem palavras.

— Meu ponto é: você precisa levá-lo a algum lugar divertido. Algum lugar onde você possa ir bem gostosa.

Como se só estivessem esperando a deixa, elas abrem o zíper de suas jaquetas, revelando sutiãs estampados com a bandeira estadunidense e shorts curtinhos.

Ah, não. Não, por favor, não. Elas estão indo rápido demais.

— Não sei se Ryan vai achar a Noite das Picapes exatamente *divertida*. — Nem *eu* acho, e olha que cresci aqui.

— Bem, ele topou, né? — insiste ela.

— Parece que sim — respondo, mas isso não me deixa mais tranquila.

A Noite das Picapes acontece ao cair da noite na segunda sexta do mês ao longo do verão, no Lago Creed, que na verdade nem é um lago. Esta cidade tem uma população de menos de cem habitantes, e seu maior orgulho é literalmente uma poça de lama gigante — se você for *bem* sortudo, ele vai estar com um pouco de água de chuva. Mais chocante ainda: as pessoas vêm dos três municípios vizinhos só para dar uma volta lá com suas picapes — pessoas como Jake, o namorado de Savannah, e seus amigos. Ainda por cima costumam se vestir com o tema da bandeira nacional, mesmo que não tenha nada particularmente patriótico no evento.

— Vamos escolher seu look — diz Savannah, colocando uma mala de roupas vermelhas, brancas e azuis em cima da cama.

— Eu amo vocês, de verdade. Mas, *por favor*, me digam que vocês não estão esperando que eu me vista assim — digo.

— Desculpa, mas a gente tá gostosa pra caralho — diz Rory, me lançando um olhar exageradamente dramático e ofendido. — É a Noite das Picapes, amiga. Você tem que se vestir de acordo... mas tudo bem. Eu conheço você, Stevie.

Sorrio ao ouvir isso. Apesar de as coisas estarem estranhas entre a gente, elas ainda me conhecem. Talvez nesta noite nossa amizade possa voltar ao que era antes. Afinal, não mudei os planos com Ryan pensando que ele me acharia gostosa nem nada disso. Fiz isso por elas.

— Que tal esse short jeans com essa regata vermelha, branca e azul? — pergunta Rory, me mostrando as roupas.

Dou um suspiro enorme. Acho que minha bunda vai ficar aparecendo nesse short curto, mas pelo menos a regata é de gola alta.

Engole o choro, Stevie. Por suas amigas. Para consertar as coisas.

Savannah para ao lado de Ryan no estacionamento de cascalho, e já estou morrendo de vergonha antes mesmo de descer do carro.

No que estou me enfiando?

Savannah e Rory cumprimentam Ryan e vão na frente para encontrar Jake e seus amigos, incluindo um cara que ele está desenrolando para Rory, que se formou uns anos antes da gente e que, sinceramente, não me parece nada promissor.

Ryan caminha ao meu lado e começamos a ir em direção às luzes do estádio e à música country *explodindo* nas caixas de som gigantescas. Ele ainda não falou nada, mas o peguei me olhando de cima a baixo, e não do jeito que Savannah e Rory pretendiam. Ele está com um sorrisinho no rosto desde então.

— Fala logo. — Reviro os olhos, puxando a barra do short para baixo.

— É que não sei se eu devia ficar com tesão ou cantar o hino nacional — fala ele, dando risada. Mesmo que isso seja exatamente o que estou pensando, fico corada de vergonha.

— Bem, se acha que o *meu* look está exagerado, você vai se surpreender, cara — digo. Chegamos ao fim do estacionamento e o mar de picapes surge adiante. — Tentei te avisar por mensagem, mas você realmente não tem ideia de onde a gente está se enfiando. Pra ser sincera, nem *eu* tenho ideia. Nunca vim aqui. Só vi fotos na internet.

— Noite das Picapes. — Ele dá de ombros. — Será que pode ser tão ruim assim?

A resposta chega rápido. Subimos a colina, que dá numa poça de lama do tamanho de um campo de futebol cercado de picapes tão sujas que mal dá para distinguir as cores. Não sei o que está mais alto, o som do escapamento das picapes ou a música.

— Que merda… — fala Ryan baixinho enquanto passamos por uma fila de picapes paradas na lateral, esperando a sua vez.

Vários caras sem camisa estão sentados em cima de cada carro, com garotas e *coolers* de cerveja abertos no bagageiro. A traseira de um Ford Raptor está cheia de mulheres de trinta e poucos anos dançando com botas e chapéus de caubói — uma delas, aliás, só de chapéu e botas; seus mamilos estão cobertos por borlas, com sininhos da liberdade pendurados nas pontas.

Que Deus abençoe os Estados Unidos, acho.

— Nossa, você não me preparou *mesmo* pra isso — diz Ryan quando vejo a picape de Jake pairando sobre as outras.

— Acho que nem eu me preparei direito — respondo.

Não sei se me sinto com quinze ou dezoito anos, mas de qualquer forma nenhuma das duas idades parece apropriada para este lugar. *Ainda bem* que não contei à minha mãe para onde eu ia quando fizemos cookies de manhã, ou ela jamais me deixaria vir. Não gostei de ter mentido, mas fiz isso em nome da minha amizade com Savannah e Rory. E foi só uma mentirinha típica de qualquer adolescente de dezoito anos.

— Stevie!

Antes que eu perceba, algo está zunindo pelo ar vindo da traseira da picape de Jake em direção à minha cabeça. Por sorte, Ryan estica a mão bem a tempo de pegar, e, quando me viro, vejo-o segurando uma lata de cerveja.

— Boa! Foi mal! — grita Rory, sem parecer nem um pouco culpada. *Que ótimo.* Minha melhor amiga é tão atenciosa. A última coisa que minha cabeça precisa é ser atingida por uma lata de cerveja. — Aqui, Stevie. — Ela se prepara para jogar mais uma, mas gesticulo que não.

— Não, não, estou bem — respondo, olhando de Savannah para Rory. Ambas estão bebendo duas cervejas de uma vez.

Não tenho problema nenhum com o fato de elas estarem bebendo, posso ser a motorista da rodada, mas isso me deixa meio abalada. Para mim, parece que poucos meses atrás dividimos um engradado de seis latinhas pela primeira vez e detestamos como nos sentimos depois. Lembro de Rory jurando descartar a cerveja para sempre, aliás. Só que pelo visto isso não aconteceu mais... foi há anos, e dá para ver que desde então as coisas mudaram bastante.

Me pergunto se existe alguma versão minha que poderia ter se tornado mais parecida com elas, que estaria lá em cima da picape dançando e bebendo sem dar a mínima se meu short está deixando minha bunda à mostra.

— Chaaaata — cantarola Savannah, usando uma latinha como microfone e seguindo a melodia da música. Ela está apontando para mim, e isso me faz sentir ainda mais desconfortável do que já estou, parada diante da bandeira confederada de Jake flamulando na minha cara.

Olho para Rory, que está dançando com o cara que veio conhecer. Ele parece bem mais velho que a gente, e, assim que leio o que diz em sua camiseta, fico com vergonha alheia.

AGITE ANTES DE USAR, com uma seta apontando para baixo.

Posso até entender Savannah com Jake… mas Rory com *este* cara? Ela é, tipo, a pessoa mais inteligente que já conheci. Fala sério, ela passou para o programa de pesquisa biomédica na UCN. A Rory que eu conhecia não chegaria nem perto de uma camiseta dessa. Mas ali está ela, se agarrando nele como se sua vida dependesse disso.

Ryan abre sua cerveja, dá um golinho e ficamos ali parados, desajeitados, enquanto todo mundo dança e canta ao redor. Esta era para ser uma oportunidade de conhecê-lo melhor, de trazer à tona meus sentimentos por ele, mas mal consigo ouvir meus próprios pensamentos aqui. Eu devia tê-lo deixado me levar para almoçar, como tínhamos planejado. Savannah e Rory sempre me davam os melhores conselhos, mas, apesar do que Rory disse mais cedo… parece que elas não me conhecem mais, não só que eu não me lembro.

E então as coisas pioram.

— Ei, Bruce Lee! — grita uma voz grossa atrás de mim, chamando minha atenção.

Me viro e vejo um homem velho e barbudo descendo de uma picape e vindo até nós.

— E aí, vamos ver se você é bom mesmo. — O cara dá risada, de punhos erguidos feito um boxeador… um boxeador bem bêbado.

Ryan dá as costas a ele e faço o mesmo, mas o cara não desiste.

— Quem quer me ver lutar com o Bruce Lee? — grita ele, e as pessoas em volta da sua picape comemoram.

— Ele não está te entendendo! — uma mulher berra.

Meu sangue começa a ferver e penso em falar um milhão de coisas, mas tudo fica preso na garganta. Olho para Savannah, Rory, Jake e todas as outras pessoas aqui, torcendo para que alguém nos defenda ou venha ajudar, mas todo mundo continua dançando.

Então o cara se aproxima por trás e, pela minha visão periférica, o vejo pulando de um lado para outro até acertar uns soquinhos nas costas de Ryan, que fecha os olhos e fica com o rosto vermelho feito beterraba. O cara não para até Ryan finalmente se virar e lhe dar um empurrão de leve, como se estivesse tentando criar distância entre os dois, não provocar uma briga, mas é o suficiente para desequilibrar o cara, bêbado do jeito que está. Ele dá alguns passos para trás e cai de bunda no chão, dando risada.

Jake bate duas latinhas vazias e grita:

— Primeiro *round*! Bruce!

Fico de queixo caído quando vejo Savannah e Rory não só prestando atenção, mas dando *risada*, junto com todas as outras pessoas.

Eu nem as reconheço mais. Vejo a amizade que eu tanto estava tentando salvar desmoronar bem diante dos meus olhos.

Que porra estou fazendo aqui?

— Vamos embora — falo para Ryan, levantando a voz em meio ao barulho e pegando em seu ombro.

Ele deixa a cerveja na traseira da picape de Jake e seguimos para o estacionamento, ouvindo um coro de vaias em nossa direção.

— Obrigado, Pat — diz Ryan quando a garçonete coloca dois milkshakes de chocolate e hambúrgueres na nossa frente no Dinor.

Já passou das dez e o lugar está quase vazio. Ryan não falou muita coisa desde que chegamos.

— Você está bem? — pergunto, enquanto ele mexe o milkshake com o canudinho. Ele assente. — Me desculpa por ter te levado lá. Eu não... eu...

— Estou bem, Stevie — fala, finalmente olhando para mim. — Mas por que fomos lá em vez de só vir comer alguma coisa?

— Minhas amigas acharam que um almoço não era *divertido* o suficiente ou algo assim...

— E *aquilo* é divertido? — diz ele com desdém.

Abro um sorriso patético e balanço a cabeça.

— Nem um pouco.

— Esse tipo de coisa já aconteceu muito com você por aqui? — pergunta.

— Tipo caras bêbados tentando arranjar confusão comigo? — brinco, tentando aliviar o clima.

— Não precisa falar se não quiser...

— Não, não. Eu só... acho que nunca tive com quem falar sobre isso. — Faço uma pausa para dar um gole no milkshake. — Não é como se eu tivesse passado por várias situações de agressão explícita ou coisa do tipo, acho que porque as pessoas daqui me conhecem a vida toda, mas... sabe, ainda ouço uns comentários idiotas. Pessoas fazendo piadas racistas insinuando que eu deveria estar fazendo a unha delas, ou puxando os olhos e me perguntando como consigo enxergar. Nesses momentos me lembro de que sou diferente de todo mundo e que todos me consideram diferente. Até Savannah e Rory. Elas nunca me viram como asiática, porque pra elas... ser asiática é algo ruim. Sabe? Mas não é. É só... uma característica. Não acho que seja boa nem ruim. Só é.

Ryan assente.

— Eu te entendo. Me sentia meio assim em Pittsburgh, mas quando vim pra cá, ficou... *muito* mais evidente. E como não conhecia ninguém, parecia que não havia um momento em que eu *não* me sentisse assim... até conhecer você.

— Sério? — pergunto, dando uma mordida no hambúrguer.

— É. Tipo, mesmo antes de a gente começar a sair, quando você vinha aqui com suas amigas, eu tinha essa consciência de que alguém mais nesse lugar era como eu. Isso me fez sentir menos... como um forasteiro, acho. — Ele abre um sorriso meio triste e dá de ombros.

— Eu sentia mais ou menos a mesma coisa. Tipo, não me lembro, sabe... da maior parte, mas quando falamos de ir ao parque aquele dia... foi quase reconfortante. Será que é a palavra certa? — pergunto.

Ele assente, enfático.

— É, sim.

— Tipo, eu sabia que podia te levar naquele jogo dos canivetes e você acharia tão ridículo quanto eu. Foi bem legal — digo.

— Acho que qualquer pessoa sã concordaria com a gente. — Ele dá risada.

Bebemos nossos milkshakes e comemos nossos hambúrgueres, e não consigo parar de pensar que, mesmo a noite tendo começado de um jeito horrível, as coisas podem *realmente* estar dando certo entre nós. Estamos conversando sobre problemas reais e... parece que as coisas estão fluindo. Talvez eu só precise tentar mais um pouco.

Quando terminamos de comer, ele se oferece para me levar para casa, e aceito sem nem hesitar.

A caminho do carro de Ryan, recebo uma mensagem de Rory.

Ei, vc foi mesmo embora?

Sim...

Já passou mais de uma hora e ela só percebeu agora?

Sério? Stevie, pelo amor. O cara estava bêbado. Tipo, foi uma piada.

E vc e Savannah pareceram achar muito engraçado.

Silencio o celular, o enfio no bolso e entro no carro. Não vou deixá-las estragarem minha noite de novo.

Ryan dá a partida e fico ali no banco do passageiro traçando formas aleatórias com a unha no isopor da quentinha enquanto ouvimos uma das playlists dele no Spotify. Fico olhando pela janela, vendo os campos que parecem não ter fim com milharais de dois metros de altura e soja verde-escura esperando ficar marrom para ser colhida. Durante o caminho para casa, cada fazenda vai se confundindo com a próxima, e de alguma forma agora todas se parecem com a fazenda dos Martin.

Enfio as unhas mais fundo no isopor ao pensar no dia em que estive lá. A leveza e o formigamento que senti na barriga quando finalmente abracei Nora no quadriciclo. A forma como ela fez eu me sentir segura, mesmo que estivéssemos em cima de um negócio que literalmente podia matar a gente. A sensação no meu rosto quando ela mexeu no meu cabelo — como continuei sentindo seu toque mesmo muito tempo depois que ela afastou a mão.

Tento redirecionar esses sinais mal interpretados para onde deveriam ir. Imagino como me sentiria com Ryan do outro lado da cerca, com o rosto a centímetros do meu. Me imagino abraçando sua cintura enquanto atravessamos o campo, ele lançando olhares por cima do ombro com seus olhos castanhos feito mel. Depois de hoje, deveria ser fácil. Mas não importa o quanto eu tente, não parece a mesma coisa. Não é como eu acho que deveria ser.

— Quando você vai trabalhar? — pergunta Ryan ao meu lado, me arrancando dos meus pensamentos, e meus olhos se concentram na embalagem no meu colo.

Com um *N-O-R-A* riscado na tampa.

— Hum... — Arregalo os olhos enquanto casualmente cubro o nome dela com a mão. — Quarta, opa, não, na verdade, quinta.

— Eu também — diz ele, levando a mão esquerda ao topo do volante e apoiando o braço direito no console entre nós. Observo seus dedos tamborilando no câmbio ao ritmo da guitarra tocando nos alto-falantes.

Eu gosto dele. Mesmo. Tipo, nunca tivemos dificuldade para falar sobre qualquer assunto. Talvez o que a gente precise é se tocar mais, como foi com Nora. Se eu pegasse sua mão, provavelmente até sentiria alguma coisa. Corro os olhos pelas veias no dorso, a pele abaixo do relógio preto, seu antebraço, seu rosto.

Devagar, coloco a mão debaixo da sua. Ele olha para mim e sorri, fechando a mão sobre a minha.

Espero sentir alguma coisa, qualquer coisa, mas só me vem uma tensão crescente nos ombros, e não consigo relaxar. Meu peito aperta e meu estômago revira. Quero afastar a mão, colocá-la de volta no meu colo e fingir que nunca fiz isso, mas o problema é que não sei como. Não quero magoá-lo, mas quanto mais tempo passamos assim, mais penso no que pode acontecer depois, e vou sentindo cada vez mais dificuldade de respirar.

Não consigo.

— Adoro essa música — digo, tirando a mão para aumentar um pouco o volume.

— Eu também. — Ele assente, ainda sorrindo. Sucesso.

Respiro fundo e cerro os punhos antes de apoiar a mão de volta na marmita. Passamos os últimos minutos do trajeto em silêncio, exceto pelas direções que dou até ele parar na minha garagem. A casa está toda escura, a não ser pela luz da varanda.

— Obrigada, Ryan — falo, já tirando o cinto.

Quando alcanço a maçaneta, percebo-o se inclinando para me dar um abraço. Me viro depressa para ficar de frente para ele, mas no instante em que levanto os braços, ele está com a mão estendida para me cumprimentar, e acaba dando só um aceno de cabeça meio sem graça.

— Hum... — Abaixo os braços, tentando descobrir o que diabos fazer. — Tchau — solto e decido seguir com o abraço, mas acaba sendo um milhão de vezes mais estranho do que eu jamais imaginei ser possível.

Quando ele me solta, evita olhar nos meus olhos e foca no console, no rádio, na maçaneta, em qualquer lugar menos em mim.

— Da próxima vez, talvez seja melhor a gente não ir na Noite das Picapes. — Dou risada, torcendo para que não soe muito forçada.

— Rá, é, talvez — diz, me olhando só tempo suficiente para dar um sorrisinho rápido. — Boa noite, Stevie.

Desço do carro e fecho a porta, constrangida com o que acabou de acontecer. Estou estragando tudo, esta grande coisa que meu eu anterior tanto queria: um relacionamento com Ryan. Era para ele fazer parte do meu novo começo, da minha segunda chance de fazer tudo certo. Por que não consigo?

Tiro os sapatos, me recosto na porta e pego o celular. Talvez eu só precise falar sobre isso com alguém com mais experiência no assunto. Savannah e Rory jamais entenderiam, e, mesmo que entendessem, não estou a fim de falar com elas agora. Hesito por um instante, então me lembro de Albert mencionando que Nora tem um drama secreto com algum garoto. O que é totalmente normal. Ela vai me entender.

Vai trabalhar amanhã?

Cedinho no açougue!

Sozinha?

É.

Precisa de ajuda?

Seguro o sorriso quando os três pontinhos imediatamente surgem na tela.

Você ajuda tanto que daqui a pouco minha mãe vai ter que começar a te pagar, e ela não gosta nem de me pagar,

responde, depois acrescenta:

Te vejo amanhã cedo então.

Capítulo 22

Nora me olha do mostruário, revelando o espacinho entre os dentes ao abrir um sorriso sonolento. Vim aqui para falar sobre *Ryan*, mas... talvez seja melhor esperar a gente acordar primeiro.

— Está se sentindo melhor? — Ela se apoia distraidamente no balcão.

— Como assim? — pergunto, antes de lembrar do que aconteceu da última vez. — Ah, sim. Bem melhor. Na verdade, os pontos saíram de manhã no banho — falo, segurando o cabelo para mostrar a ela a cicatriz agora visível.

— Ah, legal. Deve ser boa essa sensação.

— Meio que sim. Definitivamente me sinto um pouco mais normal... ou o máximo de normal que consigo ser, com a amnésia e tal.

— Bem, então vem aqui, talvez você possa arrumar o mostruário pra mim. Preciso cuidar de umas coisas lá no fundo rapidinho. — Ela gesticula para que eu contorne o balcão e me mostra as bandejas com vários tipos de carne que precisam ser expostas. Assim que ela sai, começo a trabalhar.

Como ela não me dá nenhuma instrução específica, decido me divertir um pouco e arrumo as bandejas de bife em forma de flores, colocando um hambúrguer no meio de cada uma.

Lindo. Quando dou um passo para trás para ver como ficou, Nora chega dos fundos segurando uma bandeja de pedidos já embrulhados e identificados com o nome de cada cliente.

— Stevie, o que diabos é isso? — pergunta, apontando para a minha obra.

— O que foi? Ficou ótimo!

— É, só que aqui não é uma padaria. — Ela dá risada, abrindo o mostruário para deixá-lo entediante como sempre, mas, antes que ela faça isso, uma senhora entra no açougue.

— Bom dia — fala Nora, alegre, se levantando.

— Olá, meninas. — Ela sorri para nós e dá uma olhada no mostruário. — Ah, que fofo.

Nora me lança um olhar inexpressivo, e dou uma risadinha discreta.

— Ideia da Nora, ela é muito criativa — digo para a senhora enquanto dou uma piscadinha para Nora, que revira os olhos.

Quando a cliente vai embora, Nora estica o braço e cutuca a lateral da minha barriga, me fazendo rir tanto que preciso me curvar.

— Viu só? Ela adorou — comento, dando um passo para o lado.

— Que tal eu cuidar dessa parte e você ficar no caixa?

— Beleza — falo, dando um suspiro, mas mesmo assim ela não mexe nas carnes que eu já tinha arrumado.

Após uma aulinha rápida sobre como funciona o caixa, que é um pouco diferente do que temos na cafeteria, começamos a manter um ritmo de trabalho confortável, e pouco a pouco os clientes vão surgindo. Nora anota os pedidos, pesa as carnes e embrulha as bandejas enquanto eu recebo os pagamentos.

Depois de uma hora, pego o celular no bolso de trás da calça, surpresa de ver oito mensagens não lidas da minha mãe.

Ei chegou bem?

Stevie?

Vc chegou?

Me manda uma mensagem confirmando.

Oi?

Oi???????

Stevie, me responde.

Stevie???

Reviro os olhos enquanto digito uma resposta:

Relaxa, mãe. Meu Deus. Sim, estou bem.

Não é como se pudesse ter acontecido muita coisa no trajeto de dez minutos até aqui. Sei que ela fica preocupada, mas tenho me sentido *bem*. Seria bom ter um pouco mais de espaço.

Enfio o celular de volta no bolso enquanto um cliente se aproxima, perguntando sobre um molho que estava no pedido dele, mas, quando me viro, não vejo Nora em lugar algum. Começo a ir para os fundos.

— Vou lá perguntar. — Contorno o balcão. — Ei, Nor...

Opa.

Dou *de cara* com ela e acabamos perdendo o equilíbrio. Caio para a frente ao mesmo tempo em que ela cai para trás, então a imprenso contra um carrinho de aço inoxidável. Tento recuar.

— Merda, m...

Congelo ao ver seu rosto tão perto do meu, as bochechas sardentas, as pupilas de seus olhos verde-amarronzados. Fico sem fôlego e engulo em seco com força, sentindo, sem esforço nenhum, aquele formigamento que passei a noite inteira de ontem tentando sentir. Sinto-o dos dedos dos pés até a ponta dos dedos das mãos enquanto agarro o carrinho nas laterais de sua cabeça.

Sinto um calor vindo do lado direito, um pouco acima do meu quadril, e demoro um segundo até perceber que é a mão dela.

— Hum, ardente... — Pisco e dou um passo para trás, colocando alguma distância entre nós.

— O q-quê? — pergunta Nora, ainda encostada no carrinho.

— O cara disse que tinha pedido molho ardente — falo, apontando para trás.

— Certo. Eu vou... — Ela gesticula para a frente e passa por mim sem falar mais nada.

Quando a perco de vista, respiro fundo, tentando fazer minha cabeça parar de girar.

O que diabos está acontecendo comigo? Por que isso fica se repetindo?

Apoio os cotovelos na mesa fria de aço e toco a cicatriz na minha cabeça. Preciso me recompor antes de voltar para lá. Só tenho que me acalmar. E me lembrar por que vim até aqui.

Respiro fundo mais uma vez e volto para o caixa.

Passamos os próximos trinta minutos sem dizer uma palavra, mesmo em momentos em que não tem nenhum cliente no açougue. O silêncio é ensurdecedor. Fico querendo mencionar Ryan, mas depois daquele momento esquisito... nem sei como tocar nesse assunto.

Quando estou quase perdendo a cabeça, um casal de meia-idade entra e pede *catorze quilos* de carne moída magra.

— Só um instante — fala Nora para eles. — Stevie, quer me ajudar? — Ela me pede e a sigo até os fundos, evitando olhar para um certo carrinho.

— Aqui. — Ela me joga um par de luvas pretas e desaparece no frigorífico. Um minuto depois, volta empurrando uma pilha de tigelas de aço num carrinho de três andares.

— Beleza, vamos dividir em dois sacos — diz, soando completamente normal. Tranquilo. Tudo bem. Talvez seja só eu.

Ela levanta a tampa e me deparo com a maior quantidade de carne moída crua que já vi na vida. Resisto à vontade de vomitar e fico observando-a abrir um saco plástico enorme sobre uma balança de metal.

Acho que sou a ponta mais fraca aqui.

— Ecaaa — resmungo, afundando as mãos enluvadas no monte de carne e depositando um tanto no saco.

— Shhhh, eles podem te ouvir! — diz Nora, me dando um empurrãozinho. — É só carne.

— É, mas nunca vi tanta carne assim, e ela é *molenga* — reclamo, fazendo uma careta.

— Então... fica conversando comigo sobre outra coisa. Não pensa no que está fazendo.

Bem, acho que essa é minha deixa.

— Então, saí com Ryan ontem à noite.

— Ah, e o que vocês fizeram? — pergunta ela, mantendo os olhos na balança enquanto adiciono mais carne para completar sete quilos. Ela dá um nó no saco e estende o outro.

— A gente foi na Noite das Picapes — digo, envergonhada.

Nora solta uma gargalhada.

— *Você* foi na Noite das Picapes?

— É, eu sei... foi um erro. Foi horrível.

— Hum, *sim*. É a Noite das Picapes. O que você esperava? — pergunta, enquanto coloco mais um pouco de carne no saco.

— É uma longa história. Enfim, acabamos indo embora mais cedo e fomos no Dinor, onde ele trabalha e... bem, com certeza acabou melhorando muito. Pelo menos conseguimos conversar e...

— Que bom. Aqui — diz Nora, me interrompendo, dando um nó no segundo saco e empurrando-o no meu peito com um baque fraco.

Vou para o caixa receber o pagamento do casal e Nora se agacha para reabastecer as bistecas no mostruário, equilibrando a bandeja no joelho.

Observo o casal ir embora e a porta ranger ao ser fechada.

— E aí, você está a fim dele? — pergunta ela, sem me olhar. Solto um suspiro, porque mesmo agora, depois de dois encontros, a verdade é que...

— Não sei.

Me encosto no balcão, lembrando da viagem de carro com Ryan: a ausência de qualquer tipo de *sentimento* quando coloquei a mão sob a dele, nosso abraço desconfortável de despedida.

— Acho que eu *devia* estar a fim dele. Ele é ótimo, mas a gente não está se conectando como… — Viro a cabeça para olhar para ela. — Bem, como eu acho que a gente devia. E não entendo por quê.

— Vai continuar saindo com ele? — pergunta ela, se movendo para arrumar uns hambúrgueres na segunda prateleira, ainda sem fazer contato visual.

Abro o caixa e organizo as notas para que fiquem todas voltadas para a mesma direção.

— Acho que sim. Na verdade, queria saber o que você acha. Às vezes leva tempo, né? Tipo, minhas amigas me disseram que eu estava a fim dele antes do acidente, então…

— O *quê?* — Ela se levanta em um pulo, abandonando o mostruário para finalmente me encarar.

— O quê? — repito e estreito os olhos, confusa.

— Que amigas? — Ela se aproxima de mim, atirando a bandeja de metal vazia no balcão.

— Minhas melhores amigas, Savannah e Rory. Elas me conhecem desde… sempre — respondo, apesar de meu estômago ainda revirar só de lembrar delas paradas sem fazer nada ontem à noite enquanto tudo aquilo acontecia.

— Pensei… você me disse que não estavam se vendo tanto esses últimos anos…

— É, mas… talvez mesmo assim estivesse bem na cara pra elas terem sacado. Então acho que é culpa minha e do meu cérebro idiota que as coisas não estejam fluindo com Ryan. É que nunca saí com ninguém e não sei muito bem o que fazer. Minha mãe me falou que também não foi instantâneo com ela e o meu pai. Já passou por algo assim? Como foi pra você?

— Stevie. — Nora balança a cabeça. — Você não pode se culpar por não sentir nada. Não é algo que dá pra forçar, sabe? Meio que precisa acontecer naturalmente. — Ela pega a bandeja e a leva ao balcão de trás, colocando-a ao lado da velha balança de metal. — Tipo, quando você encontrar a pessoa certa, você só vai... *saber*. — Ela agarra a bancada, e os nós dos seus dedos ficam pálidos. — Quando encontrar a pessoa certa, vai fazer tanto sentido que você não vai nem conseguir questionar se poderia estar errada.

— Parece que você está falando por experiência própria — digo, me recostando no balcão da frente. Sinto uma pontada de inveja porque *isto* que ela acabou de descrever é exatamente o que eu quero.

— Sim — fala com uma voz tão baixinha que me deixa meio triste.

Fico parada ali, por um bom tempo só observando-a. Sinto que ela quer falar mais, só que não quero pressioná-la caso ela não queira me contar sobre esse cara.

Finalmente, depois de um suspiro pesado, ela continua:

— Eu já me senti assim com, hum... uma pessoa. A gente se conheceu num jogo, na fila do banheiro químico. Era uma noite de sexta-feira e nossas escolas estavam competindo.

Tento imaginar que tipo de cara ela namoraria, alto ou baixinho, musculoso ou magrelo, a cor do cabelo, mas não consigo visualizar.

— A gente estava morrendo de vontade de fazer xixi e tinha, tipo, vinte pessoas na fila, então... — Nora hesita e depois se vira para mim, mas não me olha nos olhos. — Ela me botou pra dentro da escola dela por uma janela que nunca trancavam.

Ela.

Na mesma hora congelo e prendo a respiração.

Sinto seus olhos sobre os meus, mas agora sou *eu* que não consigo olhar para *ela*. Em vez disso, me concentro em suas mãos, ainda agarrando a bancada atrás de si.

Nora é... lésbica? Não acredito que ela acabou de *me* contar uma coisa dessa. Tipo... Nunca pensei... Não em Wyatt. Nunca nem considerei... Não que eu *possa* ser...

Me obrigo a olhar para ela com meus pensamentos a mil por hora, mas ela baixa o olhar para os próprios sapatos e seus olhos se enchem de lágrimas.

— Depois que saímos do banheiro, não voltamos pro jogo. Começamos a caminhar pelos corredores vazios falando sobre... *tudo*. Foi tão esquisito, eu nunca tinha sentido uma conexão assim com ninguém antes, e a gente tinha *acabado* de se conhecer. Daí fomos parar no ginásio, no meio da quadra. Estava um breu e... eu segurei a mão dela. Sei que parece inocente, mas... não foi assim. — Sinto outra pontada de inveja quando penso naquela confusão de ontem com as mãos. — Foi tudo *tão* natural. A gente nem falou sobre isso. Eu não perguntei nada. Só aconteceu e foi... tipo, eu só... — Ela sorri, procurando as palavras, e uma lágrima escorre por sua bochecha. Sua voz fica trêmula. — Depois disso, passamos muito tempo falando sobre ir embora desta cidade, mas sinceramente... eu poderia passar o resto da minha vida presa com ela naquela escola. — Nora balança a cabeça, os olhos fixos no chão, e não parece mais que está falando comigo. — Agora eu queria ter feito isso.

Então ela para de lutar contra as lágrimas e finalmente chora, enterrando o rosto nas mãos e escorregando do balcão até o chão. Me aproximo, tentando levantá-la pelos braços, mas acabo ficando ali com ela, na sua frente. Por puro instinto, puxo-a para mim e ela me abraça, enfiando o rosto no meu pescoço.

— Só queria poder voltar — diz, praticamente enfiando as unhas na minha camiseta e me puxando para mais perto.

Ouvi-la chorar assim faz meu corpo inteiro doer. Como alguém foi capaz de fazer isso com ela? Como foi que elas terminaram se Nora ainda gosta tanto dela?

— Nora... — sussurro. — Talvez você não devesse desistir, se ela significa tanto assim pra você. — Estou tentando ser útil, mas isso só a faz chorar ainda mais.

— Eu *não* desisti — fala ela, com a voz entrecortada. Então se afasta um pouco e eu a solto, mas suas mãos deslizam pelas minhas costas, pelos meus ombros e meus braços até nós duas estarmos encarando suas mãos segurando as minhas. — Seria impossível desistir — afirma, quando finalmente nos encaramos. — Stevie? — diz, tentando encontrar as palavras. Ninguém nunca me olhou do jeito como ela está me olhando, o que me deixa toda confusa de novo.

— Sim? — sussurro, sentindo o coração latejar nos ouvidos.

— Preciso te contar uma coisa... — Ela dá um pulo, voltando a atenção para a porta quando o sino da entrada toca, nos tirando à força do transe. — Merda.

— Deixa comigo — falo depressa, afastando as mãos das de Nora antes de ela sair correndo pelo espaço apertado para enxugar o rosto. — Posso ajudar? — pergunto, me levantando para cumprimentar um homem e uma mulher esperando, ansiosos.

— Jensen. Vim retirar um pedido. Você deve ser nova aqui — diz o homem, se aproximando do balcão.

— Sim, senhor... hum, só vim ajudar hoje. — Abro o mostruário e estico o braço para alcançar a prateleira de baixo, querendo que ele vá embora o mais rápido possível para Nora concluir o que ia me dizer. Não sei o que é, mas parecia bem importante.

Coloco o pedido numa sacola enquanto ele passa o cartão na maquininha, e depois vão embora.

— Obrigada — fala Nora, surgindo dos fundos já com o rosto seco.

Ela pega a bandeja do balcão de trás como se os últimos dez minutos nunca tivessem acontecido.

— Nora, você ia me dizer alguma coisa? — pergunto, mas ela balança a cabeça.

— Desculpa por isso... — Ela gesticula para o canto onde estávamos no chão. E desaparece nos fundos. A sensação é... familiar.

Como se, pela primeira vez, ela estivesse me tratando do mesmo jeito que todas as outras pessoas da minha vida.

Como se estivesse escondendo alguma coisa.

15 de julho

Stevie,

Ai, meu Deus. Quase te contei. Quase te contei a verdade. Por que não consegui? Do que tenho tanto medo?

Te contar como nos conhecemos sem você se lembrar foi... horrível... Stevie, mas pior ainda foi saber que Savannah e Rory estão mentindo pra você, tirando vantagem da sua situação pra brincar com você. Mas será que sou tão melhor que elas? Estar com você como se fôssemos só amigas também é mentir... e isso está me matando. Passei esse tempo todo esperando você encontrar o caminho de volta pra mim, mas a verdade é que... isso pode nunca acontecer. Especialmente se você continuar tão determinada a fazer as coisas darem certo com Ryan. Sim, uma hora você vai perceber que não dá certo, mas... quando? Daqui a um mês? Um ano? Não.

É hora de abrir o jogo, de me arriscar por você, por nós.

Da próxima vez que a gente se ver... vou te contar a verdade sobre tudo. Sobre o nosso relacionamento e a Califórnia. Sobre você ter desistido da amizade com Savannah e Rory faz tempo. Não sei por que elas inventaram essa mentira de que você gosta de Ryan, mas vou botar um ponto-final nessa história.

E vou torcer... torcer muito... pra você acreditar em mim.

Por favor, acredita em mim.

Por favor, me perdoa por ter passado tanto tempo escondendo isso.

Por favor. Por favor. Por favor.

Com amor,
N.

Capítulo 23

— De novo, mãe? Tá falando sério? — digo assim que entro em casa naquela mesma tarde.

Vou me tornar *aquele* tipo de garota cuja casa e roupa estão sempre cheirando a macarrão com almôndega. Faz três dias que a gente literalmente só come isso.

— Eu sei, eu sei, eu sei, mas é que tudo tem que sair perfeito. O Monsenhor acabou de me ligar, e *adivinha* quantos ingressos foram vendidos pro jantar? — pergunta enquanto contorno o balcão e entro na cozinha.

— Sei lá, quantos?

— Adivinha! — Ela junta as mãos na frente do peito.

— Duzentos?

— Mais! — Agora ela está saltitando para cima e para baixo.

— Trezentos?

— Ma...

— Meu Deus, mãe! Fala de uma vez!

— Seiscentos ingressos! — grita ela. — Acredita? Convidei outras igrejas e valeu a pena! Vai ser o maior evento de todos! Não dá nem pra enfiar tanta gente assim naquele salão, então vamos ter que fazer dois turnos. O que significa que preciso te pedir um favor. Sei que você ia ajudar na cozinha, mas precisamos de mais pessoas servindo. O que acha de pedir pra uns amigos te ajudarem, tipo Ryan? — pergunta, ansiosa.

Não sei se Ryan algum dia vai voltar a falar comigo depois daquela noite em que ele me trouxe em casa. Não sei nem se eu *quero* que ele fale comigo... mas tenho outros amigos a quem posso pedir ajuda.

— Hum, claro. Beleza. Acho que vou perguntar pra Nora da próxima vez que a gente se ver.

Sorrio, imaginando-a com o uniforme de calça preta e camisa branca de botão, carregando uma bandeja cheia de pratos e servindo taças de vinho tinto. Na verdade, isso pode ser divertido.

— Ótimo, já recrutei Savannah e Rory. Liguei pra mãe delas hoje cedo — diz, e murcho um pouco.

— Ah, hum... — Tento imaginá-las com Nora, mas não consigo.

— O que foi? Aconteceu alguma coisa entre vocês três? — pergunta.

— Não sei. Acho que não. É só que... ando me distanciando delas — conto, me recostando no balcão.

Ela desliga o fogo do molho e vem ficar ao meu lado.

— Como assim?

Não posso falar sobre a Noite das Picapes porque ela acha que naquele dia só fui ver um filme com minhas amigas, mas o problema não foi só aquela noite.

— As coisas não são mais como eram antes. Elas estão... diferentes. Somos diferentes. A gente costumava ficar juntas na casa uma da outra, comendo besteira, assistindo filmes e ficando acordadas até tarde, e era suficiente. Mas agora...

bem, elas curtem passar o tempo fazendo coisas que eu não curto. E também parecem não se importar com o que eu quero ou como me sinto.

— Talvez faça parte desse período de ajuste, sabe?

— Talvez. Mas parece que isso já estava acontecendo antes. Só fico me perguntando quando isso começou a acontecer, e como. Ainda tenho um monte de perguntas na cabeça — admito.

Me esforcei tanto para não querer saber de mais nada, mas é impossível. Fico me perguntando o que eu sentia por Ryan; o que aconteceu entre minha mãe e eu. E me pergunto por que, de repente, parece que Nora, a pessoa que eu pensava ser uma página em branco, também está escondendo algo de mim. O que foi *aquilo* no açougue hoje? Ela queria me contar alguma coisa importante e depois simplesmente desistiu.

— Querida, lembre-se, o que quer que esteja se perguntando, ficou no passado. Só fique grata por poder ter uma segunda chance com elas. Siga em frente — conclui, como se isso fosse tudo.

Sinto uma pontada de irritação. Não quero, mas não consigo evitar. O que quer que tenha acontecido entre nós duas provavelmente foi culpa minha, mas o que faz ela presumir que o que aconteceu com Savannah e Rory também é? Como se eu fosse a única que precisasse fazer as coisas de um jeito diferente.

— Quer que eu prepare algo pra você antes de ir levar a comida pro seu pai? — pergunta ela.

— Acho que vou comer mais tarde.

— Certo. Bem, então acho que vou fazer duas marmitas, pra eu poder comer junto com seu pai.

— Boa ideia — digo, me afastando do balcão. — Vou subir pra tomar um banho, então até mais tarde.

Subo as escadas e vou até o meu quarto, enquanto minha mãe grita:

— Tem uma coisa pra você na cama!

Entro no quarto, curiosa, e dou de cara com... uma revista da Bower. A capa mostra um grupo de estudantes em moletons azul-marinho e bonés combinando. Até que os sorrisos parecem naturais, ou então contrataram modelos profissionais. Acho que não é o *pior* lugar para passar uns anos.

Mas deixo a revista de lado, com a mente focada em outra coisa. Olho para o meu quarto, o *meu* espaço. Tem que ter *alguma coisa* aqui que me ajude a responder as perguntas que não consigo tirar da cabeça.

Não dá para só seguir em frente. Não desse jeito. Preciso encontrar as peças que faltam para completar esse quebra-cabeça, entender como elas se conectam.

Olho pela janela e vejo minha mãe saindo com o carro da garagem, então começo a me mexer. Ligo o computador, torcendo para que eu não tenha prestado atenção antes em alguma coisa que faça sentido agora. Percorro cada perfil das redes sociais, então passo para o e-mail, depois abro cada arquivo salvo.

Nada. Não tem absolutamente nada aqui.

Depois vou para o meu armário, vasculho o fundo de cada gaveta e abro cada caixa da prateleira de cima, mas tudo o que encontro são roupas, sapatos e fotos que costumavam ficar na minha escrivaninha. Tiro todas as roupas sujas de baixo da cama. Abro todas as gavetas e folheio todos os livros da mesa: nada. É quase como se tudo fosse... vazio demais. Onde estão minhas recordações? As coisas que quis guardar dos últimos anos do ensino médio? Onde foi que coloquei minhas coisas pessoais? *Qualquer* coisa? Sou uma garota de dezoito anos, com certeza tem *algo* aqui escondido só para mim e mais ninguém.

Mas a única coisa que meio que chama a atenção é a pedrinha laranja e preta parecida com aquela que peguei na grama, na fazenda. Solto um suspiro e fico jogando-a para cima, observando meu quarto à procura de esconderijos em potencial.

Por que eu guardo isso? Será que essa pedra está conectada ao motivo de eu ter ido à fazenda?

Quando jogo a pedrinha para o alto novamente, ela cai no chão, perto da parede. Ao me abaixar para pegá-la, reparo que os quatro parafusos do duto do ar-condicionado estão desgastados. *Estranho.*

Pego o canivete que ganhei no jogo de argola e solto cada um, até que a tampa cai no chão e...

Que porra é essa?

Uma caixa laranja da Nike dentro do duto faz meu coração martelar dentro do peito.

Estico o braço e pego-a. Os cantos estão tão desgastados que a caixa precisou ser colada com fita adesiva em vários pontos, deixando à mostra o papelão marrom sob a tinta laranja que cobre as laterais.

Verifico novamente se o carro da minha mãe não está na garagem e coloco a caixa na cama. O que quer que tenha dentro, eu com certeza não queria que ninguém visse.

Faço que vou abrir a tampa, mas recuo, nervosa demais para descobrir o que tem está guardado ali.

Esta caixa.

Esta caixinha de sapato pode conter *todas* as respostas para as perguntas que tenho me feito. Mas e se eu não gostar delas?

Fecho os olhos e respiro fundo, aproximando a mão da tampa novamente.

Por favor, Deus. Por favor. Por favor. Por favor.

Abro-a devagar, e o que vejo é...

Bem... não sei direito.

É um amontoado de todo tipo de coisa. Papéis, fotos e objetos aleatórios que nunca vi antes.

Será que tudo isso é meu?

Pego um elástico de cabelo amarelo que está no topo e coloco-o no pulso; depois tiro uma câmera Instax cor-de-rosa e embaixo vejo um saco de pipoca, um ingresso de uma partida de futebol da Escola Católica Central e um livro com uma violeta entre as páginas. Nada disso tem significado para mim.

— O que são essas coisas? — sussurro. *E por que escondi tudo isso?*

Debaixo do livro, encontro uma pilha de pequenas fotos retangulares.

Na primeira, estou cercada por árvores, segurando um punhado de flores. Estou prestes a ir para a próxima quando observo a grama alta e as árvores... Acho que *poderia* ser vários lugares em Wyatt.

Mas... também poderia ser o bosque da fazenda dos Martin.

Passo para a próxima. É a silhueta de uma garota de lado, olhando para a câmera por cima do ombro. Observo-a mais de perto, e a linha suave de seu nariz me parece familiar, mas a foto está escura demais para que eu consiga distinguir as feições.

Vou para a próxima. À primeira vista, não sei direito para o que estou olhando, mas então fico com um nó na garganta e não consigo engolir.

Aproximo a foto de mim, prestando muita atenção no rosto borrado no canto.

Cabelo loiro-escuro.

Bochechas sardentas.

Minhas mãos começam a suar de nervoso.

Olho as outras fotos, o tempo inteiro prendendo o fôlego e com a vista trêmula.

É Nora entre duas linhas amarelas, correndo pela rua enquanto os arranha-céus de Pittsburgh iluminam o fundo.

Nora nadando, com o verde preenchendo o espaço atrás, e seus ombros nus aparecendo acima da água.

Nora sentada no capô do *meu* Volvo ao lado de uma embalagem de Doritos.

Nora. Nora. Nora.

Abaixo as fotos por um segundo, soltando a respiração e sentindo minha cabeça implorar por oxigênio.

Nós éramos *amigas*.

Ela mentiu para mim esse tempo todo.

Por que ela mentiria para mim?

Quando me acalmo, sigo para a próxima foto, tentando entender tudo isso, e vejo Nora...

Nora e eu...

Fico de queixo caído.

As fotos escorregam dos meus dedos e caem na cama uma por uma, mas meus olhos permanecem grudados no verso da foto que acabei de ver. Pego-a, com os dedos tremendo tanto que preciso usar as duas mãos para erguê-la.

Balanço a cabeça.

Eu não... consigo...

É... É Nora...

E eu.

Ela está...

A gente está...

Se beijando.

Que porra é essa?

Finalmente consigo ver onde todas as peças do quebra-cabeça se encaixam, mas não quero colocá-las no lugar. Sinto um calafrio na coluna, e permaneço paralisada onde estou.

Se mexe, Stevie!

De uma vez só, meus olhos disparam pela cama e minhas mãos desenvolvem vontade própria, porque não tenho mais controle nenhum sobre meu corpo. Observo-as juntar tudo freneticamente, enfiando as coisas de volta na caixa o mais rápido que um ser humano consegue se mover.

Tomo distância até bater contra a escrivaninha. Dou um pulo, pensando que é minha mãe, e tomo o maior susto.

Preciso tirar isso daqui. Me livrar disso antes que alguém veja.

Eu não devia ter aberto essa caixa.

Eu devia ter deixado para lá.

Porque agora minha página em branco se foi. Para sempre.

Capítulo 24

Não faço ideia do que diabos estou fazendo. Não consigo pensar num único lugar seguro para guardar esta caixa secreta e também não tenho um plano, mas mereço saber a verdade, e só existe uma pessoa capaz de me explicar tudo.

Tem que haver outra explicação, porque se tenho certeza de uma coisa, é de que não sou... lésbica. *Não posso ser.*

Enquanto dirijo a toda velocidade, tento ignorar a forma como aquela foto me fez sentir no mais íntimo do meu ser. Tento ignorar como tudo faz tanto sentido.

Esse pode ser o motivo de eu ter parado de sair com Savannah e Rory.

Pode ser o motivo de eu ter ido ao bosque aquele dia e de Nora agir de um jeito tão estranho de vez em quando.

Será por isso que me afastei da minha mãe? Será que Nora me fez esconder isso dela? Como foi que pude *escolhê-la* no lugar da minha mãe?

Eu nunca poderia fazer isso. Eu nunca *faria* isso.

Uma placa de "Pare" surge do nada, e afundo o pé no freio. Minha mochila voa do banco do passageiro e cai. Ouço as coisas dentro da caixa de sapatos se agitarem, mas obrigo meus olhos a focarem na estrada, apertando o volante com tanta força que os nós dos meus dedos ficam pálidos. No mesmo instante, me lembro de Nora no açougue agarrando a bancada.

Aquela história...

Ela estava falando de mim na minha cara, sabendo que eu nunca perceberia.

Quando chego na fazenda, jogo a mochila no ombro e desço do carro. As nuvens pesadas fazem sombra sob o sol do fim de julho enquanto atravesso o campo até o local onde trabalhamos na cerca semana passada. Mas isso não ameniza em nada o calor que estou sentindo.

Durante todo o trajeto, me esforço para parar de chorar, mas as lágrimas não cessam, porque cada vez que a caixa bate nas minhas costas, me lembro de todas as mentiras que Nora me contou nessas últimas semanas. Todos os segredos que ela tem escondido de mim.

A única pessoa que pensei ser uma página em branco... sabia de tudo. Esse tempo todo. Era disso que eu mais tinha medo. Foi por isso que decidi parar de tentar recuperar a memória e virei a página para começar minha segunda chance. Eu nunca devia ter mudado de ideia. Só que jamais imaginei descobrir algo tão sério.

Quando vejo o quadriciclo, choro ainda mais. Estou ofegante.

— Stevie? — pergunta Nora, surpresa, tirando os fones de ouvido e os deixando pendurados no pescoço. — O que está... — Ela para, percebendo que tem algo errado.

Todas as vezes que senti que de alguma forma ela estava me lendo, todas as vezes que ela disse exatamente o que eu precisava ouvir... agora fazem sentido.

— O que eu estava fazendo no bosque aquele dia? — falo com a voz trêmula, mas pronunciando cada palavra com calma, oferecendo a ela mais uma oportunidade de me contar a verdade.

— Stevie, do que está falando? Eu... eu não...

— Qual é? Vai voltar a dizer a mesma baboseira de sempre? — interrompo-a, tentando engolir as lágrimas para conseguir colocar tudo para fora. — Você não sabe, é? Não sabe de nada? — Coloco a mochila na minha frente, abrindo-a e revelando a caixa laranja.

Pego-a com as mãos trêmulas, deixando a mochila cair aos meus pés. Encaro-a por um instante e então atiro a caixa na grama entre nós, com as coisas se espalhando à sua frente: a câmera, as fotos, um bilhete de loteria aleatório e várias outras coisas que não significam *nada* para mim.

Mas observo como seus olhos se movem freneticamente, passando por cada objeto.

Vejo que ela sabe exatamente o que são essas coisas.

E que significam algo para ela.

Observo seu peito subir e descer, o suor surgindo na pele bronzeada de sol e empapando a gola da camiseta. Ela lentamente volta o olhar para mim, abrindo a boca como se fosse dizer algo e não conseguisse.

— Esse tempo todo... — Mantenho a voz baixa, porque é a única coisa que consigo controlar. — *Porra*, esse tempo todo...

Nora inclina a cabeça para trás, olhando para o céu. Quando finalmente se volta para mim, as lágrimas escorrem pelo seu rosto como naquele dia no açougue, e é assim que me dou conta de que isso tudo é verdade.

— Você... me esqueceu — fala ela com uma voz tão baixinha que mal consigo ouvir sobre o som suave do vento soprando pela grama.

— Mas você não esqueceu! Você sabia e não me contou! — Balanço a cabeça e ela coloca a mão sobre o coração, como se estivesse sentindo dor. — Passei esse tempo todo fazendo papel de *idiota* pensando em como era legal conversar com alguém novo. Alguém que não me conhecia antes.

— Eu queria te contar. Mas *como*? — Ela ergue as mãos. — Sei que não se lembra, mas você me contou que, até me conhecer, no segundo ano, você nunca tinha tido dúvidas sobre sua sexualidade. Então como você reagiria se eu te contasse algo assim? Eu não sabia o que fazer. Daí você começou a aparecer aqui, a gente passou a se ver mais e pensei que talvez isso significasse algo... que se eu esperasse, você acabaria se lembrando. Ou que quem sabe a gente poderia voltar a... e então ainda poderíamos seguir com nosso plano. — Ela dá um passo para a frente, mas dou outro para trás.

— Que plano? Do que está falando? — pergunto.

Ela se abaixa, desesperadamente procurando algo na bagunça de coisas espalhadas na grama, até que pega um papel dobrado em três, enfiado dentro do saco de pipoca. Ela o estende a mim, mas não me mexo.

Então começa a ler.

— "Cara senhorita Green, parabéns! É um enorme prazer comunicar a sua admissão à UCLA..."

— Que porra é essa? — Agarro o papel e passo a mão na superfície, sentindo sob o polegar o selo do brasão da universidade.

Califórnia.

Eu *não* ia para a Bower.

Eu não ia ficar aqui.

Mas por que eu esconderia que passei pra UCLA? Por que ninguém sabia?

— A gente ia dar o fora de Wyatt, Stevie. Você e eu. A gente ia pra um lugar onde poderíamos ficar juntas pra valer. E estávamos *muito perto* de conseguir — diz Nora.

Lembro do guia de viagem que vi na mesinha de cabeceira de Nora e que ela não queria que eu mexesse. Não era dela — era nosso. Assim como a bagunça na grama à minha frente, prova da vida secreta da qual eu não me lembro.

— Por que eu iria pra *qualquer* lugar com você? Por que eu deixaria minha família e meus amigos para trás sem nem contar pra eles? Não faço ideia do que você está falando... Eu não sou... não sou *lésbica*. — Só pronunciar essa palavra já me parece algo errado e me deixa assustada, querendo dar uma olhada ao redor para ter certeza de que estamos sozinhas.

— Você me *escolheu*, Stevie. Você me escolheu acima de todas as outras pessoas na sua vida que nunca entenderiam. Isso não significa algo pra você? — pergunta ela.

Amasso a carta de admissão e a olho fixamente nos olhos enquanto ela fica parada ali, a alguns metros de mim.

— Bem, seja lá quem for que tenha feito isso, não fui eu. Você não me conhece. Eu nunca faria isso. E eu... *gosto* de Ryan — falo. É a verdade. É a verdade, mesmo que não pareça agora.

— Você não gosta de Ryan — desdenha Nora, confiante, quase achando graça. — Isso é besteira, e você sabe. — Ela avança um pouco até estar a um metro de distância, e minha pele começa a formigar.

— Não. *Besteira* é ser enganada por alguém que você pensava ser sua amiga — digo, interrompendo-a.

— Não sou sua amiga, Stevie! Nunca fui *só* sua amiga. — Ela respira fundo. — Me desculpa por ter mentido pra você. Tá bem? Me desculpa mesmo. — Ela espera um pouco. — Mas essa situação tem sido *impossível* pra mim. Você não entende... a gente tinha *tudo*. Tipo, nosso relacionamento nunca teria como sobreviver aqui nesta cidade. A gente nunca poderia dividir um milkshake no Dinor. Nem andar de mãos dadas no shopping ou ir ao baile, muito menos arriscar sermos vistas juntas, mesmo que só como amigas, porque morríamos de medo de deixar alguma coisa escapar e alguém acabar vendo. A gente passava todo o nosso tempo enfiadas nesse bosque, e de algum jeito não só sobrevivemos aqui, mas também *florescemos*. Nosso relacionamento brotou sozinho na escuridão. E quando finalmente, *finalmente* estávamos quase vendo a luz, de uma hora para a outra, tudo foi arrancado da gente. — Ela faz uma pausa, e seus olhos cheios de lágrimas percorrem cada centímetro do meu rosto. — Você tem ideia de como é essa sensação? Ver a única pessoa que você ama parada bem na sua frente, sem ter ideia de quem você é? Sem ter ideia de que ela é a porra da sua vida inteira?

Minhas costelas doem quando vejo as lágrimas rolando pelas suas bochechas.

— Eu conheço você, Stevie Green. Sei que você odeia supermercados porque eles estão sempre gelados demais. Sei que você adora quando as pessoas coçam suas costas, mas ninguém faz como sua avó fazia. Sei que você não gosta da sensação de ficar com os pés descalços no piso molhado do boxe depois que a água para de cair. Sei que se alguém levanta a voz pra você, você espera até a pessoa se acalmar pra poder falar alguma coisa. — Ela se aproxima. Nossos rostos estão a centímetros de distância e sinto minhas pernas vacilando. — Sei que você não se lembra, mas *eu* me lembro. E sei que você sente. Mesmo agora.

Ela toca a minha mão, mas desta vez não me afasto, porque, por mais que eu saiba que eu deva... fisicamente não consigo. Fico parada ali, congelada pela verdade em suas palavras enquanto seus dedos se entrelaçam aos meus até nossas palmas estarem coladas uma na outra. Sinto um calor subindo pelo meu braço, fazendo meu corpo todo arder. De repente, entendo como tudo aconteceu — como dar as mãos no meio do ginásio durante uma partida de futebol nos levou até aqui.

Mas não consigo fazer isto. Não consigo *ser* isto.

— Por favor, me deixe ir — sussurro para o espaço que vai encurtando entre nós, e me pego desejando que não existisse mais nenhum espaço.

— Não consigo — responde Nora, avançando devagar até que eu finalmente cedo à atração magnética entre nós, envolvendo os braços em sua cintura e puxando-a para mim enquanto seus lábios tocam os meus.

Nossas cabeças se movem e se inclinam, se ajustando desajeitadamente. Suspiro contra sua pele salgada enquanto ela corre os dedos pela minha mandíbula até chegar na ponta do meu queixo, e então repete o gesto de novo e de novo, tentando me trazer ainda mais para perto.

Como é a sensação de beijá-la?

Sinto como se nós duas estivéssemos sendo engolidas por chamas.

Me sinto tão leve que realmente poderíamos estar flutuando.

Sinto que isto é tão certo que jamais poderia ser considerado algo errado.

Quer dizer, não *deveria* ser.

Mas, o que quer que seja isto, causou uma confusão em todas as outras áreas da minha vida.

Então, mesmo que seja tudo o que quero, sei que desta vez sou eu que não posso seguir com isso. Não tenho como fazer isso com ela.

Afasto seus ombros e obrigo minhas pernas a darem alguns passos para trás, colocando alguma distância entre nós.

— Isto foi um erro — digo, limpando a boca com o dorso da mão enquanto meu corpo todo implora para que ela me ignore, para que volte a me beijar. — Por favor, me deixa em paz.

— Stevie...

Não consigo olhar para ela, porque, se olhar, tenho medo de não ser capaz de ir embora. Em vez disso, fecho os olhos e imagino o rosto dos meus pais descobrindo o que acabei de fazer com uma garota. Posso ter escolhido Nora em vez deles antes, mas aquela foi outra vida. Eu não poderia fazer isso agora.

— Não consigo. Meus pais... eu não devia ter vindo aqui. — Me abaixo para pegar a mochila do chão, mas acabo só jogando-a na pilha de coisas. — Só... pode ficar com tudo isto.

— Espera, tem mais. Só... me dá um segundo. Preciso te contar...

— Não quero saber, Nora — respondo, apesar de querer saber tudo.

O problema é que, se eu souber, tenho medo de não conseguir ir embora. E se eu não for embora, todo mundo vai descobrir tudo sobre mim e vou perdê-los de novo, assim como nesses últimos dois anos. E eu já perdi coisa demais.

— Espera — pede Nora, esticando a mão para agarrar meu braço enquanto passo por ela. — Stevie, espera! Fala comigo. — Me desvencilho dela e continuo andando. — Stevie, me desculpa! Por favor, não vai embora! — grita atrás de mim, e sua voz falha.

Preciso reunir todas as minhas forças, mas não paro até estar de volta à segurança do meu carro.

Não preciso dela. Não preciso dela. Não preciso dela.

Fico repetindo na cabeça até me convencer de que é verdade.

Até perceber que consigo provar que é verdade.

Capítulo 25

Paro em uma vaga na rua principal, bem na frente do Dinor, e passo com tudo pelas portas duplas da cozinha. Assim que entro ali, tenho a sensação de que estou num lugar completamente diferente: o piso de madeira se transforma em azulejos com detalhes escuros, o silêncio do salão é instantaneamente substituído por panelas tilintando na pia, exaustores sugando a fumaça e a risada do cozinheiro preenchendo o espaço. Ignoro tudo, até que o vejo.

Ryan.

Ele está parado olhando para mim, com um prato pronto para ser servido em cada mão. Sinto que vou desmaiar, mas me aproximo dele mesmo assim, ignorando o quanto tudo de repente ficou tão silencioso.

É isto. O momento que tanto temi nas últimas semanas. O momento que vai encher meu peito de ar e provar que não sou... como ela.

Coloco a mão direita na cintura dele e passo a esquerda pela sua mandíbula, até meus dedos alcançarem seu cabelo preto macio.

— Stevie, o que está...

Começo a me inclinar e não paro até meus lábios estarem pressionados contra os dele. Fico na ponta dos pés enquanto suas mãos permanecem levantadas, equilibrando os pratos.

Me aproximo mais, espremendo-o, torcendo e *esperando* por aquela sensação.

Ela tem que vir.

Mas não vem.

— Stevie — tenta dizer, afastando a cabeça e me encarando horrorizado com seus olhos castanhos. É o exato oposto do que você quer ver na pessoa que acabou de beijar. Recuo, finalmente prestando atenção em seus colegas, que interromperam tudo que estavam fazendo para me encarar.

— Hum, Ryan, por que não tira um minuto, cara? — diz o cozinheiro, gesticulando com a espátula em direção à placa vermelha que indica a saída acima de uma porta de metal.

Ryan abaixa os pratos e pega minha mão. Então me leva para fora, para perto das lixeiras, onde o exaustor está soltando uma fumaça quente e defumada pelo ar.

Certo, só deve ter sido estranho porque todo mundo estava olhando. Me atiro nele de novo, mas dessa vez ele me detém.

— Stevie, peraí, o que está fazendo? O que você tem? — pergunta, confuso.

Toco seus braços ossudos e olho para ele, tentando soar o mais sincera possível.

— Eu só... gosto de você. Está bem? Eu gosto de *você* — falo.

— Eu... também gosto de você — responde ele. — Mas talvez a gente pudesse, tipo, se beijar mais devagar e... não na frente dos meus colegas. — Ele dá uma risada, depois suaviza a expressão e inclina a cabeça para mim.

Dessa vez, deixo que ele me beije.

Enquanto nossos lábios se encontram e seus braços me envolvem, tento ignorar o fato de ele estar cheirando a cebola, hambúrguer e óleo. Tento não prestar atenção em seu lábio superior, que me espeta e faz o meu coçar. Tento ignorar como tudo isso... parece errado.

Porque agora sei como deve ser um beijo, e isso está me deixando apavorada.

Prendo o fôlego e afasto os lábios, depois cambaleio pelo beco e me recosto na parede oposta.

— Stevie, por favor, fala comigo — diz ele atrás de mim. — O que está acontecendo?

— Você gosta de mim? — pergunto, sem conseguir olhar para ele.

Ele gagueja um pouco.

— C-como assim? Gosto.

— Qual é a sensação? — pergunto. Minha garganta dói a cada palavra.

— É uma sensação... boa. Tipo, sei lá. — Ouço-o se aproximando de mim.

— Não, Ryan. — Olho-o nos olhos enquanto ele me encara, procurando as respostas para o que está acontecendo. — Quero saber o que você *sente* quando está comigo — pergunto.

Lembro da sensação de estar sentada no meio-fio do lado de fora da cafeteria com Nora. Apenas estar perto dela foi o suficiente para de alguma forma eu conseguir me acalmar.

— Quando você está perto de mim — completo.

Lembro da euforia e de como me senti segura pressionada contra ela no quadriciclo.

— Quando você olha pra mim.

Lembro de como fiquei sem fôlego quando ela fixou o olhar no meu naquela cerca.

— Quando você segura minha mão.

Lembro da minha mão na dela e de pensar que nada poderia estar mais *certo*.

— Quando você me beija.

Minha pele queima, pegando fogo só de lembrar dos lábios dela nos meus.

Ryan fica parado ali, encolhendo os ombros.

— Stevie, por que está me perguntando tudo isso? Não estou entendendo. Não sei responder *nada* disso. — Ele respira fundo e solta o ar, frustrado. — Tipo, a gente *acabou* de começar a sair e daqui a um mês vou embora da cidade.

E é exatamente este o problema. Ele não entende.

Porque ele não é a pessoa certa para mim.

— Preciso ir. Me... me desculpe — respondo, caminhando até a rua.

— Espere! — grita Ryan, mas é tarde demais: dobro a esquina, entro no carro e vou embora tão rápido quanto cheguei.

Naquela noite, puxo o cobertor acima da cabeça e tento não pensar na caixa de sapato ou nas mentiras, naquele beijo no campo nem na minha vida antes do acidente.

Depois desse tempo todo me esforçando para lembrar, tudo o que quero é esquecer. Mas não consigo. Quanto mais eu tento, mais os pensamentos insistem em ficar.

Uma coisa era saber que eu tinha um espaço vazio na minha vida.

Outra coisa completamente diferente é saber o que estava faltando.

Especialmente quando o que estava faltando é algo que eu nunca posso me permitir ter de novo.

15 de julho

Stevie,

Me desculpa.

Me desculpa por ter fingido que a gente não se conhecia.

Me desculpa por ter sido covarde e não ter te contado a verdade.

Me desculpa por não ter te contado tudo lá no campo hoje.

Principalmente... me desculpe por ter te feito caminhar sobre aquela ravina.

Te machucar era a última coisa que eu queria no mundo...

Mas agora parece que foi tudo o que fiz.

Não acredito que estou dizendo isso, mas... estou enxergando agora que não tem como as coisas darem certo pra gente. Que a gente não pode voltar atrás, esquecer que o acidente aconteceu e continuar de onde paramos.

Você me pediu pra te deixar em paz, e talvez esse seja a punição que eu mereça.

Então... não vou mais te procurar.

Mas, no meu coração, nunca vou deixar você. Eu nunca conseguiria fazer isso. Vou te amar com todo o meu ser pro resto da minha vida.

Nora

Capítulo 26

Na semana seguinte, faço tudo o que posso para me manter ocupada. Pego horas extras no trabalho, de vez em quando levo o almoço para o meu pai, ajudo minha mãe nas coisas dela e assistimos a um filme, fazemos até planos de ir ao cinema toda quarta daqui para a frente, mesmo depois que as aulas na Bower começarem. Ouço música no chuveiro e toda noite pego no sono assistindo a qualquer coisa na Netflix no notebook, porque sempre que fico em silêncio e completamente sozinha, tudo o que faço é pensar nela. E quanto mais tempo passo pensando nela, mais difícil vai ficando me convencer de que estarmos juntas é uma ideia ruim.

Porque a verdade é que, enquanto eu fazia tudo isso durante a semana, a única coisa que eu realmente queria fazer era ir vê-la.

Para andar de quadriciclo.

Para instalar uma cerca.

Para enfiar a mão em uma montanha nojenta de carne moída.

Qualquer coisa só para estar ao lado dela.

Nora acendeu algo dentro de mim aquele dia no campo e, apesar dos meus esforços para apagar essa chama, ela está ardendo desde então.

Ela arde mesmo quando fico observando meus pais no carro da minha mãe enquanto voltamos para casa depois da missa de domingo. Foi estranho voltar lá sabendo a verdade — meu professor de teologia do primeiro ano estava só alguns bancos à frente, e fiquei o tempo todo me lembrando daquela aula idiota em que ele explicou por que o casamento só deveria ocorrer entre um homem e uma mulher.

Como seria contar para os meus pais?

Mãe, pai. Gosto da Nora Martin.

A cabeça do meu pai provavelmente explodiria bem aqui no carro, e os miolos e o sangue se espalhariam pelas capas protetoras de bancos da minha mãe.

Brincadeirinha. *Estou brincando.* Mas mesmo assim é uma imagem mais fácil de engolir que a verdade. Na real, acho que ele só me deserdaria. Se ele não queria "viados" nem no programa que ele assiste na TV, duvido que fosse querer uma pessoa *queer* morando debaixo de seu teto.

Mas e minha mãe? Ela não faria isso, né? Fui eu que dei um gelo nela, ela nunca faria isso comigo. Tipo, já a vi revirando os olhos diante das bravatas políticas do meu pai... Só que ela também nunca fala nada. E mais que isso, tem a igreja, e a verdade é que seu status na St. Joe significa o mundo para ela. Se ter uma filha que abortou foi motivo para a sra. O'Doyle perder o posto que ocupava, com certeza uma filha lésbica seria catastrófico para a imagem da minha mãe e para o progresso que ela finalmente está fazendo. Não que aborto e sexualidade tenham *algo* a ver, mas, aos olhos da igreja, ambos são basicamente um bilhete só de ida para os poços do inferno.

Mas será que minha mãe *realmente* colocaria a igreja acima de mim? É difícil acreditar, mas antes tomei a decisão de deixá-la e ir para a Califórnia... com Nora. Então eu devo mesmo ter acreditado que sim.

É difícil entender como algo que parece *tão* certo possa ser visto como tão errado. Se eles pudessem entrar na minha cabeça só por um segundo para sentir o que sinto, entenderiam na mesma hora. E aí talvez...

— Stevie? — chama minha mãe, ajustando o retrovisor para poder me ver no banco de trás. — Perguntei se você quer tomar café da manhã no Dinor.

— Não! — respondo rápido e alto demais. — Quer dizer, hum... na verdade, eu estava querendo dar uma olhada na ementa do curso pra ver de quais livros vou precisar. — *Boa desculpa.*

— Preciso estar na oficina até as onze, de qualquer forma. — Meu pai passa a mão no rosto. Estou começando a me perguntar se ele está cansado ou se só está mais velho do que me lembro.

— Você tem mesmo que ir trabalhar *de novo*, John? É domingo — diz minha mãe, com uma pontada de irritação na voz.

— Amor, já conversamos sobre isso... preciso pegar todos os trabalhos que posso agora — responde ele.

Então os dois começam a falar em sussurros enquanto minha atenção se volta para a janela, procurando algo em que me concentrar. Tipo Ryan.

Não falei mais com ele desde... o incidente. Ele deve pensar que sou louca ou algo assim, para me atirar nele daquele jeito e depois sumir do mapa. Sei que preciso ligar para ele. Pedir desculpas. Eu só... não sei como me explicar.

Ele não vai engolir um simples pedido de desculpas e, na verdade, nem tenho como exigir isso. Ele merece uma explicação genuína, que é a única coisa que não posso lhe oferecer.

Penso naquela noite no Dinor em que falei sobre como foi crescer aqui, morar aqui. Se existe algum ser humano neste vilarejo com quem eu poderia conversar sobre Nora... é Ryan. Quem sabe... quem sabe ele possa até me ajudar a descobrir o que fazer.

Só espero que ele me perdoe antes.

Passei os últimos vinte minutos nervosa, olhando pela janela da frente de casa. Mandei uma mensagem para Ryan perguntando se ele podia vir aqui para a gente conversar, então ele está vindo, mas ainda não faço ideia do que diabos vou dizer.

Ei, foi mal por ter me jogado em cima de você no seu trabalho e por ter ficado com você do lado da lixeira, mas, na verdade, foi só porque eu queria muito fazer isso com uma garota e estava tentando não querer.

— Ai, meu Deus. Não posso falar isso pra ele — sussurro, balançando a cabeça.

— Com quem está falando? — pergunta meu pai, me dando um susto.

Viro o rosto e dou de cara com ele bem atrás de mim. Ele vira a cabeça para também olhar pela janela, dando uma grande mordida no brownie que minha mãe fez ontem.

— Nossa, pai. — Levo a mão ao coração, que disparou. — Há quanto tempo você está parado aí?

Ele dá de ombros e continua:

— O que está fazendo?

— Ryan está vindo aqui, estou esperando — respondo.

Ele resmunga e enfia o resto do brownie na boca, limpando a mão no macacão.

— Ele podia apertar a campainha e entrar, não acha? Ninguém mais faz a coisa certa hoje em dia.

— Quando foi que você ficou tão ranzinza? Como as pessoas podem fazer a coisa certa se você nem dá uma chance a elas? — digo. Ele franze as sobrancelhas. — Somos só amigos, pai. Então pode parar de resmungar — acrescento, dando um suspiro enquanto Ryan estaciona seu Honda Civic branco na garagem.

Saio de uma vez, antes que meu pai diga qualquer outra coisa.

Conforme me aproximo do carro, Ryan abaixa o vidro da janela, mas não vejo sinal daquele seu sorriso cintilante de sempre, ao qual tanto me acostumei.

— Quer dar uma volta pela vizinhança? — pergunto, gesticulando a cabeça para a rua.

Ryan assente e desce do carro.

Sei que meu pai provavelmente ainda está na janela nos observando, então fico em silêncio durante o primeiro minuto do passeio, enquanto passamos por algumas casas. Minha rua é tão tranquila que caminhamos no meio da via, nos revezando para chutar uma pedrinha até ela cair num bueiro.

— Obrigada por ter vindo — finalmente digo, olhando para ele.

— Você meio que me deu um perdido. — Ele dá de ombros, que estão mais caídos que o normal.

— É... — Como não desenvolvo, ele me olha como quem diz "E aí, vai se explicar ou não?".

Então falo a única coisa de que estou certa por enquanto:

— Me desculpa pelo que fiz. Eu estava só... tendo um dia muito ruim. Mas isso não é justificativa. Sei que fui estranha e provavelmente te deixei chateado e te envergonhei na frente dos seus colegas. Me desculpa mesmo, Ryan.

— Tudo bem. — São as palavras que não consegui dizer a Nora, não importa quantas vezes ela tenha me pedido desculpas. — Pete, o cozinheiro, está me chamando de Casanova agora. Então valeu — acrescenta, nos fazendo rir, e o clima fica um pouco mais leve.

Mas ainda preciso dizer uma coisa.

— Então, hum... estava pensando que talvez fosse melhor a gente ser só amigo.

— Acho que talvez seja uma boa ideia — responde sem hesitar muito.

Esperava sentir uma dorzinha com essa declaração, mas não sinto.

Conduzo ele até uma rua mais calma, cheia de terrenos que não chegaram a ser vendidos. O mato alto se espalha por toda parte.

— Então é isso? É tudo que vai me dizer? Sabe, agora que somos amigos, talvez você possa me contar o que está acontecendo — diz Ryan.

Respiro fundo e abro a boca. Acho que agora é a hora de eu confiar que ele é o cara que espero que ele seja.

— Posso, hum... te perguntar algo meio... bem... posso te perguntar uma coisa? — De repente, minha garganta está tão seca que quase não consigo falar.

— Com certeza — responde ele, me olhando enquanto vamos até a calçada para evitar uma picape se aproximando, soltando fumaça preta do escapamento enferrujado.

Engulo em seco com força.

— Será que você podia... não olhar pra mim? — pergunto, dando uma risada nervosa.

— Hum, tudo bem.

Ele desce o olhar para os pés no asfalto. Olho para trás e ao redor de nós para ter certeza de que não tem ninguém por perto para ouvir.

Todos os jardins estão vazios, mas mantenho a voz baixinha.

— Você acha que seria muito estranho se eu gostasse... de alguém que não fosse... um garoto? — Me arrependo de pronunciar essas palavras assim que elas saem da minha boca, e cerro a mandíbula com tanta força que fico achando que ela vai partir no meio.

Por que fui perguntar isso para ele? Por que eu perguntaria isso para *qualquer pessoa*? Ele vai pensar que sou...

— Acho que não seria nem um pouco estranho se você gostasse de alguém que não fosse um garoto. — De canto de olho, vejo que ele levanta a cabeça para mim.

— Tudo bem se você achar estranho — respondo, envergonhada demais para fazer contato visual.

— Olha, primeiro de tudo, não estaria nada bem. Segundo, Stevie, isso *não* é estranho. — Ele estica o braço, me tocando de leve para me fazer parar de andar. Olho-o de soslaio e vejo que ele está estreitando os olhos, desconfiado. — Nora Martin?

Minhas bochechas esquentam imediatamente. Desvio o olhar depressa, em pânico.

— O quê? Por que você acha isso?

— Hum, vejamos. Você gastou todo o seu dinheiro no parque por uma *possível* chance de animá-la. Sempre que você falava dela, seu rosto todo se iluminava. E, cá entre nós, Nora não me parece a pessoa mais hétero do mundo...

se é que me entende. Não vou contar pra ninguém, Stevie. — Olho para ele, que está me encarando. — Prometo — conclui Ryan, e eu acredito nele.

Respiro fundo e me sento no meio-fio, abraçando os joelhos e puxando-os até o peito.

— Parece que a gente estava... juntas. Antes do acidente, durante o período de que não consigo me lembrar.

— *Nossa*. Está falando sério? — pergunta ele, arregalando os olhos e se sentando ao meu lado.

— Pouco antes de ir pro Dinor, encontrei uma caixa...

Conto a ele tudo o que aconteceu: as fotos, a discussão com Nora, a descoberta sobre a UCLA e a Califórnia, todas as verdades e as mentiras que Nora me contou desde que acordei do coma. A única coisa que deixo de fora é o beijo, porque de alguma forma sei que falar isso em voz alta o faria parecer algo menor.

— Puta merda. Então o que você vai fazer? — pergunta Ryan assim que concluo.

— Sei lá. Nada, acho. — Dou de ombros, frustrada.

— Bem, você não disse que gosta dela?

Solto um suspiro. *É lógico* que gosto dela. Eu nem sabia que podia sentir tudo isso por alguém, mas...

— Não importa. Não é como se eu pudesse...

— Por que não? Você já fez isso antes.

— Bem, pra começar, meus pais me deserdariam, Ryan — afirmo o óbvio. — Não quero deixar minha vida toda pra trás. Não entendo por que um dia pensei numa coisa dessa.

— Nora te disse como foi que vocês tomaram essa decisão? — pergunta ele. — Imagino que tenha um motivo.

Lembro que saí correndo aquele dia, e que ela queria me contar mais alguma coisa.

— Não fiquei tempo suficiente pra descobrir.

— Bem, então talvez fosse uma boa ideia.

Fico pensando nisso, e então meu celular vibra no bolso. Pego-o e vejo uma mensagem da minha mãe.

Em vinte minutinhos as costelas estão prontas.
Convida o Ryan pra comer aqui com a gente!
Prometo não ser estranha haha

— Meu pai está fazendo churrasco com o... prêmio que a gente ganhou. Quer jantar lá em casa? — pergunto.

Ele me olha com uma expressão impassível.

— Meu Deus do céu. Você está querendo que eu *coma* aquela vaquinha fofa em que vi você fazendo *carinho* na feira? — Fico encarando-o, até ele abrir um sorriso brincalhão. — Ah, por que não? Tô dentro — diz, me fazendo rir. Fico de pé e ajudo Ryan a se levantar também.

— Só pra você saber, meu pai meio que acha que estamos saindo. Então talvez ele esteja limpando a espingarda quando a gente entrar em casa.

— E eu pensando que isso era coisa de filme — responde, e nos viramos para voltar.

Capítulo 27

— **Ryan, o que achou** das minhas almôndegas? — pergunta minha mãe, se inclinando sobre a mesa, ansiosa, enquanto ele enfia a última bolinha de carne na boca.

Ele mastiga depressa para poder engolir e então responde:

— Ah, estão uma delícia, sra. Green. Carne com carne de acompanhamento, adorei — fala, dando uma piscadinha.

— Eu sei, não é muito comum. Tenho andado meio doida com os preparativos para a macarronada.

— Macarronada? — pergunta Ryan.

— Stevie, você não contou? — pergunta ela, seus olhos brilhando quando volta a olhar para ele. — Ryan! Você tem que vir nos ajudar! Vai ser útil ter um profissional como você. É um evento para angariar fundos pra nossa viagem de missão pro Haiti. Vai ser daqui a umas semanas, em agosto. Você pode?

Me intrometo:

— Mãe, não fica pressionando... Ryan, você não precisa *trabalhar* no evento beneficente.

— Não, tudo bem. Mesmo. Eu adoraria ajudar — responde ele, e minha mãe dá vários gritinhos animados.

— Ryan, acho que você quer mais um pouquinho — diz meu pai, se levantando da cadeira e tirando o pegador do descanso de talheres. Mesmo depois do banho, ainda sinto o cheiro de óleo de motor por baixo do sabonete e da loção pós-barba.

— Ah, não, obrigado, sr. Green. Estou bem ch... — Ryan para de falar quando meu pai se inclina na mesa e serve mais três costelas em seu prato.

— John, não precisa forçá-lo — fala minha mãe para o meu pai antes de voltar a atenção para Ryan. — Então, Ryan, você também se formou esse ano, né?

— Sim, senhora — responde ele, fingindo dar uma mordida na carne e limpando a boca com um guardanapo do suporte em forma de galo.

— Quais são seus planos pro ano que vem? — pergunta minha mãe.

— Estou indo pra Itália no final do mês pra passar um tempo fora.

— Ah, nossa! Que legal — comenta ela, e um sorriso empolgado se espalha pelo seu rosto.

— Vou te contar uma coisa, garoto. Nem sempre a grama do vizinho é mais verde — diz meu pai, mudando a expressão.

Ryan inclina a cabeça.

— Como assim?

— Bem, todos os jovens hoje em dia acham que têm que se aventurar pelo mundo. Sei lá. Talvez você pense que precisa provar alguma coisa a alguém. Mas você não vai achar nada lá que não poderia encontrar aqui mesmo em Wyatt, com a sua família — diz meu pai, soando quase arrogante. — Tipo a Stevie, que sabe o que é bom pra ela. Ela compreende os valores familiares e sabe que o melhor lugar pra ela é bem aqui.

Sempre soube que meu pai não tinha o menor interesse em sair de Wyatt, mesmo nas férias. Mas não sabia que ele tinha uma opinião tão forte sobre *eu* sair ou não. No hospital, ele me falou que me queria pertinho para poder me ajudar depois do acidente, mas pensando bem... ele não tem me ajudado em nada. É meio difícil ajudar alguém quando você literalmente nunca está por perto.

Fui eu quem *tentei* voltar a me conectar com meu pai. Tentei passar um tempo com ele. Tentei consertar o que quer que tenha se quebrado na nossa relação... mas é como se ele mesmo não *quisesse* nem tentar voltar ao que era antes. Tudo que ele quer é continuar assim... irritado.

Meu pai volta a prestar atenção na costela em seu prato, como se a conversa tivesse terminado.

Pego o garfo e fico remexendo a comida no prato. Lanço um olhar para a minha mãe, mas ela está fazendo o mesmo.

— Bem... — Ryan olha para mim e depois para o meu pai. — Com todo o respeito, senhor, nem todo mundo consegue passar a vida numa cidade como esta.

Nos entreolhamos, e acho que ele está falando tanto de mim quanto dele.

— Bem, sou bem mais velho que você. Você é jovem, e os jovens acham que sabem de tudo, mas acho que todo mundo tem que descobrir a verdade por conta própria — diz meu pai, encerrando o assunto.

— Acho que sim — responde Ryan, então meu pai se levanta e vai deixar o prato na pia. Depois só sai andando até o hall de entrada, fechando a porta atrás de si e indo para a garagem.

Depois de um instante de silêncio constrangedor, minha mãe fala:

— Me desculpe. Ele acha este lugar o máximo. — Ela força uma risada, balançando a cabeça. — Acho maravilhoso que você vá pra Itália. É preciso muita coragem pra se mudar pra tão longe. Sempre pensei que fosse gostar de fazer algo assim, mas acho que não tive coragem.

— Sério? Você queria ir embora de Wyatt? — pergunto, chocada. Ela *nunca* me contou nada parecido antes.

— Sim, quando eu era jovem, mas daí conheci seu pai, depois tive você e sei lá... O tempo meio que me escapou — diz, com um olhar quase distante.

Hum.

Então quer dizer que minha mãe queria ir embora, assim como eu quero agora? Fico me perguntando o que ela pensaria se eu contasse que queria ir para a Califórnia ou algo assim. Será que ela me apoiaria?

— Mas não me arrependo de nada, não — acrescenta rapidamente. — Adoro minha vida aqui, com você. E seu pai resmungão.

Ela dá risada. Pode até ser verdade, mas também não quer dizer que ela não teria gostado de viver uma vida um pouco diferente. Talvez gostasse até mais do que esta. Agora ela nunca vai saber. E isso faz eu me sentir muito triste.

Talvez eu não tenha sido justa antes em ter simplesmente *concluído* que ela reagiria mal ao meu relacionamento com Nora. Talvez ela mereça uma chance. E eu também.

Depois do jantar, acompanho Ryan até o carro dele.

— Olha, obrigada por ter falado aquelas coisas pro meu pai — digo.

— Eu só disse a verdade. — Ele assente e entra no carro. Me apoio na janela aberta, enquanto ele olha para os lados e depois para mim. — E aí, você vai tentar com Nora? — sussurra ele.

Nora.

Estou morrendo de medo, mas... Nunca senti algo assim com *ninguém* antes. E não quero passar a vida sem saber, como minha mãe. Eu realmente tive uma segunda chance. Se não fosse pelo acidente, eu teria deixado todos com quem me importo para trás. Se não tivesse encontrado a caixa, talvez eu teria deixado Nora enterrada no meu passado. E se existir uma forma de eu não precisar abrir mão de nenhuma dessas coisas? Não vou saber se não tentar.

— Acho que sim — respondo, e não consigo evitar um sorriso diante da ideia de beijá-la de novo.

— Que bom. Me avisa se quiser sair. Ou se vocês quiserem... amiga.

— Aviso, sim — respondo antes de ele sair da garagem.

Mas primeiro preciso descobrir se ela ainda vai querer *me* ver.

Capítulo 28

Acordei hoje de manhã com duas mensagens. Uma era um convite para a festa pós-macarronada de Jake, e a outra, uma resposta de Nora, que consistia apenas num alfinete vermelho marcando no Google Maps uma localização no meio do bosque da fazenda.

Vou contornando as árvores, olhando para o celular de vez em quando para ter certeza de que estou no caminho certo. Tudo ao redor tem algum tom de verde, até que finalmente vislumbro outras cores se destacando entre as árvores à distância. Quando saio do arvoredo, as cores assumem a forma de flores, centenas delas, e no meio está Nora.

A garota que salvou minha vida.

A garota que não saiu da minha cabeça a semana toda.

A garota que me conhece melhor que qualquer um, mesmo que eu não me lembre.

Ela se levanta assim que me vê.

— Oi — digo, notando a colcha de retalhos estendida no chão. Acima dela está minha mochila aberta, contendo a caixa laranja. Quanto mais me aproximo, mais nervosa ela fica. — Tudo bem se eu me sentar?

— Tudo bem — responde.

Passo pelas flores e me sento de pernas cruzadas na ponta da colcha, e depois de um instante ela se senta na minha frente.

— Acho que este é o lugar mais lindo que já vi na vida. Tem tantos tipos de flores. — Sorrio, olhando para o mar de cores ao redor.

— Fomos nós duas quem plantamos, na primavera. Na verdade, foi ideia sua — comenta ela.

— Que esperta. — Compartilhamos um sorrisinho, mas então Nora balança a cabeça.

— Nora... — Meus olhos desviam para a caixa ao seu lado. — Me conta sobre nós?

— Hum. — Ela respira fundo, com a cabeça um pouco abaixada. — Certo.

Nora assente, colocando a caixa entre nós duas. Ela parece diferente, quase... sem esperança. Estou com muito calor na nuca, então faço um coque com o elástico amarelo que está no meu pulso enquanto ela abre a caixa.

A primeira coisa que pega é a embalagem de pipoca.

— Isto é do nosso primeiro encontro de verdade. A gente passava noventa e oito por cento do nosso tempo aqui, mas de vez em quando a gente ia até Pittsburgh pra conseguir, sabe, sair em público.

— A gente comprou a pipoca e as outras coisas lá? — pergunto, levemente surpresa por ter torrado minha grana naqueles preços exorbitantes do cinema.

— É óbvio que não, a gente não era trouxa. Paramos no mercado no caminho e escondemos as coisas embaixo do casaco. Como se eu fosse pagar uma fortuna em uma pipoca. — Ela revira os olhos.

Dou risada, assentindo.

Ela pega o ingresso de um jogo de futebol.

— Da noite que a gente se conheceu. Já te contei essa história.

Fico lembrando do que ela me contou e, agora que sei a verdade, parece muito *mais* que só algo fofo e bobinho. Dá até para imaginar: nós duas perambulando pelos corredores da Escola Católica Central, deitando uma ao lado da outra no meio da quadra de basquete, sua mão na minha e meu braço todo arrepiado, assim como aconteceu no campo.

— Por que está sorrindo? — pergunta, atraindo minha atenção para seus olhos cor de avelã.

— Sabia que, quando você me contou essa história no açougue... eu fiquei com um pouco de inveja? — admito.

— *Sério?* — fala Nora, e desvio o olhar, envergonhada. — Peraí, com inveja do quê, exatamente?

— Sei lá. Acho que, tipo, do que você sentiu, bem... por mim. Sempre quis isso, mas nunca... — Dou de ombros. — Nunca achei que algo assim fosse acontecer comigo.

— Isso é *tão* esquisito. — Nora se deita de costas na colcha, olhando para o céu. — Você já me falou isso antes, quase com essas mesmas palavras.

Finalmente vejo a sombra de um sorriso nos cantos de seus lábios.

— Bem, pelo menos sou consistente. O que mais? — pergunto, antes que eu diga o que mais estou pensando: que também fiquei com inveja por *vê-la* falar sobre seus sentimentos por alguém daquele jeito porque, no fundo, mesmo que eu não conseguisse admitir no dia, eu queria que ela estivesse falando de mim.

Deslizo a caixa em sua direção enquanto ela se vira de lado, apoiando-se no cotovelo.

— Certo, hum... — Ela remexe a caixa até encontrar um punhado de fotos, algumas que ainda nem vi. — Lá no início a gente decidiu só tirar fotos Polaroid, pra ninguém acabar vendo alguma coisa acidentalmente nos nossos celulares nem nada disso. — Espero que ela as ofereça para mim, mas Nora começa a olhar uma por uma. — Na verdade, faz um tempão que não vejo algumas delas.

Observo um sorriso se espalhando pelo seu rosto, que vai se alargando a cada imagem. Então ela solta uma risada e me entrega uma foto.

— Esta aqui é uma das minhas favoritas.

Estreito os olhos. A foto foi definitivamente tirada aqui, com o riacho preenchendo a maior parte do cenário. Mas, fora um borrão esbranquiçado flutuando na água, não tem nada de particularmente significativo.

— O que é?

— Não tá se reconhecendo, não? — Nora dá risada de novo, esperando até que eu entenda.

Olho de novo, e... *ai, meu Deus*. Consigo distinguir meu cabelo esvoaçando e se misturando aos troncos. Mas peraí... me apresso em segurar a foto contra o peito, abrindo a boca enquanto olho para Nora.

— Estou... — falo mais baixo. — *Nadando pelada*?

— É. Tá chocada? — pergunta ela, com um tom provocativo. Sedutor.

Sorrio, com os olhos arregalados.

— Um pouco, nunca fiz *nada* assim antes.

— Também foi ideia sua — fala, sem tirar os olhos da pilha de fotos.

— Até parece.

— Tem razão, foi ideia minha — responde, e atiro a foto de volta para ela. Nora a joga na colcha, gargalhando.

Passamos um tempo olhando as fotos enquanto Nora me conta a história por trás de cada uma. É estranho, quase perturbador, olhar para todas essas lembranças e sentir como se eu nem estivesse lá. Mas, se tenho certeza de uma coisa, é que pareço feliz.

— A gente se divertia bastante por aqui, hein? — falo, e ela me passa uma selfie minha montada em suas costas, com nossos sorrisos estourados pelo flash.

— Sim — responde, guardando as fotos na caixa.

— Queria poder me lembrar.

— Eu também.

— Mas... estou feliz por estar aqui agora — acrescento, encarando-a. — Com você.

— Está mesmo? — pergunta. Seus olhos, ainda cheios de cautela, se estreitam.

— Estou.

Então ela me encara de um jeito que faz meu coração acelerar.

Em seguida pega mais algumas coisas da caixa. Um livro que a gente supostamente adora, com uma garota deitada num monte de feno na capa, e um bilhete premiado que encontramos em um estacionamento e nunca fomos resgatar.

— Peraí, por que a gente não devolveu e recebeu os dezessete dólares? — pergunto, dando uma olhada nos três ovos fritos alinhados em uma fileira.

— Decidimos esperar pra fazer isso antes de... — Desvio o olhar do bilhete e vejo Nora me encarando novamente com uma expressão de dúvida. — Antes da gente ir embora.

Respiro fundo e encolho os joelhos no peito.

— O que eu ia falar pros meus pais? Pra minha mãe? — pergunto, sentindo um pouco de medo da resposta.

— Você não ia falar nada.

— Como assim? Eu só ia sumir do mapa? — pergunto, incrédula, e ela assente. — Mas ela é... minha *mãe*. Eu não faria isso.

— Sinto muito, Stevie. É só... o que você decidiu. Você queria cortar todo contato — diz Nora.

Minha mãe ficaria doida. Quer dizer... ela *morreria*.

O que eu tinha na cabeça? Eu devia estar gostando muito, mas muito *mesmo* de Nora. Eu devia gostar dela mais do que estou imaginando. Mais do que acho possível.

Quero tentar. Sei que quero, mas Nora precisa entender que desta vez as coisas têm que ser diferentes. Sei que sonhei em ir pra UCLA um dia, mas não tenho como ir *agora*. Quero levar as coisas mais devagar, o que não inclui a Califórnia.

Se vamos tentar fazer dar certo, ela precisa entender que não importa o que eu decidir ou quando eu decidir sair do armário, não posso deixar minha relação com minha mãe desmoronar novamente.

— Você... — começa Nora, mas interrompo-a. Tenho que tirar isso do peito.

— Nora, o que quer que eu tenha feito ou planejado, não posso fazer de novo. Não posso perdê-la, está bem? — falo, percebendo meu tom desesperado. — Tipo, ela é... minha melhor amiga. E estamos tão bem agora. Não posso fazer isso com ela. Não *vou* fazer isso com ela.

Nora fica um bom tempo me olhando, mordendo o lábio.

— Não vou te pedir isso — diz ela finalmente.

— Certo. — Respiro fundo e solto o ar, aliviada. — Certo. — Então pergunto: — Bem, mas e você? Qual era seu plano?

— Se eu ia contar pra minha mãe? — Ela dá de ombros, soltando uma risadinha fraca. — Você não chegou nem perto de ver as piores partes daquela senhora. Não. Nunca nem considerei contar pra ela. Você não era a única que queria que nosso relacionamento fosse um segredo.

Nossa. Me pergunto o que significa isso. Já vi como a mãe fala com ela. Tem como ficar pior?

Até que sinto um peso no coração ao me dar conta de outra coisa. Nora finalmente tinha um plano para sair daqui, para se afastar da mãe e... eu estraguei tudo.

— Nora, você ainda pode ir embora. Ainda pode ir pra Califórnia. Sem mim, quero dizer.

Ela bufa, balançando a cabeça, como se eu tivesse acabado de falar a coisa mais ridícula do mundo.

— Você ainda não faz ideia do quanto significa pra mim. Eu não iria embora sem você. Eu... te disse uma vez que quero estar com você mais do que quero vazar deste lugar.

Ela estica o braço e sua mão fica pairando sobre a minha perna, talvez para ver se vou afastá-la, mas não faço isso. Sinto minha pele se acender com seu toque de uma forma que suspeito que nunca vou enjoar. Quando coloco a mão sobre a dela, seus olhos cor de avelã encontram os meus, e é como se estivesse fazendo uma pergunta.

Faço que sim e sua expressão volta ao normal enquanto um sorriso enorme finalmente se espalha pelo seu rosto.

— Está falando sério? — pergunta, seus olhos se enchendo de lágrimas.

— Sim. Mas a gente. Não pode. Contar. Pra *ninguém*. Todo mundo tem que pensar que somos só amigas — digo. Não tem como meus amigos e minha família ficarem sabendo antes de *eu* mesma descobrir se é realmente isso que quero. — E estou falando sério sobre a minha mãe. Não vou deixar a gente se afastar de novo. — Tento manter uma expressão severa para não deixar dúvidas de que estou falando sério, mas não consigo evitar um sorriso quando ela se aproxima de mim.

— Quero manter esse segredo tanto quanto você. Em público, podemos ser amigas, estranhas, o que você quiser, Stevie — diz ela, deslizando a mão pelo meu cabelo e me puxando para si. — Mas aqui...

Ela me beija mais suavemente agora, como se ainda tivesse medo de me assustar. Mesmo assim, sinto um frio na barriga, reconhecendo a mesma leveza daquele dia no campo. Então ela afasta os lábios, apoiando a testa na minha. Abro os olhos e vejo que os dela ainda estão fechados.

— Eu amo você — sussurra Nora. As palavras me fazem sentir uma onda de pânico, mesmo soando tão lindas vindas de sua boca.

Uma fração de segundo depois, ela abre os olhos.

— Eu... — começo, mas não sei o que dizer.

— Desculpa. Eu não queria... bem, eu queria, mas...

— Tudo bem. Sério. Eu só... não estou... — Meu rosto fica vermelho.

— Não, não, não. — Ela faz um gesto com as mãos. — Eu não devia ter falado isso. Acabou escapando. Por favor, não precisa falar nada até sentir que é verdade. Sem pressão, sério. Mesmo se isso só acontecer daqui a sete anos.

— Certo — respondo, gostando da ideia de ainda estar com ela daqui a sete anos. Ela é tão fofa.

Nora volta a pegar minha mão. Meu rosto ainda está quente e vermelho, mas minha barriga está dando cambalhotas. Tudo isto é tão incrível e confuso. Ela me ama, mas acabei de beijá-la pela primeira vez alguns dias atrás. Ela se lembra de todas essas coisas de que não me lembro, de um relacionamento inteiro que tínhamos e que para mim só está começando. Deve ser difícil para ela me olhar e ver a pessoa que ela ama, mas também ver que não sou bem sua... eu.

— Sinto muito — falo, abaixando a cabeça enquanto ela faz carinho no dorso da minha mão. — Sinto muito por ter esquecido da gente. Por talvez nunca conseguir me lembrar.

— Quer saber? Eu não. — Ela levanta meu queixo com o dedo, se inclinando para mim mais uma vez. — Isso significa apenas que posso fazer você se apaixonar por mim tudo de novo.

— Você parece bem confiante — digo, afastando a cabeça só para provocá-la.

— Eu sei. — Ela sorri nos meus lábios enquanto derreto nos dela.

Algo me diz que ela não vai ter muito trabalho.

Capítulo 29

Depois de passar alguns dias juntas, Nora e eu fazemos planos de nos encontrar novamente na minha folga. Queremos um encontro *de verdade*, não só passar a tarde sentadas numa manta no meio do mato ou caminhando pelo atalho que corta a propriedade, onde ninguém pode nos ver. Ela quer me levar em um lugar ao qual já fomos antes, onde por uma noite vamos poder escapar dos olhares indiscretos aqui de Wyatt e nos sentir normais.

Quando faço a última curva da rodovia I-279, o centro urbano surge entre as colinas. Seguindo as direções do meu celular, apoiado no suporte para copos, entro na saída indicada e olho para além de Nora, pela janela do passageiro. As pontes amarelas estão todas acesas, refletindo a água lá embaixo e os arranha-céus do centro. Já estive em Pittsburgh, mas nunca tinha dirigido até aqui e visto a cidade à noite. Também nunca tinha vindo sem minha mãe. De vez em nunca vínhamos até aqui para dar um pulo no shopping ou fazer compras no Strip District, com suas mercearias especializadas e abarrotadas de gente e os vendedores ambulantes nas calçadas irregulares. Mas é bom estar aqui sem ela. É quase como se eu estivesse saindo sozinha pela primeira vez, como se eu realmente tivesse dezoito anos. É meio assustador, sim, mas principalmente... libertador. Tudo parece tão iluminado e lindo. Perfeito.

Mas talvez isso tenha algo a ver com a garota sentada ao meu lado.

Olho para a mão dela sobre a própria coxa. A sensação parece oposta à que senti no carro com Ryan. Não preciso me convencer de que gosto dela. E minha mente não está questionando o que quero fazer. Quero esticar o braço e pegar sua mão mais do que qualquer outra coisa... mas meu nervosismo acaba falando mais alto. Então me concentro na estrada e tento ignorar a forma como meu estômago vai parar na garganta toda vez que olho para ela.

Seguimos pela Oakland e atravessamos o Schenley Park até o outro lado, passando por fileiras de casas que parecem cada vez maiores até finalmente darmos de cara com uma barreira bloqueando a rua no cruzamento. Uma faixa branca pendurada acima indica em letras pretas: FEIRA NOTURNA DE SQUIRREL HILL.

Depois de passar dois minutos tentando fazer uma baliza, com uma fila de carros atrás de mim, finalmente cedo para Nora, que não parou de sussurrar "Geralmente eu estaciono pra você. Quer que eu tente?" desde a terceira tentativa. Desço do carro e vou para a calçada enquanto ela passa por cima do câmbio e se acomoda no banco do motorista. *Lógico* que sua baliza sai perfeita já na primeira tentativa.

Ela desce do carro e coloca a chave na minha mão, com um sorriso convencido estampado no rosto.

— Fala sério — comento, revirando os olhos e dando-lhe um empurrãozinho com o ombro.

Caminhamos lado a lado em meio ao mar de gente subindo e descendo a avenida Murray, com fileiras de barracas dos dois lados da rua, cada uma exibindo algo diferente: artesanato, complexos cartões comemorativos, geleia, aquarelas, joias e até cabeças de animais feitas de papel. Tipo uma versão maluca da feira dos produtores de Wyatt.

— Minha mãe ia adorar esse lugar — digo, passando por uma barraca de flores recém-colhidas.

— Ela sabe que você está aqui? — pergunta Nora, falando por cima das risadas de um grupinho de garotas na frente de uma loja.

Uma delas tem a voz tão parecida com a de Rory que uma camada de suor cobre minha nuca quando me viro para olhar, mas é óbvio que não é ela.

— Acho que eu podia só ter falado que viria com você... como amigas, mas pareceu muito arriscado. Então falei que fui pra casa de Rory com Savannah — digo. Na verdade, não falei mais com nenhuma das duas desde a Noite das Picapes, apesar dos esforços delas, mas nenhuma das mensagens que me mandaram tinha algum pedido de desculpas. Já sinto meu sangue começar a ferver só de pensar nisso. — Elas me mandaram mensagem de manhã me chamando pra fazer compras, mas nem respondi.

— Você queria ir? Tipo, se a gente não tivesse vindo aqui.

— Não. Estou cansada delas. Elas mentiram pra mim. Tiraram vantagem do meu acidente e não deram mancada só comigo, mas com Ryan também. *E* com você. Não são minhas amigas. — Balanço a cabeça, cerrando os punhos. — E sabe o que é pior? Não posso nem brigar com elas sem contar como foi que descobri a mentira, sem contar sobre a gente.

Nora assente.

— Essa situação do Ryan foi outro nível, mas lembro que no início do segundo ano, quando Savannah arranjou esse namorado, elas passaram a andar com uma galera diferente. Você sentiu que elas estavam se afastando. Daí o Jake falou alguma merda racista pra você que me fez querer acertar a cara dele e elas só deram risada, daí... depois disso você não quis mais saber delas.

Ela para e respira fundo, se acalmando. Sinceramente, vê-la protetora desse jeito é um pouco sexy. É meio assustador como quase a mesma coisa aconteceu de novo. Como se as rachaduras fossem profundas demais para uma segunda chance poder consertar.

— Enfim, você meio que só estava saindo com elas pra conseguir chegar até o fim do verão sem levantar suspeitas. Mas o que vai fazer agora? — pergunta ela.

— Na real, não quero nem mais pensar nisso. — Olho para ela. — Só quero ficar com você.

Nora se aproxima de mim, entrelaçando os dedos nos meus.

Inspiro fundo e, por reflexo, afasto a mão, como se uma mosca tivesse acabado de pousar em mim. Ela levanta a cabeça, com as sobrancelhas franzidas.

— *Desculpa* — falo na mesma hora, enfiando a mão no bolso da frente da calça. — É só que... e se alguém nos reconhecer?

— É por isso que a gente... — Ela para de falar ao perceber o pânico nos meus olhos. — Está bem. Sim, você tem razão. Eu vou, hum... pegar comida pra gente. Fica aqui, tá?

— fala, já indo em direção a um grupo de *food trucks* parados no cruzamento.

Olho as pessoas ao redor e, enquanto isso, me recrimino por ter reagido assim. Dirigimos quilômetros exatamente por esse motivo, para podermos ficar juntas em público. Para eu ver como seria na prática.

Ninguém de Wyatt está aqui. Ninguém sabe quem somos. Ninguém vai descobrir nada.

Me forço a respirar fundo e me acalmar, torcendo para não ter estragado a noite.

Por sorte, quando Nora volta, sua expressão me diz que está tudo bem. Em uma das mãos segura um barquinho de papel cheio de tacos e, na outra, algum tipo de sobremesa. Entre as duas coisas vejo um sorriso empolgado em seu rosto.

Ela me oferece os tacos e os levo até o nariz para sentir o cheiro, desconfiada.

— O que é isso? Do que é? — pergunto, erguendo a comida e notando um misterioso molho amarelo-esverdeado.

— Você vai gostar, prometo. — Ela tenta levar o barquinho para mais perto do meu rosto, mas não me mexo. — Experimenta! — insiste.

— Tá bom, tá bom!

Dou risada e faço o que ela pede e *nossa senhora*. Ela está certa. É uma espécie de carne picante com coentro fresco, vinagrete, guacamole e queijo, com um molho azedinho de limão por cima.

— Viu só? — diz com um olhar satisfeito enquanto estica a mão esquerda. — Aqui, agora experimenta isso.

Não tenho muita certeza do que é... algum tipo de massa de canela recheada com creme. Desta vez, nem discuto. Só confio nela e dou uma mordida.

— Beleza. Puta merda, é a melhor coisa que já comi na vida.

— É um rolinho de canela da Steel City Chimney. Sempre foi seu favorito. Eles assam num forno a lenha — responde, com os olhos brilhando ao me observar dar outra mordida.

— Sabe, não é justo você saber todas essas coisas sobre mim e eu não saber praticamente nada sobre você — falo de boca cheia.

— O que você quer saber? Pode perguntar o que quiser.

Engulo o doce e fico pensando no que perguntar enquanto pego o outro taco.

— E esse, é de quê? Esse picles de cebola parece uma delícia. — Estico o braço, mas Nora dá um tapinha na minha mão antes que eu sequer o toque.

— Este é meu, garota! — reclama, pegando o taco e dando uma mordida. — Te falo pra me perguntar qualquer coisa e é isso que quer saber?

— Beleza. Quantas vezes viemos aqui? — pergunto, dando mais uma mordida do meu taco.

— É a terceira vez que a gente vem aqui. A feira acontece umas três ou quatro vezes todo verão — responde Nora.

— Qual é a sua comida favorita?

— Ah, cara. *Cheeseburguer* — diz, arregalando os olhos de nostalgia.

— Você babou um pouco. — Aponto para a minha boca, e damos risada. — Qual é sua comida favorita que você ainda pode comer?

— Sinceramente, esse taco vegano é bom pra cacete. — Ela enfia o resto na boca. — Vou ter que levar pra casa.

— Parece muito mais apetitoso que aquele peito de peru de tofu encharcado.

— Nem vem, tofu é bom de verdade — diz. Olho para ela como se não acreditasse. — Tá bom, não é igual a lombo de porco caramelizado. — Ela dá risada.

— Qual é o seu filme ou programa favorito?

— Ai, meu Deus, Stevie! — Ela para no meio da calçada. — *Dickinson*! Você não se lembra, né? — pergunta, com os olhos arregalados de empolgação.

— Como assim? Tipo Charles Dickinson? O cara do *Oliver Twist*? — falo, e voltamos a andar.

— Charles Dickinson? Primeiro, acho que você quis dizer Charles *Dickens*. Segundo... Stevie, por favor, né? Estou falando da nossa rainha, Emily Dickinson. Fizeram um programa sobre ela e é o melhor programa da história da televisão. Viu só? Tem alguma coisa *boa* nisso tudo. — Ela para e fica olhando para algum ponto distante no céu. — O que eu não daria pra viver de novo a história de amor de Emisue pela primeira vez. — Ela toca meu braço de leve, e já é o suficiente para me dar um frio na barriga. — Tá bom, tá bom. Manda mais.

— Não, peraí. Me conta mais um pouco — peço, intrigada.

— Não. Vamos pular pra próxima pergunta antes que eu te conte a série inteira, você sempre fica brava comigo quando faço isso. Confia em mim — responde, gesticulando com a mão.

Penso um pouco. O que eu quero perguntar *de verdade* é quando *ela* soube que gostava de garotas. Não parei de pensar nisso desde que olhamos aquelas coisas da caixa, mas essa parece uma pergunta pessoal demais para fazer em um local público, então escolho outra pergunta que estava guardando.

— Aquele dia no seu quarto, você me disse que não ia fazer faculdade. O que você ia fazer na Califórnia se eu ia pra UCLA? — pergunto, terminando de comer o taco.

— Ah, hum... — Ela fica surpresa com a mudança brusca de assunto. — Tem uma fazenda perto de Los Angeles que me ofereceu um emprego. Não é tipo... a fazenda *ideal*, mas estão sempre contratando. Pensei que eu podia ir me ambientando, fazendo conexões com outras fazendas antes de entender o que quero fazer. Um dia, eu *adoraria* ter minha própria terra, cultivar vegetais de forma sustentável e entrar pra uma comunidade de pequenos produtores. — Ela respira fundo, animada, levando a mão ao peito como se tentasse conter a empolgação que transparece em seu sorriso.

— Gosto de te ouvir falando sobre essas coisas. Dá pra ver o quanto você ama o assunto — digo, o que me faz lembrar do meu próprio futuro — Entrei naquele e-mail secreto que você me falou e li as coisas da UCLA. Eu me inscrevi, mas estava indecisa. Nunca soube direito o que queria fazer quando tinha quinze anos, mas pensei que a essa altura do campeonato já estaria com as coisas um pouco mais resolvidas, sabe?

— Você me falou que sentia que precisava sair de Wyatt primeiro e então ver as opções que teria antes de tomar uma decisão.

— Eu só... queria ser tão apaixonada por alguma coisa quanto você.

— Você vai encontrar sua paixão, Stevie.

— Na Bower? — pergunto, cética.

Ela dá de ombros.

— Acho que pode ser em qualquer lugar — responde, de maneira otimista.

Nora quase conseguiu o que queria. E não consigo evitar me perguntar como foi para ela ter que cancelar todos os planos que fizemos juntas.

— Nora, o que você teria feito? Se eu nunca tivesse encontrado aquela caixa? Se eu nunca descobrisse nossa história?

Ela fica em silêncio por um tempo, pensando.

— Eu não ia a lugar nenhum. Sei disso. Eu te contaria a verdade, sério... eu só... precisava de mais tempo pra descobrir como. Tudo o que sei é que você e eu sempre vamos encontrar o caminho de volta uma pra outra — diz.

Ela passa a mão na minha, me fazendo sentir uma onda de eletricidade no braço.

Sorrio, comendo o resto do meu doce enquanto nos aproximamos de um cinema antigo. Uma senhora está tocando violino sob o enorme letreiro com todos os filmes em cartaz expostos. Seu cabelo comprido balança para a frente e para trás conforme ela se move no ritmo da música, de olhos fechados. Enfio a mão no bolso e pego uma nota de cinco dólares, que jogo em seu estojo.

Enquanto ficamos ali observando-a, sinto aquela atração magnética me puxando para mais perto de Nora. Dou uns passos para o lado até nossos ombros estarem se tocando e, mais uma vez, sinto uma vibração na pele. Me pergunto se Nora sente o mesmo.

É tudo tão diferente dos encontros que tive com Ryan. Com ela, tudo parece *mais intenso*. Meus pulmões parecem quase pequenos demais, e sempre fico sem fôlego.

Com os olhos fixos na violinista, deslizo a mão pela parte de baixo do antebraço de Nora, correndo a ponta dos dedos até seu pulso, os calos na palma de sua mão... até nossos dedos se entrelaçarem.

Ficamos ali, Nora, eu e a senhora que parece estar tocando só para a gente, mesmo com outras pessoas passando.

Nenhuma delas nos olha.

Nenhuma delas nos diz nada.

Nenhuma delas me faz sentir que segurar a mão de Nora não é normal.

Capítulo 30

Com minha *ecobag* debaixo do braço e um queijo ainda na embalagem pendurado na boca, vasculho a despensa procurando mais alguma coisa para comer no caminho.

— Filha, não se preocupa com isso. — Minha mãe enfia a cabeça na despensa. — Vamos passar na loja de conveniência. Ah! Não esquece do tempero de pipoca. Impossível comer pipoca sem esse tempero.

Viro para ela devagar enquanto ela se recosta no batente da porta, com a bolsa no ombro.

Merda. Hoje é quarta-feira. Dia de cinema.

— Esqueci totalmente, mãe. Falei pro Ryan que ia lá nadar — digo, tirando o queijo da boca.

— Ah, sério? Mas é o nosso dia de cinema — responde com uma voz triste.

— Podemos deixar pra próxima? — pergunto, enfiando a comida na sacola por cima do biquíni e conferindo a hora no celular. Sinto uma pontada de culpa que torna difícil eu conseguir sair.

— Lógico. Quer saber? Como a macarronada é na sexta, acho melhor eu dar um pulo no salão pra dar uma olhada na cozinha — fala, mas seu tom é quase leve demais.

— Quem sabe, se eu voltar cedo, a gente não vê um filme aqui em casa?

— Sim, com certeza... divirta-se — responde baixinho atrás de mim.

— Obrigada, mãe. Eu... te vejo mais tarde. — Saio pela varanda e me obrigo a fechar a porta.

Só que... não posso continuar fazendo essas merdas. Começo furando o nosso cinema e daqui a pouco estamos no ponto de antes. E não posso deixar as coisas voltarem a ser como eram. Acho que eu poderia desmarcar com Ryan. Coloco a mão na maçaneta de novo. Talvez eu devesse ir ao cinema com ela de uma vez, para ela saber que ainda estou aqui, que as coisas não vão mudar.

Mas ao mesmo tempo... não perdi nem um dia de cinema com ela e ainda por cima Nora vai me encontrar na casa do Ryan. Por causa do nosso trabalho, às vezes passamos dias sem conseguir nos ver, então preciso aproveitar a oportunidade.

E eu *quero* vê-la.

Solto a maçaneta e vou em direção ao carro, fazendo uma anotação mental de que preciso voltar cedo para ver um filme com minha mãe. Vai ficar tudo bem. Tipo, vou ficar presa na Bower por sabe-se lá quanto tempo, então temos todo o tempo do mundo para ver filmes. Não vou deixar que a gente se afaste de novo.

A casa de Ryan é *de longe* o lugar mais chique que já visitei. Eu nem sabia que existiam casas assim em Wyatt. Tipo, só a cozinha é do tamanho da maioria das casas do centro: tem duas pias, dois fornos e uma seção inteira dedicada a uma máquina de expresso que me lembra muito a que tem lá no trabalho.

Quando ele convidou a gente para vir nadar, eu estava esperando uma daquelas piscinas circulares que as pessoas montam no quintal e que você vê o tempo todo por aqui, mas não. Esta piscina foi instalada no solo, com uma pedra elegante contornando as bordas curvas e rodeada por uma cerca alta de madeira.

— Cara, sua casa é uma viagem — digo, deslizando para o lado até chegar à parte rasa.

— Até que ela é ok. — Ele dá uma risada, boiando até mim num donut inflável gigante com granulados coloridos.

— Tá brincando, né? Eu faria de tudo pra morar aqui! — respondo, empurrando sua boia para o fundo.

— É mais divertido se tiver companhia.

— Onde estão seus pais? — pergunto.

— Nem me lembro. — Ele dá de ombros. — Devem estar viajando a trabalho, como estavam na semana passada e na outra antes dessa. Na verdade, eles só vão voltar um dia antes de eu ir pra Itália.

— Sério? E o que você fica fazendo aqui nesse casarão...

Paro de falar e me viro quando a porta de correr se abre e Nora surge com um biquíni todo preto. Me esforço para não ficar encarando demais, mas é difícil ignorar as partes de seu corpo que nunca pude ver antes. Como suas coxas e a curva de sua cintura.

Corro os olhos por toda a extensão de seu corpo, até seu rosto. Ela me vê observando-a e para de andar, inclinando a cabeça e sorrindo de um jeito que me diz que ela sabe tudo que está passando pela minha cabeça. Fico com vontade de estar sozinha com ela.

Mas o som de Ryan batendo na água me faz lembrar que não estamos.

— Marquinhas legais — brinco, tentando tornar esse momento menos desconfortável. Depois mergulho, tentando relaxar.

Quando ergo a cabeça sobre a superfície, ela está correndo na minha direção, pulando na piscina feito uma bomba.

Depois que derrubamos Ryan e seu cabelo até então completamente seco de sua boia de donut, passamos a próxima hora jogando "siga o mestre" pulando do trampolim: cada um precisar imitar os movimentos do líder.

Depois subimos em nossas boias, exaustos, e ficamos no meio da piscina olhando para o céu. Ryan está no donut; eu, em um flamingo; e Nora, em uma banana, mas parece que está com dificuldade para conseguir se equilibrar. Ela fica caindo toda hora, o que talvez seja a coisa mais hilária que já vi.

— Por que a gente nunca andou juntos na escola? — pergunta Nora para Ryan enquanto presto atenção nas nuvens grandes e fofas se movendo, cobrindo o sol.

— Porque eu era novo e o único asiático da escola, e todo mundo me achava esquisito — responde, direto ao ponto.

— *O quê?* — pergunta Nora, tentando se virar para olhar para ele, mas caindo novamente na água. Ela emerge tossindo. — Eu *não* achava isso.

— Talvez *você* não, mas o resto da escola, sim. Acho que ninguém nunca falou comigo fora da sala de aula. Era como se eu fosse invisível.

— Nossa. Bem, as pessoas me chamavam de Bisteca, então... — Nora para de falar quando Ryan explode em gargalhadas, apesar de visivelmente ter tentado se segurar. Ela espirra água nele, fingindo estar ofendida.

— Pelo menos vocês se lembram do ensino médio — digo.

— Eita, pesou, Stevie — comenta Nora.

— É, a gente só estava brincando. Não estrague o clima com a sua amnésia — fala Ryan, e todos damos risada.

Quando Nora entra para fazer xixi, Ryan se vira de barriga para baixo para podermos nos ver melhor.

— Sei que começamos com o pé esquerdo, mas queria que a gente tivesse feito amizade antes. É uma pena eu ter te conhecido logo antes de ir embora — diz Ryan.

— Bem, estarei aqui quando você voltar — falo.

— Mesmo?

— Onde mais eu estaria?

— Pensei que, depois daquela conversa, você fosse cogitar se inscrever em outras universidades.

— Ah... decidi que seria melhor ficar na Bower pelo menos por um ano. — Só que nem eu acredito no que estou dizendo. — De qualquer forma, agora já é tarde demais pra me inscrever para qualquer lugar.

— Bem, você *passou* de verdade para outra universidade.

— A UCLA? — Dou risada. — É, sim. *Ei, mãe e pai, só queria avisar que eu me inscrevi na UCLA escondido meses atrás e minha memória ainda não voltou, mas vou embora pro outro lado do país mesmo assim*. Eles *nunca* me deixariam ir.

— Tipo, você pode tomar suas próprias decisões. Somos todos meio que adultos agora — diz ele do alto de sua boia de donut, como se não estivéssemos brincando de "siga o mestre" e pulando do trampolim cinco minutos atrás.

Sempre esqueço que *tenho* dezoito anos, mas...

Balanço a cabeça.

— Pelo menos agora tenho Nora. Quero ficar com ela, mas ainda preciso consertar umas coisas por aqui.

Na mesma hora, Nora reaparece na porta de correr, trazendo tantas batatinhas, cookies e refrigerantes, uma quantidade de embalagens perigosa para ela carregar sozinha.

— Ei, Ryan, a despensa dos seus pais está *lotada*. Sabiam que Oreos são veganos? *Merda.* — Ela derruba um pacote de Oreos no caminho, e ao se abaixar para pegar, acaba derrubando mais duas embalagens. — Você é um filho da puta sortudo — diz, toda atrapalhada com os refrigerantes.

— Ah, lógico, pode ficar à vontade, Nora — diz Ryan, e sorrio, observando-a.

— É, definitivamente não vou deixá-la — sussurro para ele.

Capítulo 31

— **Meus braços vão cair** — digo, entregando minha vareta com marshmallow para Nora, na fogueira do quintal de casa.

Meus pais viajaram para Tipton com vários outros voluntários da macarronada para participar de uma espécie de show ao ar livre. Em outras palavras, eles só vão voltar lá pelas onze da noite. Tento não ficar frustrada por meu pai arranjar tempo para isso e não para o nosso passeio de barco, que ainda nem remarcamos, porque pelo menos isso me deu a possibilidade de chamar Nora para vir aqui.

— Você precisa fazer exercício, amor — responde Nora, me lançando um olhar julgador enquanto me libera da minha tarefa de assar marshmallows.

— Você devia ver todas as mesas que montei hoje! Eram de metal pesado, tá? Não de plástico.

Passei a manhã toda ajudando a organizar o salão para o evento de sexta, como consequência de mais uma vez ter me sentido culpada. Perdi totalmente a noção do tempo na casa de Ryan na semana passada e não voltei cedo para assistir a um filme com a minha mãe. Ela disse que não tinha importância, mas anda meio... esquisita desde então.

Mesmo hoje, enquanto eu tentava animá-la falando que o jantar vai ser incrível, era como se ela sempre tivesse outra pessoa com quem conversar. Mas talvez eu só esteja exagerando. Talvez ela só esteja preocupada, querendo garantir que tudo saia como o planejado. Tipo, foi só uma noite, certo?

— Só estou falando... — Nora dá de ombros, me trazendo de volta ao presente.

— Eu sou forte! — Levanto o braço para flexionar o bíceps na sua frente. Ela estica o braço e coloca a mão em volta do músculo, até eu recuar. — Ai, não precisa *apertar*. Assim você vai fazer ele desaparecer!

Ela dá risada e volta o olhar para o meu marshmallow, que se transformou numa arma de destruição em chamas. Ela o tira do fogo e o assopra freneticamente. Ficamos olhando para a bolinha preta na ponta da vareta.

Estou pegando um novo marshmallow quando a ouço dizendo:

— Está uma delícia.

Me viro para ela.

— Ah, então você é dessas.

— Dessas quem?

— Desse tipo de gente que finge gostar de marshmallow queimado, mas na verdade só é preguiçosa.

— Ei, ei, ei. — Ela abre a boca. — Essa coisinha aqui está perfeita. Só me passa o biscoito e o chocolate e observa.

Faço o que ela pede, então vejo-a tirando a camada externa do marshmallow para criar um copinho. Em vez de esmagá-lo entre dois biscoitos, ela enfia os biscoitos dentro do marshmallow junto com os pedaços de chocolate.

— *S'more* invertido — diz, me estendendo o doce e observando ansiosa enquanto dou uma mordida.

— Tem gosto de marshmallow queimado, mas você ganhou pontos pela criatividade.

Ela murmura algo sobre meu "paladar infantil", enfiando o resto do marshmallow derretido na boca direto do palito.

— Ué, você não disse que não era vegano? — grito, com os olhos arregalados.

— Xiu, não conta pra ninguém — fala com um sorrisinho, depois se levanta para colocar mais dois no fogo. Algumas faíscas sobem, flutuando pelo céu noturno e desaparecendo entre as estrelas.

Ela se agacha ao lado da fogueira, esfregando as mãos e esticando-as perto do fogo. Observo as chamas dançando em suas pupilas. Eu poderia me acostumar a noites assim, só Nora, eu e alguma coisa simples... tipo uma fogueira aconchegante.

— Onde você esteve esse tempo todo? — pergunto, observando a luz alaranjada dançar em seu rosto.

— Como assim? A gente está namorando faz, tipo, dois anos.

— Quis dizer antes disso. — Balanço a cabeça, pensando no tempo que passei me perguntando se existia alguém para mim. — Tipo, desde... sempre.

Ela se aproxima e se senta ao meu lado, pegando minha mão e beijando-a.

— Estou aqui agora.

— Posso te perguntar uma coisa?

— Claro.

— Você já teve alguém antes de mim? — falo, nervosa para ouvir a resposta.

— Sinceramente? — Ela solta um suspiro pesado. — Sim. Já me apaixonei uma vez antes de você.

— Sério? — pergunto, tentando disfarçar o ciúme.

Ela assente, encarando o fogo.

— Ela se chamava srta. Gwen e era minha professora de artes no jardim de infância.

— *Nora*, pensei que estava falando sério! — digo, quase empurrando-a para fora do banco de madeira que estamos dividindo. Ela dá risada e se endireita, depois ficamos em silêncio enquanto ela me olha.

— Não. — Nora leva o cotovelo para a parte de trás do banco e coloca meu cabelo atrás da orelha, deixando meu pescoço arrepiado. Ela dá uma risadinha. — Você é minha única garota, Stevie Green.

Sua frase soa como música para os meus ouvidos.

Fecho os olhos e aconchego a bochecha em sua mão, que está pegando fogo de tão quente.

— Eu gosto *muito* de você — sussurro, me perguntando se o que estou sentindo na verdade é mais forte que isso.

— Eu também gosto muito de você — ela responde.

Abro os olhos por uma fração de segundo enquanto seus lábios encontram os meus, só para confirmar que os pinheiros que cercam a varanda bloqueiam a visão dos vizinhos. Ela me beija suavemente, e passo as mãos pelo seu pescoço.

— E gosto muito de te beijar — falo, tomando fôlego e sentindo meu estômago ir parar no peito.

Ela sorri e coloca a mão na minha cintura, me puxando para si.

Agarro a frente do seu moletom e me inclino para trás até sentir as costas na madeira dura do banco. Sua perna esquerda se acomoda entre as minhas pernas enquanto ela joga seu peso em mim, com o barulho do fogo estalando no fundo.

Minha mão desce de sua escápula até sua lombar, aproximando-a mais de mim. Ela puxa meu lábio para baixo com o polegar, enfiando a língua na minha boca e depois tirando. Neste momento, não faço ideia nem de quanto é dois mais dois; só sei que quero que ela faça isso de novo. Inclino a cabeça para a frente, querendo mais, mas meus quadris se movem involuntariamente e acabamos caindo do banco, fazendo barulho no chão da varanda.

— *Ah, merda.* — Os gemidos de Nora se transformam em risadas enquanto tento sair de cima dela. — Por essa eu não esperava.

— Desculpa — falo, ainda rindo, sentindo as bochechas quentes. — Hum... foi divertido.

— Que bom que se divertiu — Nora responde e nos sentamos no chão, apoiando as costas na parte de baixo do banco. Ela dá uma olhada nas horas no celular. — Acho melhor eu ir, pro caso de seus pais voltarem mais cedo. Já são quase dez e meia. — Ela repuxa o canto do lábio.

— Por que não espera pra dar um oi? Tipo, posso receber amigas em casa.

— Você contou pra *eles* que ia receber uma amiga hoje?

— Bem... não, mas...

— Então eles vão ficar se perguntar por que você não contou. Olha, não vejo seus pais desde o hospital e está tarde, é melhor... — Nora aponta para trás.

— Tá aí outro motivo pra você ficar. E se eu te esconder no meu quarto? A gente toma cuidado e fica quietinha, e você pode sair escondido de manhã. Por favor? — Toco a parte interna de seu joelho.

— Stevie... — Ela balança a cabeça. — Não posso, desculpa.

— Mas... não quero que você vá embora. — Forço uma risada patética, torcendo para ela não notar as lágrimas nos meus olhos. — Odeio isso.

— Eu também. Mas é arriscado demais. A gente vai se ver logo, tá bem? — Ela me abraça e beija a lateral da minha cabeça.

— Quando? — pergunto, enfiando os dedos na perna dela.

— Sei que você tem a macarronada na sexta, mas nesse dia minha mãe vai para o norte para uma convenção agrícola. É, tipo, o único dia do ano que ela não fica em casa, e vai passar a noite lá. — Ela vira meu rosto e encosta a ponta do nariz no meu até que eu levante o queixo. — Por que não vai pra lá depois e a gente continua de onde parou? — sussurra, fazendo eu me arrepiar inteira.

Acompanho-a até a caminhonete estacionada na garagem e abro a porta para ela.

— Aqui. — Nora pega minha mochila embaixo do banco do passageiro e me entrega. — Pensei melhor e acho que não tenho mesmo como guardar lá em casa. Não tenho nenhum esconderijo bom, e se minha mãe descobrir... bem... seria péssimo. Então coloca de volta no duto. Está bem?

Faço que sim, feliz por ter a caixa de volta. Estou tendo mais dificuldade que o normal para deixar Nora ir. Esses pequenos momentos secretos estão começando a não ser mais suficientes. Como fizemos isso por dois anos?

— Queria que você não tivesse que ir embora.

— Te vejo na sexta. Acho bom você me trazer um prato de macarronada. — Ela sorri, abaixando o vidro da janela manualmente.

— Beleza. — Fecho a porta, mas subo no estribo, me inclinando para beijá-la mais uma vez na escuridão da noite. — Ai, meu Deus, que breguice. Não *quero* me despedir!

— Beijo-a de novo e de novo. Na bochecha. Na testa. No nariz. Nas pálpebras.

Nora dá uma risadinha fofa.

— Boa noite, Stevie. — Ela segura meu queixo e me beija na boca novamente antes de eu enfim descer.

Fico um bom tempo ali observando-a se afastar e encarando o ponto onde vi as lanternas traseiras da caminhonete desaparecerem, sentindo que parte do meu coração foi embora junto.

Quatro dias. Posso sobreviver a quatro dias sem vê-la, certo?

Capítulo 32

Nada é mais autêntico do que música brega italiana tocando em alto-falantes antigos e cheios de ruído e vinho tinto servido em copinhos de plástico. Felizmente, acho que ninguém em Wyatt reconheceria um prato de comida autenticamente italiano, mesmo que jogassem na nossa cara.

Dois dos garçons voluntários já derrubaram molho de macarrão em suas camisas brancas de botão, uma peça que o Monsenhor *insistiu* que todos usassem, como se isso fosse fazer as pessoas pensarem que sabemos o que estamos fazendo.

— Quatro adultos, um sem almôndegas, e duas crianças — falo para a sra. Dashnaw pela janelinha da cozinha, enxugando o suor da testa. Mantenho a atenção ali quando noto pelo canto do olho o rabo de cavalo ruivo de Savannah enquanto ela anota os pedidos de uma mesa próxima com Rory.

— Ou melhor, três crianças, sra. Dashnaw! — minha dupla, também conhecida como Ryan, grita para a cozinha, se recostando na parede ao meu lado com uma garrafa de vinho na mão. — A caçula mudou de ideia sobre a greve de fome — ele me explica.

— Esse negócio de servir mesas não é brincadeira, e esses pratos são *pesados*.

— Você está precisando fazer exercícios, Green — ele diz, balançando a cabeça.

— Por que todo mundo vive me falando isso? — pergunto. — Aliás, por que estou servindo mesas? Você que é o experiente aqui.

— Porque eu sirvo vinho perfeitamente. — Ele endireita a postura, segurando a garrafa feito um garçom chique, e reviro os olhos.

A sra. Dashnaw aparece na janela com uma bandeja contendo três pratos.

— Já volto com o resto — ela diz.

— Então, Stevie, será que a gente devia... colocar um limite nas pessoas? — Ryan pergunta enquanto esperamos. — O Velho Barbudo acabou de entornar o quarto copo.

Abro a boca, sem acreditar.

— *Ryan*. Era pra você servir só um copo pra cada prato!

— Ah, isso não era *mesmo* o que eu estava fazendo — ele fala, e minha mãe surge na janelinha. — Não conta pra nin... Oi, sra. Green! Como vai? As almôndegas estão fazendo sucesso.

— Assim como o vinho — comento, e Ryan me dá um tapinha escondido.

— Eu sei! — Ela se inclina para mim. — Já arrecadamos mais de seis mil dólares pra viagem missionária, o que significa que vão conseguir enviar ainda mais voluntários este ano, e ainda por o Monsenhor acabou de me falar que essa é a melhor macarronada com almôndegas que ele já comeu desde que foi mandado pra cá, quarenta anos atrás. Acho que ele vai me pedir pra assumir o peixe frito quaresmal também!

— Que legal, mãe. Você merece.

— Obrigada, querida. Só mais uma hora, a gente vai conseguir. A gente vai conseguir.

Ela parece mais agitada que o normal. Talvez esteja meio estressada, ainda que o evento obviamente não pudesse estar dando mais certo. Não tenho dúvidas do *quanto* tudo isso significa para ela, e agora que o peixe frito também se tornou uma possibilidade, o desafio ficou ainda maior.

Ela se vira para voltar ao trabalho, mas então se lembra de mais uma coisa.

— Estava pensando que depois que a gente limpar tudo aqui, devíamos fazer algo pra comemorar. Um sorvete, um filme, o que você quiser. Você merece um pouquinho de diversão depois disso tudo.

— Hum, na verdade... todo mundo vai pra casa do Jake mais tarde. Se importa se eu for também? — pergunto.

Ela faz uma pausa.

— Estava querendo muito que essa noite a gente pudesse ficar juntas. Tem aquele filme novo que você queria ver... — ela fala, mas, desta vez, além do tom triste, sinto um vestígio de raiva em sua voz.

Tenho me esforçado muito para não magoá-la, mas isso não é justo. Passei o dia todo aqui com ela, e também a maior parte dos últimos quatro dias, ajudando a preparar tudo. Vou ver Nora esta noite, não importa o que aconteça.

— Não podemos deixar pra amanhã? Eu meio que já falei pro Ryan que ia — minto, olhando para ele. Ele sorri e assente sem nem pensar duas vezes.

Minha mãe solta um suspiro, pensativa.

— Está bem. Mas não volte tarde e não esqueça de cumprimentar o Monsenhor antes de sair, certo? — Mesmo que ela tenha concordado, fica de cara fechada. Por sorte, sou salva de uma nova pontada de culpa por um som alto vindo de algum lugar nos fundos, e ela cerra os dentes. — Preciso voltar antes que a sra. Tyler deixe mais cinco quilos de macarrão passarem do ponto — fala antes de desaparecer.

Ufa.

— Você vai na festa do Jake com a Savannah e a Rory? — Ryan sussurra, chocado.

— Não. Não falo com elas desde a Noite das Picapes. Vou pra casa da Nora, mas é a desculpa perfeita — sussurro de volta.

A sra. Dashnaw aparece com a segunda bandeja. Antes que Ryan saia andando, arranco a garrafa de vinho das suas mãos.

— Você leva as macarronadas agora — digo, deixando-o para trás.

Enquanto Ryan serve os pratos, dou a volta na mesa, servindo vinho para cada adulto de pulseira verde.

— Pode ser generosa, querida — diz uma senhora mais velha que a própria invenção do macarrão. Ela usa o dedo todo encurvado para inclinar a garrafa, até um pouco de vinho transbordar do copo. Ryan me lança um sorriso atrevido do outro lado da mesa.

Qual é a desse povo?

Servimos o restante das nossas mesas como se fôssemos uma máquina a todo vapor, e terminamos de distribuir as macarronadas para a seção a qual fomos designados mais rápido que qualquer outra dupla. Então nos dirigimos para umas cadeiras encostadas numa parede no canto e nos acomodamos, observando os outros trabalharem.

— Vocês, católicos, sabem *beber*, hein — ele comenta.

— É, eles nos iniciam bem cedo. Fazemos a primeira comunhão na segunda série e depois é só ladeira abaixo — brinco.

Observamos as mesas esvaziarem lentamente conforme as pessoas vão terminando de comer, deixando para trás pratos limpíssimos, algo que não poderia ser dito das macarronadas da sra. O'Doyle. Minha mãe arrasou.

— Escuta, posso te perguntar uma coisa? — Ryan fala tão baixinho que mal consigo ouvir. Faço que sim. — Sua mãe parece... bem legal. Tipo, ela não parece o tipo de pessoa que teria problema com você e... você sabe. Já pensou em contar pra ela?

Solto um suspiro pesado, me lembrando da expressão chateada da minha mãe.

— Já. Primeiro, pensei que ela... pararia de falar comigo por causa disso tudo e pela função que ela quer desempenhar na igreja... mas, quanto mais eu penso, mais me pergunto se seria mesmo assim. Só que o maior problema é meu pai. Eu não poderia pedir pra ela não contar pra ele, e ele se tornou *muito* conservador, tipo, muito mais do que eu me lembrava. Você viu como ele ficou quando falamos em sair da cidade.

— É, acho que não pensei por esse lado. Foi mal, Stevie. Eu não devia tocado no assunto. Não é da minha conta — ele fala.

— Tudo bem. Vou dar um jeito. Mas por enquanto ainda não preciso fazer isso — respondo.

Até agora, essa coisa de manter segredo está dando certo. Se bem que... me despedir de Nora depois da fogueira foi especialmente difícil, e mentir para a minha mãe tem ficado cada vez pior. Então talvez... esteja *quase* dando certo.

— Bem, acho que terminamos nosso trabalho por aqui. Vou pra casa, mas divirta-se hoje. Manda um oi pra Nora.

Nos despedimos e, depois que ele vai embora, cumprimento brevemente o Monsenhor antes de ir para a cozinha parabenizar minha mãe.

Preciso abrir caminho entre as cerca de vinte pessoas apinhadas no espaço apertado, mas finalmente vejo-a sentada no balcão dos fundos, comendo um pedaço de pão.

— Mãe. — Vou para o lado dela e levanto o punho. — Você arrasou.

— Obrigada, querida — ela diz, parecendo completamente exausta. — Obrigada por toda a ajuda. — Ela se inclina e dá um beijo na minha testa, mas o gesto acaba saindo meio rígido.

— Na verdade, foi bem legal testar todas aquelas receitas diferentes, servir as mesas e, principalmente, fazer tudo isso com você — respondo, sincera. Torço para que isso suavize o fato de eu não querer ficar com ela esta noite.

— Pra mim também. — Ela sorri e sinto o clima finalmente dar uma aliviada. — Talvez a gente possa repetir no ano que vem.

— Eu adoraria. — Olho para a agitação ao nosso redor. Basicamente todas as pessoas da nossa igreja estão aqui, seja trabalhando ou comendo. Todas menos uma. — Sinto muito pelo papai não ter vindo.

— Ah, deixa pra lá. — Ela balança a cabeça. — Eu sabia que ele não ia conseguir. Seu pai também está trabalhando duro... por nós — ela fala.

Mas mesmo assim a conta não fecha. O pai de que eu me lembro teria pelo menos passado para dar um oi, para oferecer algum apoio em um dia tão importante para minha mãe.

Ela acena a cabeça em direção à porta, me arrancando dos pensamentos.

— Vai lá. Pode ir.

— Tem certeza? Posso ficar pra ajudar a limpar tudo — ofereço, apesar da minha mente já estar pensando em Nora.

Ela balança a cabeça.

— Já tenho bastante gente pra me ajudar. Leva uma marmita, se quiser. Mas volta antes das onze.

— Meia-noite? — arrisco.

Ela estreita os olhos.

— Onze e meia.

— Fechado.

Pego uma marmita no balcão e sigo para a porta. O vento faz meu rabo de cavalo balançar enquanto vou para o estacionamento, com nuvens de tempestade pairando à distância.

Não estou nem aí para o clima, porque depois desses longos quatro dias... finalmente vou vê-la de novo. E teremos a noite toda só para n...

— Stevie! Ei, Stevie! — Rory e Savannah gritam atrás de mim.

Respiro fundo e me viro para elas.

— Olha, a gente surrupiou umas coisinhas! — Rory abre sua bolsa gigante e me mostra três garrafas de vinho. — Vem com a gente. Estamos indo pra casa do Jake, quer ir também?

Balanço a cabeça.

— Não, obrigada.

— Beleza. Bem, então que horas você vai? — Rory pergunta, como se eu não tivesse passado as últimas semanas dando um gelo nelas.

— Não vou pra festa — falo.

— Stevie, *fala sério*. Vem beber com a gente. Faz literalmente *semanas* que a gente não te vê, e estamos prestes a ir embora pra universidade. Você não vai voltar pro modo velha Stevie, né? — Savannah pergunta, me fazendo cerrar os dentes.

— Quem é essa Stevie? Aquela que está *super* a fim do Ryan? — pergunto.

— O que está querendo dizer?

Sinto meu coração latejando na garganta, mas preciso falar de uma vez por todas. Preciso me defender.

— Vocês... porra, vocês mentiram pra mim. Eu *nunca* gostei dele desse jeito.

— Ai, meu Deus. Você se lembrou?! — Rory pergunta, dando um passo à frente com um sorrisinho no rosto.

Não, mas essa era a confirmação de que eu precisava para saber que toda essa história era só um jeito delas tirarem sarro de mim.

— Descobri o suficiente pra saber que isso não chegava nem perto da verdade. E algumas pessoas acabaram ficando muito magoadas por causa disso.

Savannah só dá uma risada, como se tudo isso fosse bobinho demais para ela.

— Algumas pessoas? Não está fazendo muito drama, não? Não precisa ficar puta desse jeito. A gente só queria que você se divertisse um pouco. Nossa. Lembro de quando você sabia lidar com uma brincadeira.

— Sabe do que eu me lembro? De quando vocês me tratavam como uma amiga de verdade, quando realmente se importavam comigo. Lembro de quando vocês ficavam do lado certo se um bêbado idiota agisse feito um babaca racista.

— Ai, meu Deus. Você *ainda* está nessa? — Rory grita. — Porra, Stevie, não precisa levar tudo tão a sério. A gente só estava se *divertindo*.

— Nada naquela situação foi divertido pra mim ou pro Ryan! Vocês... não entendem. Vocês não sabem o que é viver nesta cidade e não conseguir se *misturar* com todo mundo. Ter que aturar um imbecil que você nem conhece tirando onda com você daquele jeito. Foi constrangedor e *humilhante*.

Savannah faz voz de bebê.

— *Ai, coitadinha de mim. Meu nome é Stevie e sou tão diferente dos outros que todo mundo me persegue.* — Ela se aproxima e volta a falar com seu tom normal: — Talvez a gente só queira curtir o verão sem ter que ficar se preocupando se você vai ficar ofendida ou não. Tipo, *foi mal* por ter um namorado agora e por a gente ter feito outros amigos. Qual é? Quer que eu peça desculpas por ter amadurecido ou o quê?

Respiro fundo e, por mais que seja difícil nesse momento, me obrigo a manter a voz calma. Controlada.

— Isso não tem nada a ver com amadurecer. É sobre quem vocês se *tornaram*, e, recuperando a memória ou não, acho que vocês já não são mais minhas amigas há um bom tempo — digo, abrindo a porta do meu Volvo. — Divirtam-se no Jake — acrescento antes de entrar.

Com o canto do olho, vejo-as paradas no mesmo lugar, mas não olho para trás. É melhor assim. Eu já devia ter feito isso há muito tempo.

Capítulo 33

Uma hora mais tarde, estou deitada na ponta da cama de Nora, observando-a recostada na cabeceira enquanto come a marmita que eu trouxe. Um sorrisinho malicioso se espalha pelos seus lábios enquanto ela me olha de cima a baixo.

— O que foi? — pergunto, olhando para a minha camisa branca e minha calça preta.

— Não vou mentir. Você ficou gostosa nesse uniforme.

— Cala a boca. — Dou risada, balançando a cabeça.

— Não, estou falando sério. E ficou mais gostosa ainda porque me trouxe uma marmita dessa macarronada.

— Isso não é meio sexista?

— Não acho, porque também sou uma garota. Então parece que me safei, né? — ela brinca, dando de ombros e esticando a perna para enfiar o pé sob o meu joelho. — Isso tá *bom pra cacete* — diz, antes de colocar outra garfada de macarrão na boca. — Nunca como comida caseira assim.

— Sua mãe não cozinhava pra você? — pergunto enquanto um raio enorme cai do lado de fora da janela.

— No máximo hambúrguer. Mas tinha um prato que ela fazia em datas especiais: pimentão recheado com molho de tomate doce e purê de batata. *Cara*... era bom demais. — Ela separa uma almôndega do macarrão. — Nossa, faz anos que ela não faz essa receita. Aliás, faz anos que não nos sentamos juntas para comer.

Estico o braço para fazer carinho na sua canela, sentindo alguns pelinhos que sobraram da depilação espetando minha mão. Fico com o coração apertado sempre que ela fala da mãe, mas ao mesmo tempo fico agradecida pela minha. E ainda mais confusa por eu ter planejado deixá-la para trás.

— Quanto tempo depois que a gente começou a namorar pensamos no plano Califórnia? — pergunto.

— A gente sonhava com isso desde o início, mas só começamos a falar sério depois de uns cinco ou seis meses. Por quê?

— Ah, só queria saber o que nos levou a seguir com o plano.

— Vai querer um pouco? — Nora pergunta, me oferecendo a comida, e balanço a cabeça. Acho que já comi macarrão com almôndegas o suficiente pro resto da vida. Ela coloca a marmita na mesinha de cabeceira e se deita de lado comigo. — Não demorou muito pra gente descobrir que não ia conseguir sustentar um relacionamento aqui, em segredo. — Ela dá de ombros, procurando as palavras certas. — Tipo, chegou um momento que esse lance entre nós... foi crescendo tanto que ficou difícil esconder.

De alguma forma, depois de poucas semanas de namoro já consigo entender essa sensação.

Nora levanta a mão e um sorriso suave se espalha pelos meus lábios quando ela começa a pentear meu cabelo com os dedos. Fecho os olhos e imagino que estamos em algum outro lugar... caminhando de mãos dadas na grama do parque perto do Colégio Wyatt. Nos beijando no topo da roda-gigante do parque de verão. Ou só em público, sem termos que nos preocupar com a forma como as pessoas nos veem.

Todas essas coisas que literalmente podem nunca acontecer.

Todas essas coisas que eu daria tudo para ter.

Abro os olhos só o suficiente para vê-la me encarando, ainda fazendo carinho no meu cabelo e me fazendo sentir um frio na barriga que parece não diminuir. Pego sua mão e beijo cada um de seus dedos antes de levá-la ao meu coração.

— Acho que estou me apaixonando por você — sussurro tão baixinho que não sei nem se ela ouve.

No começo, eu não tinha certeza, mas, assim que as palavras saem dos meus lábios, percebo o quanto são verdadeiras.

Talvez eu já *esteja* apaixonada por ela.

Talvez eu sempre tenha sido apaixonada por ela, mesmo quando não me lembrava da sensação.

Levanto a cabeça e vejo suas pupilas dobrarem de tamanho, engolindo toda a cor de avelã de seus olhos.

— Ouviu? — pergunto, sentindo meu coração pulsar acelerado na garganta.

— Ouvi — ela responde, seus olhos brilhando.

Gotas pesadas de chuva fazem barulho no telhado.

Não sei direito quem se mexe primeiro, mas sinto seu hálito no meu rosto e logo em seguida levo meus lábios até os dela. Ela abre um pouco a boca e pressiono mais. Meu corpo pega fogo, tudo ardendo como nunca senti antes, e beijo-a com cada vez mais força. Beijo-a tão profundamente que nossos dentes batem, mas mesmo assim não é o suficiente.

Passo a perna por cima dela e Nora me segura pela cintura, me puxando para cima. Minha atenção se concentra em seus bíceps, nas sombras criadas pela luz quente do abajur.

Apoio as mãos no colchão, nas laterais de sua cabeça, depois recuo um centímetro e sorrio para ela.

— Gosto dos seus braços.

— Gosta? Sério? — ela pergunta, tímida talvez pela primeira vez.

— São os braços mais lindos da região. — Dou-lhe um apertão e Nora enfia o rosto no travesseiro para abafar a risada.

Me inclino para ela novamente e aproximo seu queixo de mim até sua boca estar mais uma vez colada à minha. Ela desabotoa minha calça e passa a mão na minha coxa e por cima da calcinha.

Um som surpreendente escapa da minha garganta, me fazendo recuar um centímetro, mas Nora estica o pescoço para me beijar de novo.

Ela desliza os polegares pelo meu cinto e me puxa para mais perto, movendo os quadris sob mim com a mesma intensidade.

Endireito a postura e me sento ereta, inquieta enquanto deslizo as mãos sob sua regata e sinto a pele morna de sua barriga.

Preciso ficar mais perto.

— Nora? — chamo, parando na base de seu sutiã.

— Sim? — ela pergunta, e sinto sua respiração pesada fazendo sua barriga subir e descer sob minha mão.

— Eu, hum… — Levo as mãos para baixo e deslizo os dedos no cós de seu short. — Não sei como fazer isso. — Dou risada, ao mesmo tempo envergonhada, nervosa e excitada.

— Tem certeza de que quer?

Rio diferente desta vez.

— Sim. Certeza absoluta.

— É só você fazer o que parecer certo — ela fala, se sentando e desabotoando minha camisa antes de tirá-la.

Nora a joga na cama e corre a mão pelas minhas costas, me imprensando contra si.

Não sei muita coisa sobre sexo, mas eu saberia o que esperar se estivesse com um cara. Tipo... Eu não saberia o que esperar, mas pelo menos saberia o que vai aonde. Tudo seria mais simples. Mas *isto* é diferente.

— Faça o que quiser, Stevie — ela acrescenta, pelo visto percebendo o pânico no meu rosto.

— Quero te beijar de novo — respondo, envolvendo sua cabeça com as mãos enquanto ela olha para o meu sutiã, me fazendo pensar que eu devia ter escolhido outro mais bonito.

Mas quando ela beija meu peito, me dou conta de que não estava prestando atenção no sutiã.

Ela puxa meu rosto para si novamente enquanto nos enfiamos embaixo das cobertas. Gesticulo para que ela tire o sutiã, então ela tira o dela e o meu também. A sensação de me acomodar sobre ela é completamente enlouquecedora.

Nora coloca a perna entre as minhas e jogo todo o meu peso nela. Um suspiro escapa de sua boca, o que só me faz querer repetir o movimento.

Vamos tirando, peça por peça, as roupas uma da outra, e Nora inverte a posição, de forma que agora é ela quem está por cima. Fico feliz, porque, ao contrário de mim, ela sabe o que está fazendo. Seus lábios descem pela minha mandíbula, pelo meu pescoço e pela minha clavícula. Cada beijo vai deixando minha pele em chamas enquanto sua mão desce pelas minhas costelas, pela minha barriga e depois mais para baixo.

E *ai, meu Deus*.

O barulho alto de um trovão ruge à nossa volta.

Ela descansa a cabeça na curva do meu pescoço e fico sentindo seu sorriso em minha mandíbula enquanto todos os músculos do meu corpo tensionam. Fecho os olhos com força, tentando fazer esse momento durar para sem…

— *Que porra é essa?*

Sinto meu coração parar de bater e ao mesmo tempo latejar quando percebo a voz de uma outra pessoa no quarto. Levanto a cabeça e me deparo com a sra. Martin parada na porta.

Merda. Caralho. *PUTA QUE PARIU*.

Nora aperta meu antebraço com força sob o edredom, cravando as unhas em minha pele. Mas não consigo olhar para ela.

— Coloquem. Suas. Roupas. Agora — a sra. Martin sibila entre os dentes, olhando para a parede sem mover um músculo.

— Nora? — sussurro, com os olhos cheios de lágrimas.

— Stevie, vai embora. Agora — Nora fala baixinho, ainda sem conseguir se mover enquanto aperta meu braço.

Me desvencilho dela, engolindo o vômito que sinto na garganta, e de algum jeito consigo vestir a calcinha, o sutiã e a camisa, abotoando-a o suficiente só para me cobrir. Nora finalmente volta à realidade e veste o sutiã e o short, o tempo inteiro com os olhos fixos na mãe. Talvez eu devesse dizer alguma coisa.

— Sra. Martin, foi culpa minha, eu…

De repente, a sra. Martin descongela e avança, agarrando a mandíbula de Nora e a fazendo soltar um grito agudo.

— Sempre soube que tinha alguma coisa errada com você. — Ela a aperta ainda mais.

— Mãe… — Nora começa. — Por favor, me desculpa. — Seu rosto fica completamente vermelho, as lágrimas escorrendo pelas bochechas e pela mão de sua mãe.

A sra. Martin puxa Nora até seus narizes praticamente se tocarem.

— Você está morta pra mim. Está me ouvindo? Está *morta* pra mim.

Ela cospe na cara de Nora e de repente a joga para o lado. Sua cabeça bate na pesada cômoda de madeira.

— Nora! — grito, dando um passo para trás.

Mas quando a sra. Martin avança para ela de novo, disparo e me coloco entre as duas. As bordas da minha visão escurecem no instante em que a sra. Martin agarra meu braço e me empurra, me fazendo tropeçar na cama.

Ela aponta o dedo para Nora, toda encolhida, se cobrindo defensivamente.

— Pegue suas *merdas* e dê o fora da porra da minha casa — diz, e sai do quarto batendo os pés.

Corro até Nora, mas seus olhos estão focados em algum ponto além de mim. Seguro seu rosto com as duas mãos.

— A gente precisa dar o fora daqui — falo.

Ela não diz nada, mas mesmo assim se levanta, se tremendo inteira. Pego uma mala na prateleira de cima de seu armário e a jogo na cama. Ela fica parada por uns segundos antes de finalmente começar a correr pelo quarto, enfiando roupas na mala. A última coisa que pega é uma caixinha debaixo da cama, que guarda junto com os outros itens e fecha o zíper.

Termino de me vestir e descemos as escadas em direção à porta, mas Nora para.

— Mãe? — ela chama, olhando para a sala de estar, mas sua mãe está de costas para nós, sem mover um músculo nem dizer uma palavra.

— Vamos. — Pego sua mão e empurro-a porta afora.

Saímos na tempestade e no mesmo instante ficamos completamente ensopadas. Nora puxa a mão da minha e me viro para ela, parada atônita na calçada.

— O que vou fazer? O que ela estava fazendo em casa? — pergunta, tentando falar mais alto que o barulho da chuva caindo. — Meu Deus! Que porra acabou de acontecer? — Nora se agacha, colocando a cabeça entre as mãos.

Eu me inclino sobre ela, os pensamentos a mil por hora, sem conseguir tirar da cabeça a cena que acabei de ver: a garota que amo sendo atirada na direção de uma cômoda pela própria mãe.

— Nora, você pode ficar comigo — digo.

— E vai falar o que pros seus pais? — ela pergunta, olhando para mim.

Assim que seu olhar encontra o meu, sei exatamente o que quero fazer. Sei o que *tenho* que fazer. Tenho que protegê-la. Tenho que ficar com ela. E vou fazer qualquer coisa para que isso aconteça.

— Escuta, tenho pensado bastante nisso e... vou contar a verdade pra minha mãe. Tudo bem? Ela me ama. Ela vai aceitar. Mal vejo meu pai mesmo. A gente vai dar um jeito.

— Stevie... — Nora balança a cabeça.

— Vamos. — Ajudo-a a se levantar e conduzo-a até meu carro enquanto a chuva fica ainda mais forte. — Vou contar pra ela agora mesmo. Vou falar que sou lésbica. Vou falar que estou *apaixonada* por você e que você precisa da nossa ajuda.

— Stevie, *para*! — Ela afasta o braço do meu.

Por que ela está agindo assim?

— Vai dar tudo certo, ela...

— Você já contou! — Nora grita, e depois baixa o olhar.

— O quê? — pergunto, confusa. — Não entendi, como assim?

— Stevie... — Ela me olha nos olhos de novo. — Você já contou pra sua mãe antes. — Sua voz está mais suave agora, e mal consigo ouvi-la por conta da chuva. Balanço a cabeça.

Eu... o quê?

Ela se aproxima e envolve os braços em meus cotovelos, as gotas de chuva escorrendo pelo seu rosto.

— Me desculpa não ter te contado isso também. Eu só... vocês estavam se dando tão bem, e você estava muito determinada a manter tudo do jeito que estava. Quando você me pediu pra não te fazer escolher, não me pareceu justo te contar. Não queria estragar tudo.

Balanço a cabeça.

— Não. Não, se ela soubesse, teria me contado. Ela teria me contado.

A não ser que...

— As coisas não foram muito bem. Foi depois de uns meses que a gente começou a namorar. Você tentou contar pra ela, mas sua mãe basicamente se recusou a ouvir... disse que você não tinha como ter certeza disso na sua idade. Ela pensou que você só não tinha conhecido o cara certo ainda, e falou algo sobre como se rotular desse jeito poderia estragar sua vida antes mesmo dela começar. Mas você sempre achou que fosse por causa da igreja e tudo mais, que ela estava preocupada com como as pessoas iriam te ver, como iriam enxergar a sua família. Então você nunca falou sobre mim. Foi por isso que a relação de vocês degringolou. Não foi você que se distanciou, Stevie. Foi ela que não conseguiu te aceitar.

Lágrimas escorrem pelas minhas bochechas, se misturando à chuva. Penso em todas as vezes em que me senti culpada nos últimos dois meses pelas coisas terem desandado entre minha mãe e eu, em todas as vezes em que pensei que tivesse sido culpa minha... porque ela me *deixou* pensar isso. Como ela fez uma coisa dessa? É como o que aconteceu com Savannah e Rory, só que um milhão de vezes pior.

Sinto vontade de desmoronar ali mesmo onde estou, mas respiro fundo. Por mais que eu esteja furiosa com minha mãe... agora preciso me concentrar em Nora. Nora, que não tem mais mãe. Ela precisa de um lugar para passar a noite. Ela precisa que eu me recomponha.

Pego sua mão e ela encosta a testa na minha.

— Já sei pra onde você pode ir.

Capítulo 34

Quando chegamos à casa de Ryan são quase 22h45, o que significa que tenho cerca de meia hora antes de ir embora para cumprir o horário estabelecido pela minha mãe. Nora se veste com roupas dele, já que sua mala está completamente ensopada, e faço o possível para secar meu uniforme.

Ela se deita na cama *queen* do quarto de hóspedes e eu me ajoelho no tapete ao seu lado.

— Você podia ter me contado — sussurro, fazendo carinho em sua têmpora, no ponto onde a pele está começando a assumir tons de azul e roxo.

— Eu nunca quis que você soubesse — ela responde, desviando o olhar.

— Como assim, você nunca me contou? Mesmo antes?

Ela balança a cabeça e fecha os olhos, e as lágrimas escorrem sobre a ponte do seu nariz.

Apesar de ainda estar molhada, subo na cama e a dou um abraço com o corpo inteiro enquanto ela se recosta em mim.

Quando começa a soluçar, a abraço mais apertado, enterrando o rosto no seu pescoço. Meu peito implora por algum tipo de alívio, mas não me permito chorar.

— Vai ficar tudo bem. Estou com você. Está tudo bem. Te amo. Te amo. Te amo… — sussurro na sua orelha, repetindo as palavras sem parar.

Não sei quanto tempo ficamos ali, mas abraço-a até ela parar de chorar, até sua respiração ficar mais pesada e eu ter certeza de que ela caiu no sono.

Nessas últimas semanas Nora me pareceu tão forte, foi meu porto seguro, mas agora sinto que, sem mim, ela poderia simplesmente colapsar até virar nada. Então mesmo que esteja na minha hora ou que eu talvez já tenha até perdido a hora, fico ali com ela.

Depois, tiro o braço de sob seu corpo com cuidado e consigo levantar da cama sem acordá-la. Ajeito a manta em seus ombros e lhe dou um último beijo suave na testa antes de ir para o corredor.

Quando desço as escadas, Ryan está sentado no balcão da cozinha como se estivesse esperando para ter certeza de que está tudo bem.

— Obrigada por deixá-la ficar aqui — falo, apoiando os cotovelos no granito do balcão.

— Stevie, o que aconteceu? — Ryan parece preocupado.

Solto um suspiro.

— Tudo bem eu deixar ela te contar amanhã? — pergunto, sem saber direito o que ela gostaria que eu falasse ou não.

— Claro, mas… — Ele dá a volta no balcão e para ao meu lado. — E *você*, está bem?

— Estou, sim — respondo depressa, mas, no instante em que o encaro, as lágrimas que passei a noite toda segurando finalmente caem.

Ele me puxa para um abraço e choro em sua camiseta.

Quantas vezes a mãe dela a machucou?

Penso na primeira vez que encontrei Nora na fazenda e vi os hematomas em seu braço. Ela disse que não eram nada de mais.

Ela não ia embora de Wyatt *só* para poder ficar comigo. Ela também estava fugindo da mãe... e *eu* a mantive presa aqui.

— Cuida dela, tá? — peço, finalmente me afastando, a voz ainda rouca por conta das lágrimas.

— Pode deixar, prometo. — Ryan dá um passo para trás, agora com a camiseta toda molhada. — Mas pego às onze amanhã no trabalho.

— Beleza. Estarei aqui até lá — falo.

Ryan abre a porta para mim, mas a chuva ainda está caindo pesada.

— Peraí. — Ele calça chinelos e pega um guarda-chuva de um vaso alto no chão. — Beleza, vamos — diz, passando o braço ao meu redor e me acompanhando até o carro.

Não paro de chorar durante todo o trajeto para casa. Entre o temporal e as lágrimas embaçando minha vista, sou mais que sortuda por não ter praticamente nenhum outro veículo na rua a essa hora.

Ao chegar na garagem, fico sentada ali por uns minutos, me obrigando a acalmar a respiração. Enxugo o rosto e limpo o nariz com uns guardanapos que encontrei no porta-luvas. Depois de me recompor um pouco, entro em casa, a chuva me deixando ensopada de novo.

— Não está meio tarde, não, filha? — A voz da minha mãe me assusta quando passo pela porta.

— Desculpa — digo, entrando. Ela está sentada no sofá da sala de estar lendo outro romance.

— Já é quase meia-noite. Seu horário era onze e meia. — Ela faz toda uma cena conferindo as horas no relógio.

Será que existe algo mais *banal* que isso agora? Nora acabou de levar uma surra da própria mãe e foi expulsa de casa para sempre sem ter para onde ir e minha mãe está preocupada com o *horário* que cheguei em casa? Mas claro que não posso falar nada disso.

— Perdi a hora. Não vai acontecer de novo.

— Se vou confiar em você pra ficar com seus amigos até tarde, você precisa respeitar as regras.

Confiar.

E eu que confiei que ela me diria a verdade quando perguntei o que tinha acontecido entre a gente? E eu que confiei nela, pensando que era tudo culpa minha? Quando ela me fez sentir *pena* dela?

Por mais que eu esteja *morrendo* de vontade de falar umas verdades, mordo a língua. Preciso colocar a cabeça no lugar e dar um jeito nas coisas com Nora. A última coisa de que preciso agora é arriscar também ser chutada para fora de casa. Não consigo acreditar que apenas uma hora atrás eu *realmente* confiaria nela para pedir ajuda.

— Desculpa, mãe — repito, e cerro a mandíbula.

— Meu Deus do céu, você está ensopada, querida — ela responde, se levantando do sofá e se aproximando de mim. — Vai. Vai lá se secar e deitar.

Me esforço bastante para não me esquivar do beijo que ela dá na minha bochecha. Sinceramente, neste momento mal consigo olhar para ela.

— Você está bem? — mamãe pergunta, colocando as mãos nos meus braços e se distanciando um pouco para me olhar direito.

— Só estou cansada e com frio — respondo, tremendo.

— Certo. Bem, então vamos subir.

Sigo-a pelas escadas e observo-a me mandar um beijo antes de fechar sua porta.

Tranco a porta do quarto e tiro minhas roupas molhadas, deixando-as ali mesmo no chão. Depois visto um conjunto de moletom e me jogo de barriga para baixo na cama.

Viro a cabeça de lado para olhar a pilha de roupas no chão e, apesar de toda a merda terrível que aconteceu hoje, só por um instante lembro do começo da noite na cama com Nora.

Da sensação do seu corpo debaixo do meu enquanto ela desabotoava a minha camisa branca. De suas mãos deslizando pela parte de trás da minha coxa. Da sua risadinha tímida e linda quando elogiei seus braços.

Olho para baixo e me dou conta de que estou brincando com o elástico amarelo no meu pulso, aquele que Nora contou que me deu na primeira vez que transamos. Lembro que coloquei a caixa de sapatos novamente no duto. Não preciso ficar sentada aqui imaginando coisas. Posso olhar nossas velhas memórias, nossas fotos.

Me levanto da cama para pegá-la e abro-a sobre a cama. Não mexi mais nisso desde que olhamos as coisas juntas no bosque, e, ao abri-la, percebo alguns itens novos. O primeiro é o guia de viagem da Califórnia com todos os *post-its*, e o segundo é um caderninho preto e branco.

Pego-o e me recosto na cabeceira, abrindo na primeira página.

18 de junho

Não sei se esse diário vai conseguir me fazer sentir um pouco melhor, mas preciso falar com alguém, e a única pessoa com quem posso falar é você, mesmo que você não consiga me ouvir. Acabei de voltar do hospital. Já se passaram seis dias desde o acidente e você ainda está em coma induzido. Conheci seus pais. Foi estranho. É estranho. Que eles saibam que eu existo. Mas o mais estranho de tudo é que eles não saibam que você é tudo pra mim. Sua mãe parece bem legal. Dá pra entender por que seria difícil pensar em deixá-la. Apesar de tudo, dá pra ver que ela realmente te ama.

Às vezes, quando eles vão embora, entro escondido no seu quarto e fico uns minutos segurando sua mão. Sei que você provavelmente me daria uma bronca por correr esse risco, mas você não sabe como é estar aqui com você… e sem você.

Queria tanto que fosse eu naquela cama, porque é assim que devia ser. Tudo isso é culpa minha. Você não queria atravessar aquele rio. Você me disse que não queria. Eu sinto muito, muito mesmo. Me desculpa, Stevie. Por favor, acorda.

Eu amo você,
Nora

Viro a página.

23 *de junho*

Querida Stevie,

Já se passaram onze dias. Ouvi a médica hoje e ela disse que estão esperando você acordar. Preciso muito

Paro de ler e folheio as páginas, cada uma com a data do dia seguinte à última entrada. Nora escreveu uma carta para mim todo santo dia do verão, até aquela tarde em que fui encontrá-la no bosque, quando ela me explicou o que eram todos esses objetos na caixa. Ela deve ter colocado esse caderno aqui antes de devolvê-lo para mim, depois do dia da fogueira.

Vou até o início e começo a ler tudo a partir dali, página por página, enquanto as palavras ficam embaçadas por conta das lágrimas que não param de cair. Cada carta me ajuda a entender exatamente como Nora se sentiu, especialmente considerando o que ela estava enfrentando dentro de casa. A cada carta meu coração se parte mais um pouquinho.

Quando termino a última, encontro uma citação que ela recortou e colou no meio da página.

Se você se lembrar de mim, não me importo se todos os outros se esquecerem.

— Haruki Murakami

Respiro fundo para não chorar *de verdade* e meus pais acabarem escutando e abraço o caderno junto ao peito.

Tento não pensar na expressão que vi no rosto de Nora quando sua mãe entrou no quarto, na forma como ela agarrou meu braço, completamente apavorada. Tento não pensar na forma como sua mãe a segurou pela mandíbula e a atirou na cômoda como se ela fosse uma boneca de pano.

Tento não pensar que, em algum momento desta noite ou talvez pela manhã, ela vai acordar e eu não estarei ao seu lado. Ela estará sozinha.

A gente não devia ter que viver desse jeito. Eu não *quero* viver desse jeito. E Nora... não pode ficar aqui de forma alguma. Não agora. Em pouco mais de uma semana os pais de Ryan vão voltar, e aí ele vai embora e ela não vai ter para onde ir. E o que vou fazer agora que sei a verdade sobre minha mãe? Agora que sei que ela não me ama tanto quanto eu pensei? Incondicionalmente. Como posso ir para a Bower e fingir que é isso o que eu quero, sendo que na verdade é só o que ela quer? Será que eu devia sacrificar meus sonhos e a minha felicidade para consertar algo que nem fui eu quem quebrei?

Isso não é jeito de passar a minha vida, e eu quero *viver*.

Quero viver minha vida com Nora.

Olho para as nossas coisas em cima da cama. A pilha de fotos tiradas no bosque. A carta de admissão da UCLA. O guia de viagem da Califórnia...

Me sento com a postura ereta, deixando escapar um suspiro quando tenho uma ideia.

Uma ideia *maluca*.

Ela dá voltas na minha cabeça enquanto fico sentada ali, ligando todos os pontos.

Hum.

Um mês atrás eu estava pensando nisso como algo totalmente fora de cogitação, mas agora... talvez não esteja tanto assim.

Não tenho muitas certezas na vida agora.

Mas Nora? Tenho certeza em relação a ela. Sempre terei certeza em relação a ela.

Nora não pode ficar aqui, e eu não posso ficar sem ela.

Mas ao mesmo tempo... *eu* não quero mais ficar aqui.

E talvez não precise.

Capítulo 35

Assim que acordo de manhã, pulo da cama e prendo meu cabelo embaraçado num coque bagunçado. Depois, pego a caixa de sapatos no duto e procuro o bilhete premiado, que enfio na mochila. Desço as escadas e saio de fininho enquanto minha mãe rega as plantas na varanda dos fundos. Então dirijo até o mercado da esquina.

Ainda está em casa?

Escrevo para Ryan enquanto espero o caixa contar meus dezessete dólares premiados.

Saindo agora,

ele responde.

Pode deixar a porta aberta? Estou a caminho.

O caixa me entrega o dinheiro, então saio pela porta de vidro e entro no carro. Me esforço para manter a velocidade próxima do limite, mas a essa altura do campeonato é quase impossível. Finalmente, estaciono na garagem de Ryan e disparo para dentro. Nora dá um pulinho de susto, parada diante da bancada da cozinha comendo uma tigela de cereal de arroz.

— Desculpa — falo, passando a mão em seus ombros enquanto sento em uma banqueta ao seu lado.

Ela se vira para mim e fico surpresa ao perceber que seus hematomas sumiram completamente.

— Seu rosto está...

Presto mais atenção e percebo uma camada de maquiagem cobrindo os roxos. Ela também cobriu o ponto da mandíbula onde sua mãe a agarrou.

— Ryan me emprestou as maquiagens da mãe — ela diz, meio rouca. — Sei que deve ter ficado uma merda e que meus olhos ainda estão inchados...

— Para com isso — falo, dando um beijo em seus olhos. — Você está linda.

— Mentirosa — ela responde.

Ficamos em silêncio enquanto observo-a comendo uma colher atrás da outra, até só restar leite de amêndoas na tigela.

— Pensei que ela fosse me ligar, mas... — Nora dá de ombros e balança a cabeça.

— Você voltaria se ela tivesse ligado? — pergunto, surpresa, me esforçando para não parecer insensível.

— Sei lá. Não sei o que fazer.

— Então... trouxe uma coisa pra você — digo, pegando o montinho de dinheiro no bolso da calça.

— Pra que isso? — ela pergunta, franzindo as sobrancelhas.

— Só aceita. É pra gente.

— Nossa, obrigada — Nora fala com um tom sarcástico, pegando a grana.

Me inclino para a frente enquanto ela folheia as notas — uma de dez, outra de cinco e duas de um — e se abana.

— Vou tentar não gastar tudo de uma vez... — Ela para, arregalando os olhos enquanto embaralha o dinheiro de novo... e de novo...

Finalmente, ela olha para mim e um sorriso incontrolável se espalha pelo meu rosto quando entende o que estou querendo dizer.

— Não. A gente não p-pode. Você nem se lembra... — Sua voz falha.

— Olha, sei que não me lembro do nosso relacionamento. Não me lembro do dia em que a gente se conheceu nem do nosso primeiro encontro nem do primeiro beijo nem do milésimo. Não me lembro de nada dessa época e talvez nunca me lembre, mas... De alguma forma, quando estou com você, alguma coisinha dentro de mim se lembra disso tudo e me diz que você é a pessoa certa, de que somos tudo. É difícil explicar. Não sei como isso é possível, mas acho que nunca deixei de te amar, Nora. — Giro sua banqueta para mim e pego seu rosto entre as mãos.

Ela esfrega a bochecha na minha palma, e quase consigo senti-la prendendo a respiração.

— Quero ficar com você. Pra valer. Em público nesse mundão afora, não me escondendo no mato ou em *qualquer* lugar, de *qualquer* pessoa. Quero tomar um café com você antes de ir pra aula na UCLA. Quero ficar acordada até tarde assistindo ao que quer que seja esse negócio de *Dickinson*. Quero fazer amizade com pessoas que sejam como a gente, e com pessoas que sejam diferentes também. E quero fazer tudo isso com você.

Seus olhos se enchem de lágrimas, mas continuo:

— E vai saber? Talvez não dê certo. Talvez eu deteste sua comida vegana nojenta e você deteste o fato de eu nunca colocar as roupas sujas no cesto, mas... a gente merece uma chance, Nora — digo.

Sorrimos e choramos ao mesmo tempo, talvez pensando em todas as coisas que um dia poderiam se tornar parte do nosso dia a dia.

E finalmente ela solta o que quer que estivesse segurando, que sai em uma mistura de risada, choro e grunhido.

— A gente vai precisar de muito mais que isso — diz, colocando o dinheiro entre nós.

— Então você está dentro? — pergunto, jogando os braços ao seu redor e puxando-a para o mais perto que consigo.

— Eu sempre estive — ela sussurra.

No dia seguinte, estamos sentadas no chão do quarto de visitas da casa de Ryan com um caderno e uma caneta em mãos, prontas para colocar o plano no papel. Não faço ideia de por onde começar mas a gente já tinha planejado isso antes, então espero que Nora possa pilotar esse barco.

— Os pais de Ryan vão voltar no dia vinte e quatro de agosto, então preciso ir embora antes disso. Mas se a gente fosse no dia seguinte, eu poderia passar a noite no Hotel Griffin aqui em Wyatt e a gente iria pro aeroporto com o Ryan de manhã — Nora sugere, escrevendo a data no caderno. Fico olhando para o papel, fazendo as contas na cabeça, e então solto um suspiro.

— Isso é daqui a mais de uma semana — respondo.

Temos pouco mais de uma semana para pegar *todas* as nossas coisas e nos mudar para o outro lado do país sozinhas. Só tenho mais alguns dias para viver a única vida que já conheci.

— É loucura demais? — Nora pergunta.

Olho para ela e me lembro de que estou deixando essa vida para trás em nome de algo melhor. Por mais assustador que seja, isso é ainda mais empolgante. Finalmente meu futuro parece estar caminhando na direção certa.

— Não. Não, vamos fazer acontecer. Então, acho que a primeira coisa é ver se temos grana. — Abro o aplicativo do banco no celular e viro a tela para mostrar o saldo a Nora: $2.237,15. — Acha que é o suficiente pra gente vazar daqui? — pergunto, já me encolhendo.

— Hum... não. — Ela dá risada e se levanta para pegar a caixa ao lado da mala. — Mas isto deve ser. — Ela a entrega para mim.

Quando a abro, fico de queixo caído. Nunca vi tanto dinheiro assim na vida.

— Jesus Cristo, Nora, você roubou um banco? — pergunto, encarando a pilha de notas de vinte, cinquenta e cem dólares.

— Estava economizando.

— E tudo isto veio do trabalho na fazenda? — pergunto, enquanto minha boca escancarada vira um sorriso. — Nossa, você deve ter trabalhado *muito*. Quanto tem aqui?

Ela pega a caixa e tira um caderninho para ler a última entrada:

— Quinze mil, quatrocentos e vinte dólares.

— PUTA MERDA. A gente vai se mudar pra Beverly Hills! — exclamo, e Nora dá risada.

— Calma aí, Mike Tyson. É exatamente por isso que *eu* vou cuidar das nossas finanças. — Ela fecha a caixa e afasta o dinheiro de mim.

— Falou a garota com uma pilha gigante de dinheiro guardada numa caixa.

— É, e as palavras-chave são: *pilha* e *gigante*. — Ela começa a escrever alguma coisa no caderno. — Se tivermos sorte, vamos conseguir alugar a quitinete que encontramos em Palms. Daí temos que pagar o aluguel e o caução primeiro, comprar cartões de ônibus e pelo menos, tipo... um colchão pra poder dormir. Fora as panelas, potes, lençóis, utensílios, *comida*.

— Certo, é... Temos *muita* coisa pra fazer. Hoje cedo mandei uns e-mails pra várias pessoas do setor de admissão explicando por que não entrei em contato antes, e espero conseguir me matricular em algumas disciplinas.

— A gente também vai ter que comprar seus livros — ela acrescenta. — E ver se você consegue uma bolsa de estudos.

Animada, estico o braço para pegar sua mão antes de ficarmos doidas de tanta euforia.

— Nora, vou ser uma *Bruin*, porra! Euzinha!

— Eu *sei*. — Ela sorri. — Não vejo a hora de você me mostrar o campus. Quando as aulas começam mesmo?

— Dezoito de setembro, mas acho que seria bom chegar lá antes pra ajeitar tudo, né? Quem sabe eu consigo arranjar um trabalho na universidade ou algo assim até lá.

— Verdade.

— Será que vamos conseguir encontrar um apartamento em tão pouco tempo, se aquela quitinete não der certo?

— Não sei, mas vou passar o dia fazendo ligações até conseguir. — Ela abre o navegador do celular e começa a digitar. — Vou te dar uma parte do dinheiro pra você depositar na sua conta e poder transferir o aluguel quando eu encontrar um apartamento, comprar as passagens e tal.

— Ah, então quer dizer que você vai confiar *em mim* pra cuidar da grana? — pergunto, sorrindo.

— Só não vai torrar tudo numa vaca, combinado? — ela brinca, e reviro os olhos.

Nora abaixa o celular e a caneta por um segundo e ficamos nos olhando. Tudo isso parece um sonho. Como se eu fosse acordar a qualquer momento e dar risada de um dia ter pensado que eu *realmente* me mudaria para o outro lado do país com Nora.

— Você está bem? — ela pergunta.

— Acho que sim. — Assinto, respirando fundo.

— Escuta, Stevie — Nora diz, deixado o caderno de lado para encostar os joelhos nos meus. Ela me olha fixamente e pega minhas mãos trêmulas, fazendo eu me sentir segura. — A gente vai ficar bem.

Acho que ela está dizendo isso tanto para si mesma quanto para mim.

Capítulo 36

Nora e eu passamos o restante da semana colocando nosso plano em ação. Encontramos um apartamento, fazemos o depósito e torcemos para que ele seja habitável. Também compramos nossas passagens de avião saindo de Pittsburgh e os cartões de ônibus.

No dia em que disse a Kendra que a gente precisava conversar, ela pensou que eu ia pedir para trabalhar mais horas de forma permanente. Quando lhe dei a notícia, ela ficou bem decepcionada, mas expliquei que queria focar nos estudos e ela aceitou.

Então finalmente recebi uma resposta do departamento de admissões da UCLA, que foi completamente compreensivo com o motivo de eu não ter entrado em contato durante todo o verão. Eles me arranjaram um orientador, com quem fiz uma chamada de vídeo para conversar sobre minha grade curricular. Decidimos pegar leve, escolhendo um semestre de disciplinas mais básicas em cinco áreas diferentes, já que talvez eu precise recuperar o atraso. E, na verdade, foi perfeito para mim, porque ainda não faço ideia do que quero estudar.

Nesse meio-tempo, tenho dificuldade de interagir normalmente com minha mãe, mas todos os dias ao dar boa-noite para ela vou ficando menos irritada. E, na véspera da nossa partida, a única coisa que sinto ao olhar para mamãe é, bem... tristeza. Aliás, é o que sinto ao olhar para minha mãe e *também* para o meu pai.

— Ei, gente — chamo os dois, à tarde.

Só para variar, meu pai chegou em casa antes de escurecer. Ele está sentado no sofá assistindo à Fox News enquanto folheia uma revista de caça, e minha mãe está na cozinha esvaziando a máquina de lavar louça.

— Oi, filha. Tudo bem? — meu pai pergunta, se empertigando um pouco.

— Querem sair pra jantar hoje? Por minha conta — ofereço.

— Ah, não precisa pagar, querida. Você pensou no Lola's ou...?

— Mas eu quero. Na verdade, que tal o Valley Grille em Tipton? — sugiro.

— O que vamos comemorar? — minha mãe pergunta, segurando uma pilha de pratos limpos.

Dou de ombros.

— Só pensei que seria legal ir em algum lugar diferente, passar um tempo juntos.

... antes de eu ir embora para sempre.

O Valley Grille está abarrotado hoje, com todas as mesas ocupadas. A última vez que viemos aqui foi para comemorar o aniversário de quarenta anos da minha mãe, quando eu estava na quinta série. O restaurante não é chique; tipo, nunca vai ganhar uma estrela Michelin nem nada assim, mas acho que é o melhor lugar que temos num raio de quarenta quilômetros, e parece a escolha certa para hoje.

A *hostess* nos conduz pelo salão, nos indicando uma mesa encostada na parede.

Só tem uma coisa mais barulhenta do que o grupo de caras assistindo ao jogo dos Piratas no bar: o grupo de senhoras no canto, jogando cartas e apostando moedinhas. Além disso, uma das crianças da família de seis ao nosso lado derramou leite não uma nem duas, mas *três* vezes, e a mãe ainda insiste que ele está muito velho para usar mamadeira.

Certo. Talvez este lugar não seja tão legal quanto eu me lembrava, mas não importa. Vou aproveitar ao máximo.

A garçonete leva outro copo de leite para o menininho e abre um sorriso ao se apresentar para nós e anotar nossos pedidos.

— É minha filha quem está pagando, então vou querer o maior bife que você tiver — meu pai diz, abrindo um sorriso brincalhão que eu ainda não tinha visto esse verão.

Dou risada e balanço a cabeça, porque sei que ele está querendo me provocar enquanto a coitada da garçonete só está tentando sobreviver ao seu expediente.

— Brincadeira. Quero uma cerveja e o hambúrguer da casa, ao ponto, com fritas — meu pai fala, fechando o cardápio.

— Você está de bom humor — minha mãe diz para ele depois que a garçonete vai embora com nossos pedidos.

Ele se recosta na cadeira e solta um suspiro de alívio.

— Foi bom ter saído da oficina mais cedo hoje pra jantar com minha família.

Concordo. Estou feliz por ver o meu pai de antes, não aquele que passa o tempo todo dizendo algo ofensivo ou insensível. Mas também é muito frustrante. Será que não dava mesmo para ele ter voltado para casa mais cedo todos os outros dias do verão? Esperou até *agora*, a véspera da minha partida, para achar um tempinho para ficar umas horas comigo?

Minha mãe o olha incisivamente, como se sinalizasse a ele para dizer alguma coisa, e meu pai parece entender.

— Stevie, eu... olha... — começa, com a cabeça voltada para baixo. — Só queria te pedir desculpa por não estar tão presente, por não passar tanto tempo com você e com sua mãe. — Ele me encara. — Hum, eu... só estava tentando dar um jeito nos boletos que estamos recebendo do hospital.

Ah.

— A situação é muito ruim? — pergunto, me encolhendo.

Sinto a culpa ferver dentro de mim, e fico pensando naquele envelope que encontrei meses atrás e acabei esquecendo. O motivo de ele nunca estar em casa sou *eu*, não é que ele não queria passar tempo comigo. Gostaria que ele tivesse me dito isso antes, em vez de deixar esse segredo entre a gente.

— Ah. — Papai abana a mão como se não fosse nada de mais. — Não esquenta a cabeça com isso, filha. Seu pai está cuidando de tudo.

Ele dá uma piscadinha e sua expressão me faz pensar que tudo está bem de verdade, apesar de talvez não ser exatamente assim. Mas preciso me lembrar de que ele também disse coisas horríveis, que acabaram abrindo um abismo entre nós. Então não é só culpa minha, e não é *só* por causa dos boletos.

Minha mãe nunca deve ter lhe contado que tentei me assumir. Ele jamais conseguiria esconder o que pensa tão bem quanto ela.

Me pergunto o que aconteceria se eu contasse. Se eu contasse agora mesmo.

Cada vez que imagino a cena, o resultado vai ficando pior, e começo a pensar em várias formas novas e terríveis como ele poderia reagir. A última cena que me permito imaginar é dele virando a mesa enquanto o refrigerante e o sanduíche de frango que eu pedi saem voando pelo carpete coberto de leite.

— Alô, Terra chamando — minha mãe diz, e foco em sua mão sacudindo na minha frente. Me dou conta de que passei um minuto ou mais encarando os dois.

— Desculpa, voltei. Estou aqui. — Afasto os pensamentos, e a garçonete serve nossas bebidas.

— Eu estava falando que me ofereci pra ajudar na feira dos produtores amanhã, se quiser ir comigo. Tenho certeza de que uma mãozinha seria útil. Vai ser até quatro e meia — ela fala.

— Ah. — Ryan e Nora vêm me buscar às 16h15 para irmos para o aeroporto. — Na real, acho que vou ficar em casa. Preciso recuperar o sono perdido antes das aulas começarem — digo.

Passamos os próximos vinte minutos mais ou menos de conversa fiada, até a comida chegar. Faz tanto tempo que não sentamos para comer juntos que acho que todos precisamos quebrar um pouco o gelo. Mas depois que atacamos nossos pratos, tudo fica mais natural. Quase como era antes.

— Sabia que este lugar era uma verdadeira espelunca? — meu pai diz, dando um gole grande na cerveja.

Depois ele passa a contar uma série de histórias de quando estava na faculdade e vinha aqui com os amigos. Já ouvi a maioria, mas ele nunca consegue contar exatamente a mesma história duas vezes, o que me faz dar risada.

Ele continua:

— ... daí subi naquele bar, comecei a correr e depois fui deslizando o corpo todo pelo balcão de dez metros. A cerveja e os copos de todo mundo saíram voando pra tudo quanto é lado!

— Da última vez que você contou essa história, o bar tinha só sete metros.

— Até parece — ele responde e abre um sorriso, balançando a cabeça para minha mãe.

— Não, pai, ela está certa. Acho que cada vez que você conta essa história o balcão aumenta uns metros.

— Ah, vocês não sabem de nada — ele responde, tentando esconder o sorriso constrangido atrás do copo de cerveja enquanto dá o último gole.

— Que tal passar no Dairy Queen no caminho de casa, como nos velhos tempos? — minha mãe pergunta, enquanto pego meu cartão de débito. — Sei que já faz tempo, mas...

— Seria ótimo — respondo antes mesmo de ela terminar.

Pouco tempo depois, estamos deixando o estacionamento do Dairy Queen. Meu pai está devorando seu sundae com cobertura quente de chocolate com quilômetros de altura, enquanto eu e minha mãe tentamos impedir nossos sorvetes com granulado colorido de escorrerem nas casquinhas.

— Faz *muito* tempo que não fazemos isso, né? Uns cinco ou seis anos? — meu pai pergunta.

Ele não está errado. A gente costumava vir aqui pelo menos uma vez na semana no verão quando eu era criança. Daí a cada ano passamos a vir menos, até que finalmente passamos um verão inteiro sem vir nem uma vez. Não sei direito por quê. Pensei que as coisas tivessem mudado nesses dois anos que esqueci, mas talvez já estivessem diferentes muito antes disso.

— Pelo menos. Estava com saudade de fazer esse tipo de coisa com *vocês dois*. A gente devia repetir mais vezes — minha mãe diz, olhando para mim quando o sinal vermelho acende.

Sorrio e assinto, tentando me manter presente aqui no carro com eles, em vez de ficar pensando no que mudou e no que vai mudar amanhã. Minha mãe pega a colher vermelha do sundae do meu pai e rouba um monte de sorvete.

— Ei! — ele fala, se afastando dela. — Não vale pegar toda a parte boa!

— Quero os amendoins!

— Então devia ter pedido um desse — ele responde, rindo.

Sorrio de novo, observando-os brigar pela colher como crianças, até que meu pai desiste e deixa mamãe pegar mais um pouco antes de o sinal ficar verde.

Enquanto voltamos para Wyatt, abro a janela, sentindo o cheiro de grama, solidagos e um pouco de esterco.

Minutos depois, minha mãe tira o guardanapo da casquinha e joga o resto pela janela, como sempre faz. Nunca soube bem se isso é uma contravenção ou não, mas sempre achei engraçado — principalmente porque ela não joga com força suficiente e o sorvete acaba ficando grudado na lateral do carro como se fosse um distintivo de vergonha.

— Mãe, quer pegar a Methodist Road? O caminho mais longo? — pergunto, como se isso pudesse fazer essa noite se estender para sempre.

— Bora. — Ela sai da rodovia e entra numa rua sem sinalização e cheia de mato alto nas laterais.

A música toca baixinho ao fundo enquanto o sol laranja e brilhante se põe no céu, que está num tom azul e rosa típico de algodão doce.

Era esse tipo de noite que eu esperava ter quando meu pai sugeriu o passeio de barco. Foi isto que eu desejei o verão inteiro. Um dia como nos velhos tempos, como se as coisas estivessem *normais* entre a gente. E finalmente, *finalmente* consegui... logo antes de ir embora para sempre. Na nossa última noite juntos. É quase injusto.

E, ainda por cima, "So Far Away", de Carole King, começa a tocar no rádio.

— Ei, gente, é a nossa música! — minha mãe diz.

— Nossa, faz anos que não ouvia essa — meu pai comenta.

No momento em que ele aumenta o volume, sou transportada de volta para a minha infância, quando eu sempre os fazia repetir a música para cantarmos todos juntos.

Tento cantar com eles, me esforçando para não deixar minha voz falhar, mas não consigo. Acabo me conformando, e passo todo o resto da viagem mordendo a parte de dentro da bochecha, agradecida pela escuridão que começa a tomar conta do lado de fora.

Fecho os olhos e fico ouvindo os dois, minha mãe um pouco desafinada, mas dando tudo de si, e meu pai revezando entre cantarolar e assobiar.

Não é justo eu perder tudo isto só por ser quem eu sou, mas é exatamente o que vai acontecer amanhã, depois que eles lerem minha carta.

Mesmo assim, se só me restam mais alguns momentos com meus pais... fico feliz que sejam exatamente assim.

Capítulo 37

Na manhã seguinte, enquanto estou parada ali na base da escada observando meus pais se movendo de um lado para o outro na cozinha, tento memorizar todos os detalhezinhos nos quais nunca prestei atenção antes.

O jeito como meu pai deixa o pote de açúcar aberto para minha mãe depois de se servir e fecha cada armário que ela deixou aberto. O jeito como ela fecha os olhos e ergue sua caneca que diz A MELHOR MÃE DO MUNDO antes de dar um golinho em seu café fumegante. O jeito como eles se mexem, passando as mãos pelos braços e costas um do outro, se orbitando sem nunca se trombarem. Não quero esquecer disso nunca.

— *Ah, merda* — minha mãe resmunga ao sem querer bater a caneca na ponta da bancada. Mais um pedacinho da cerâmica verde e branca quebra e cai no chão.

— Acho que está na hora de arranjar outra caneca, mãe — falo, anunciando minha presença ao entrar na cozinha.

Ela abre a boca dramaticamente.

— Lava a boca com sabão! Esta caneca é perfeita — ela responde, abraçando-a apertado como se fosse um objeto precioso, digno de ser guardado durante todos esses anos.

— Se você diz... — digo, forçando um sorriso e engolindo as lágrimas que passei a manhã toda segurando.

— Estou saindo — meu pai declara, calçando as botas atrás de mim.

Não sei se cheguei a abraçá-lo depois que acordei no hospital, mas antes mesmo de ele se virar e sair, corro e me jogo em seus braços.

— Te amo, pai — sussurro.

A princípio ele fica tenso, certamente surpreso, mas depois seus braços fortes me envolvem enquanto enterro o rosto em seu macacão. Nunca gostei de como o cheiro da oficina o persegue para onde quer que ele vá, mas esta manhã acho até reconfortante. Corro os dedos nas letras descascadas na parte de trás do macacão: MECÂNICA GREEN.

— Certo. Te vejo mais tarde, filha. — Ele dá um beijo no topo da minha cabeça.

Seria legal ouvir um "também te amo", mas meu pai nunca foi muito bom expressando emoções. Mas não significa que ele não sinta nada, porque sei que ele me ama... bem, pelo menos por enquanto. Depois que ele ler minha carta, talvez sinta algo diferente, então acho que é até melhor não ouvir nada agora, para não ficar imaginando-o se arrependendo de ter dito isso mais tarde.

Ele me solta e vai em direção à porta.

Pisco para fazer as lágrimas se dissiparem e fico fazendo contas de cabeça só para pensar em outra coisa além *disso*. Para enterrar minhas emoções lá no fundo.

— Aqui seu café, Stevie. Te vejo à noite — minha mãe diz atrás de mim enquanto fico na janela olhando meu pai subir na picape.

Espera. Não era para ela sair tão cedo. A gente tinha que ter mais tempo.

Tento controlar a respiração.

21 x 3 = 63

128 ÷ 2 = 64

7 + 5 = 12

— Aonde está indo? A feira dos produtores só abre às nove. Estava pensando em tomar café com você — digo, ainda de costas para ela, sabendo o que vai acontecer se eu tiver que encará-la.

— Anne quer que eu chegue às oito pra ajudar a arrumar as coisas — mamãe explica.

Uma lágrima escorre pela minha bochecha.

32 x 6 = 192

47 – 28 = 19

Ela coloca a mão nas minhas costas e a picape do meu pai vira um borrão, desaparecendo atrás do carvalho que nós três plantamos juntos quando eu era criança.

74 ÷ 3 = dois, sobe um... merda.

— Stevie, o que foi? — minha mãe pergunta, a voz pesada de preocupação. Ela me vira para si e me encara com seus olhos castanho-escuros.

— Eu só estou... — Eu poderia lhe contar. Agora mesmo. Poderia lhe contar tudo e torcer para que desta vez as coisas fossem diferentes. — Queria que todas as noites fossem como ontem — falo, com um tom de voz fraco. O resto fica preso na garganta.

— Ah, querida. — Ela enxuga a lágrima da minha bochecha e coloca o café que preparou para mim na bancada da cozinha. — Teremos outras. Está bem? Prometo.

Faço que sim, apesar de saber que ela está completamente errada.

— Que tal a gente assistir a um filme ou fazer uma fogueira quando eu voltar? — ela sugere, abrindo um sorriso encorajador.

Não respondo. Em vez disso, evito seu olhar enquanto ela me puxa para um abraço. Quando começa a me soltar, levanto os braços e a envolvo com força, fazendo-a ficar mais um pouco comigo.

— Posso cancelar hoje se quiser — ela fala.

— Não, não. Pode ir — digo.

Tem vários motivos para mamãe não ficar aqui em casa. Preciso arrumar as malas, e, se ela ficar, vai ser muito mais difícil ir embora. Agora, sim, estou entendendo por que tomei aquelas decisões de antes e por que me afastei: não foi só por causa da maneira como ela reagiu quando me assumi, mas também para tornar as coisas mais fáceis.

— Certo, bem, me manda uma mensagem se precisar de alguma coisa. Te vejo mais tarde — mamãe diz, dando um último aperto na minha mão.

E num piscar de olhos ela está saindo porta afora como se fosse qualquer outro dia comum. Como se eu não estivesse prestes a me mudar para o outro lado do país. Como se esta não fosse provavelmente a última vez que vamos nos ver.

Depois que ela sai, pego do meu bolso de trás a carta que escrevi e acrescento uma frase. Depois a deixo na bancada da cozinha, para meus pais a verem à noite quando chegarem em casa. De uma forma ou de outra, esta carta vai mudar tudo.

Mãe e pai,

Oi. Me desculpem por ter que contar desse jeito, mas pareceu o único jeito possível. Além disso, achei que seria mais fácil colocar todos os meus pensamentos no papel.

~~*Eu sou l*~~ *Eu não sou hétero. Ainda é difícil dizer, mas é a verdade. Descobri que Nora Martin e eu passamos os últimos dois anos namorando às escondidas, e foi por isso que eu estava no bosque da fazenda Martin aquele dia. E também sei por que as coisas desandaram entre nós, mãe. Nora me contou tudo o que você não me disse... como você reagiu antes, quando tentei me assumir. Eu não te afastei — foi você quem fez isso com a verdadeira eu.*

A outra coisa que preciso contar é que eu não estava planejando ficar em Wyatt. Não pretendia estudar na Bower. Eu ia pra UCLA. *Nora e eu tínhamos planos de ir pra Califórnia no fim do verão, mas daí aconteceu o acidente e eu acabei me esquecendo de tudo. Ainda não me lembrei, mas de algum jeito a gente se reencontrou e... pareceu coisa do destino.*

É por isso que sei que amo Nora. Realmente a amo demais.

E também amo vocês. Queria ter feito as coisas de outro jeito dessa vez, mas percebi que, não importa o quanto eu tente, não podemos ficar juntas aqui em Wyatt, e também não posso fingir ser alguém que não sou, mesmo que vocês prefiram assim. Sei que pode ser difícil pra vocês aceitarem, mas é como me sinto, é quem eu sou. Se tem uma coisa que aprendi com esse acidente, é que coisas boas acontecem quando sigo meu coração — mesmo quando é difícil, mesmo quando parece impossível.

Sei que vocês vão ficar bravos ou decepcionados comigo ou qualquer coisa assim. Sei que provavelmente vocês me odeiam agora. A mãe de Nora a botou pra fora de casa, e se vocês também se sentirem assim, vou tentar entender. ~~*Não quero*~~ *Não vou voltar, mas vou sentir saudades pra sempre. Quando vocês estiverem lendo isso, já estarei a caminho do aeroporto. Por favor, não tentem me impedir, mas, se quiserem conversar, vou ficar feliz de falar por telefone quando eu chegar na Califórnia.*

Vou ficar bem. Espero que vocês também.

Amo vocês,
Stevie

Capítulo 38

Quando chegamos ao aeroporto, o som das rodinhas da minha mala no piso encobre as batidas do meu coração. Verifico as horas no celular. Meus pais devem estar chegando em casa agora, então ativo o modo avião.

Em breve eles vão estar inclinados sobre a bancada da cozinha lendo minha carta. Tenho certeza de que, quando o avião pousar na Califórnia, vou receber uma mensagem deles me dizendo que não sou a menina que eles criaram e que nunca mais devo voltar. Ou pior ainda, não vou receber nada. Nunca mais. Mas não quero saber disso até chegar lá.

— Stevie? — Ryan me chama, acenando a mão na frente do meu rosto até que volto a atenção para ele. — Ouviu? Vou praquela direção. — Ele aponta para trás, para o lado oposto ao que estamos indo.

— Ah, tudo bem...

Fico surpresa quando olho para ele e sinto um nó na garganta. Ryan se tornou um ótimo amigo, e vou sentir saudades. Estou cansada de tantas despedidas.

— Me manda um cartão-postal — falo, tentando manter o tom leve enquanto ele me abraça.

— Não deixa aquele povo de Los Angeles te transformar numa *deles* — ele diz, me arrancando uma risada.

— O que isso significa? — pergunto.

— Ah, você vai ver. — Ele ajeita a alça da bolsa. — Até mais, Nora. Sei que você não vai virar uma deles — ele diz, abraçando-a com só um braço.

— O. Que. Significa. *Isso*? — insisto, e os dois caem no riso.

— Beleza, gente, então tchau — ele fala, se virando.

— Ah, Ryan! Peraí! — Corro para alcançá-lo, e pego do bolso o canivete que ele me deu aquele dia no parque.

Seguro-o na mão, passando o polegar pela madeira. Este objeto sempre vai me lembrar da pessoa que eu estava desesperadamente me obrigando a ser. Assim que eu lhe der isto, vou estar livre para começar um novo capítulo da minha nova vida.

— Quero que fique com isto aqui — digo, colocando o canivete na sua mão.

— Ah, meu Deus — Ryan fala baixinho, fechando os dedos em volta do objeto o mais rápido possível para um ser humano. — Acho que não é a melhor coisa pra ficar ostentando no aeroporto, Stevie.

Ah, é.

— Bem, então guarda na mala que vai despachar.

— Tem certeza? — ele pergunta, erguendo o punho fechado em torno do canivete.

— É, pra você se lembrar daqui quando estiver comendo espaguete de verdade e conquistando o coração das garotas na Escadaria Espanhola.

Ele sorri e guarda o canivete na mala.

— Vai ser difícil esquecer Wyatt, mas... valeu, Stevie.

Aceno, me despedindo dele enquanto seguimos em direções opostas, mas desta vez a tristeza no meu peito parece controlável, já que sei que esta não vai ser a última vez que nos encontramos.

Enquanto Nora e eu despachamos nossa bagagem e seguimos para a verificação de segurança, fico me perguntando por que ainda sinto um peso nos ombros. Pensei que, quando chegasse aqui, sentiria uma espécie de alívio. Tipo... eu consegui. Estou indo embora. *Quero* ir para a UCLA. Quero me mudar para a Califórnia e encontrar meu lugar no mundo. E, acima de tudo, quero fazer isso com Nora. Quero isso mais do que qualquer outra coisa. Mas não consigo deixar de sentir que tem algo errado.

— O que foi? — ela pergunta conforme avançamos na fila.

— Nada, não — respondo, pensando em verificar minhas mensagens no celular.

— Stevie, a gente não precisa ir. — Nora pega minha mão e me vira para olhar em seus olhos. — Podemos pensar em outra coisa. Podemos até ficar em Wyatt, se é o que você quer.

— Não, eu quero ir. Nunca quis ficar em Wyatt, mesmo antes da gente se conhecer. É só que... — A pressão no meu peito fica mais forte enquanto avançamos na fila. — Não pensei que seria assim. Quero sair de Wyatt desde quando consigo me lembrar, mas agora que as coisas estão acontecendo desse jeito... sei lá... dói.

Ela se aproxima e toca minha bochecha.

— Estou bem — digo, tentando me convencer disso. Tentando me convencer de que estou bem com o fato de estar indo embora, de que não preciso de nada que venha de Wyatt, nem de *ninguém*. — Estou bem — repito, sentindo o peso do celular no bolso, gritando para que eu dê uma olhada nas mensagens *só por via das dúvidas*.

Mas ignoro.

— Bora. Estou pronta — falo, pegando a alça da mala e dando um passo que cobre a distância entre nós e a senhora à nossa frente quando ela assume a primeira posição da fila.

Nora não fala nada. Nem sei se há algo a ser dito. Ela só fica ali, pressionando o braço contra o meu para me mostrar que está ao meu lado.

— Próximo — diz a funcionária sentada no banquinho.

Sou eu. Acho que chegou a hora.

Enquanto dou um passo à frente, ouço alguma coisa à distância.

Meu nome.

Bem baixinho, tanto que mal dá para ouvir. Mas eu ouço.

— Stevie! — a voz chama de novo, mas agora um pouco mais alto. Mais perto.

Prendo a respiração e fecho os olhos, me virando devagar e ignorando a funcionária que está começando a ficar irritada. Espero ouvir meu nome pela terceira vez antes de me permitir abrir os olhos...

Ali, do outro lado do mar de gente, estão...

Meus pais.

Solto o ar em um suspiro enquanto eles correm na minha direção.

— Senhorita, próxima! — a funcionária grita, mas nem olho para ela.

Em vez disso, passo por baixo da fita que delimita a fila e vou encontrá-los. Nora me acompanha.

— Stevie! — meu pai chama com a respiração pesada e ofegante, o macacão coberto de óleo, gasolina e sabe-se lá o que mais. Minha mãe vem logo atrás. Me aproximo, e todos nos esforçamos para recuperar o fôlego.

Não sei o que dizer. Mas, mesmo se soubesse, não sei se conseguiria dizer alguma coisa neste momento.

O que estão fazendo aqui? Será que vieram me impedir de entrar no avião?

— Pai? — solto, e na mesma hora ele me puxa para si com força, de um jeito quase violento, me abraçando tão apertado que desconfio que ele nunca vá me soltar.

Então ele se afasta e eu dou um passo para trás. Papai está segurando um papel. A minha carta.

— Isto é... — Ele mantém a cabeça baixa, cerrando a mãozorra na carta, então a amassa e a deixa cair no chão. — Não ligo pra isso. Eu te *amo*. Me desculpa pelas coisas que falei no passado, que te fizeram pensar que eu... algum dia em um milhão de anos pudesse não te amar. Que eu nunca mais fosse querer te ver de novo.

Ele ainda me ama.

Quando meu pai ergue a cabeça para me olhar, lágrimas escorrem pelas suas bochechas, traçando linhas cinzentas pelo seu rosto.

— Olha, posso não entender muito disso... — Ele gesticula para mim e para Nora. — Certo? Mas... o que sei é que *não* quero te perder. Por favor. *Por favor*, não vai embora por minha causa...

— Pai, você não imagina o quanto isso significa pra mim. Mas não estou indo embora por sua causa. Estou indo por *mim*. Está bem? Eu só... eu sei que você adora a cidade, mas nunca seremos aceitas lá. Não posso ficar em Wyatt.

A gente não pode. — Olho para Nora, que está parada atrás de mim com as nossas malas.

Minha mãe se aproxima, mas mantém os olhos fixos nos próprios pés.

— Não sei muito bem o que dizer. Sei que o que fiz foi... — Ela balança a cabeça e respira fundo, controlando a voz. — Por conta da igreja e tudo mais... eu só não queria que a sua vida fosse mais difícil do que já vai ser... ou talvez isso seja só o que eu fiquei dizendo a mim mesma pra me sentir menos horrível por ter reagido daquele jeito aquele dia. E aí, quando você se esqueceu, pensei que pudesse ser a segunda chance que de outro jeito eu nunca teria. Pensei que as coisas pudessem voltar ao que eu desesperadamente queria que fossem. Mas a verdade é que eu não apaguei nada. Te magoei antes e agora de novo, em vez de te proteger como eu queria, como uma mãe deve fazer. — Ela finalmente me olha nos olhos. — Sei que não mereço, mas... Se *um dia* você me perdoar, Stevie, eu... eu... — Ela começa a chorar silenciosamente e a puxo para mim, então nos abraçamos com força.

— Eu te perdoo, claro que te perdoo — falo, sentindo seus ombros relaxarem.

— Obrigada — mamãe sussurra, e é sua vez de me puxar para si. — Quero que saiba que se eu pudesse voltar atrás... eu te diria que *está tudo bem*. Te diria que te amo e sempre vou amar, não importa por quem você se apaixone e não importa o que a igreja ou qualquer um diga. Que vou estar ao seu lado quando as coisas ficarem difíceis, e não tentar fazer você evitar as dificuldades. Eu te diria que estou feliz por você ter encontrado alguém com quem pode ser verdadeira, e que eu adoraria passar mais tempo com ela pra poder ver todas as coisas que você vê nela.

Ouço-a sussurrar por cima do meu ombro para Nora:

— Oi, querida.

E meu coração derrete enquanto choro de soluçar no seu peito.

Ela se afasta e me segura à sua frente, com um enorme sorriso estampado no rosto.

— Você entrou para a UCLA. Ah, meu Deus, Stevie! Estou tão orgulhosa de você.

Ela tem orgulho de mim.

Mamãe pega meu rosto entre as mãos, e estamos tão perto uma da outra que consigo até ver meu reflexo em suas pupilas. Fico esperando ela me pedir para voltar para casa, me falar que não preciso ter pressa para ir.

— Agora... vocês duas cuidem uma da outra. Podem ligar pra gente a *qualquer hora*, de *qualquer lugar*. Não vou me importar se for tarde nem com seja lá qual for o problema que vocês tenham. Só *liguem*. Mesmo se for pra pedir pra gente mandar algo que vocês esqueceram.

Espera... o quê?

Recuo um pouco, estreitando os olhos, desconfiada.

— Você vai me deixar ir? — pergunto.

Meu pai abre a boca, mas ela pega a mão dele e a aperta um pouco, lançando-lhe um olhar de quem diz: não me provoca. Então ele só fica escutando.

— Sei o que vai acontecer se eu te convencer a ficar, e jamais quero te perder da forma como quase te perdi — ela fala, em um tom de voz acelerado.

Mamãe respira fundo e engole em seco.

— Então vou te deixar ir.

E me puxa para mais um abraço, me apertando o máximo que consegue. Abraço-a de volta e enterro o rosto em seu pescoço, sentindo o cheiro de seu perfume.

— Mas não é pra sempre. Você vai voltar, hein? Nas férias, nos feriados, a qualquer hora. Só volte. Estaremos sempre aqui esperando você... — Ela dá um passo para trás e estende os braços para o lado. Para Nora. — Vocês duas — acrescenta, dando um abraço apertado nela também, fazendo meu coração quase explodir.

— Obrigada — Nora diz, com a voz meio trêmula.

— Amo vocês — falo, abraçando novamente meu pai.

Nos afastamos, pigarreamos e tentamos nos recompor, mas, não importa quantas vezes eu enxugue o rosto, as lágrimas não param de cair.

— A gente se vê — meu pai fala para Nora, acenando a cabeça com os lábios cerrados. Ele estende a mão para ela e Nora a aperta.

— É melhor vocês irem, senão vão acabar perdendo o voo — minha mãe diz em um tom de voz triste, mas mesmo assim nos dá um sorriso tranquilizador.

— Sim, é melhor a gente ir — concordo, olhando para os dois. — Bem, acho que então é isto.

— Acho que sim — ela fala. — Me liga quando chegar.

— Pode deixar.

Meus pulmões ardem quando de uma vez por todas arranco o curativo por todos nós e começo a caminhar para a área de embarque. Meu pai coloca o braço no ombro da minha mãe e a puxa para perto.

Preciso reunir toda a força que tenho para desviar o olhar, mas, assim que faço isso, encontro os olhos cor de avelã de Nora.

E sou atingida por uma onda de todos os tipos de emoções.

Tristeza por tudo que estou deixando para trás. Pelos meus pais. Pelo nosso bosquezinho secreto onde nos apaixonamos, onde nos perdemos e onde encontramos nosso caminho de volta. Por Wyatt e tudo o que esse lugar um dia significou — as coisas boas e ruins.

Alívio por ir embora, mas ainda mais por poder voltar. Pelos meus pais terem vindo atrás de mim. Por eu não ter que deixar minha vida nesta cidadezinha indefinidamente para trás como forma de poder seguir em frente.

Esperança pelo nosso futuro. Por ter a chance de descobrir quem eu quero ser na UCLA. Por poder acordar todos os dias ao lado de Nora e por tudo o que vamos enfrentar juntas.

Mas, acima de tudo, o que eu sinto é amor. Amor verdadeiro por saber que, aonde quer que eu vá, não importa o que meu cérebro esqueça, sempre vou ter Nora do meu lado me ajudando a lembrar.

Ela sorri, revelando o espacinho fofo entre os dentes da frente, e percebo que nunca tive tanta certeza de alguma coisa na vida.

Eu amo Nora.

Ah, meu Deus, como eu amo essa garota.

Deslizo as mãos pelos seus braços, que nunca, mesmo em um milhão de anos, vou enjoar de tocar. Depois pelo seu pescoço, enrolando os dedos no rabinho de cavalo em sua nuca.

Puxo-a para mim e a beijo. Em público. Pela primeira vez.

Seus lábios envolvem os meus e, pela primeira vez, não me importo se tem alguém olhando. Não me importo se meus pais, a funcionária do aeroporto ou o mundo inteiro parou para nos olhar.

Porque, mesmo que eu ainda sinta uma pontada de vergonha, me lembro de que um dia...

Um dia, isso não vai mais acontecer.

Talvez às vezes exista mesmo beleza no esquecimento.

Agradecimentos

Primeiro, gostaria de dizer MUITO obrigada à minha editora, Alexa Pastor, pelas horas dedicadas a todos os rascunhos deste livro. Às vezes é difícil para mim perceber o que precisa ser mudado para minhas histórias melhorarem, e você é SEMPRE maravilhosa ao guiar o navio e fazer de tudo para eu não me perder no meio do caminho. Sempre fico fascinada. E obrigada ao restante da equipe da Simon & Schuster por todo o trabalho.

À minha agente, Emily Ban Beek, obrigada por acreditar neste livro desde o começo e por ser sempre minha maior guardiã.

Obrigada a Elissa Alves por elaborar aquela incrível carta de apresentação que de vez em quando ainda me pego encarando. E obrigada a Sydney Meve.

A mamãe, papai, Mike, Luke e Aimee, obrigada por todo o amor e apoio no ano passado. Os telefonemas, as videochamadas, os jantares em família e as noites de jogos. Eu realmente precisava de tudo isso. Amo vocês, gente.

E, por fim, obrigada à minha esposa, Rachael, por me ajudar a manter a cabeça no lugar durante todo o processo.

O ano de 2022 teria sido especialmente difícil sem você ao meu lado, e realmente não sei como teria sobrevivido. Obrigada por ler meus rascunhos e me encorajar a continuar lutando pelo que quero no trabalho e na vida e por segurar minha mão quando isso era tudo de que eu estava precisando. Enquanto crescia em Greenville, sempre torcia para existir alguém lá fora, em algum lugar, para mim. Nem nos meus melhores sonhos eu poderia ter sonhado com você.

Este livro, composto na fonte Fairfield,
foi impresso em papel Lux Cream 60 g/m² na gráfica Geográfica.
São Paulo, Brasil, agosto de 2023.